JN204933

登場人物紹介
▲ヴォルク
蒼《あお》の士隊《したい》隊長を務める美青年。
無口無表情なせいで、
何を考えているのかわかりづらい。
しかし、心根は優しく
気遣いのできるレオノーラの
旦那様。
レオノーラ▲
伯爵家の令嬢。
ヴォルクの妻になったが、
いい関係が築けず悩んでいる。
思い込みが激しいものの
さっぱりした性格の持ち主。

◀デミカス
以前、ヴォルクが
捕縛した高位貴族。
脱獄して逃走中。
ハージェス▲
蒼の士隊副隊長。
ヴォルクの親友でもあり、
公私共に彼をサポートする。
明るくちょっとチャラい。
エレニー▲
色々と謎の多いメイド頭。
思考がまったく読めないが
とても有能な
スレンダー美女。
▲ユリウス
ヴォルクとエリシエルの幼馴染。
エリシエルに想いを寄せている
けれど、素直になれない
天使系美青年。
▲エリシエル
自称ヴォルクの元恋人の
公爵家令嬢。
涙ながらにレオノーラへ
離婚するよう訴えるが……？

第一章

「貴女《あなた》がヴォルク様の妻女《さいじょ》なのっ⁉」

「はい……？」

開口一番言われた内容に、まあおったまげた。

私の眼前には、黄金色の美女。

午前の陽光が差し込む客間の一室、落ち着いた濃紅《こいくれない》に金刺繍《きんししゅう》が施《ほどこ》された絨毯《じゅうたん》の上で、目に涙を湛《たた》えた美女が私を睨《にら》みつけていた。

朝食後、食後のティータイムと洒落《しゃれ》込んでいたはずなのに……

来客ですよーと呼び出され、出迎えてみたら――これである。

……ええと、どちら様ですか。

猫のような湖色《みずうみいろ》の吊り目に、波打つ豊かな金髪。胸元の開いた真紅《しんく》のドレスも気の強そうな容姿によく似合っている。

お胸は一体私の何倍あるんだろうか。よければちょっと触りたい。

と、まじまじ胸元を凝視《ぎょうし》するのはなんとか堪《こら》えた。

その代わりに、たっぷりとした金髪の蠱惑《こわくてき》的な女性を再び眺めたところで、ふと気が付く。

……ああ、なるほど。

ヴォルク様という呼び方。

そしてこの、怒りと嫉妬《しっと》と悲しみ、憂《うれ》いを含んだ表情は――まあ、なんということでしょう。

――元カノか。

「はい。私がヴォルク＝レグナガルドが妻、レオノーラでございます。あの……貴女様《あなた》は……？」

何となく先は読めつつも、戸惑っている風を装《よそお》いながら名乗った。ここで平然とした顔をしないのは、使用人の手前というやつである。

客間の隅《すみ》で「私ら空気。もしくは塵《ちり》っす」とばかりに気配を消している彼らの目は、あからさまに輝いていていて、興味津々《きょうみしんしん》なのが見て取れた。

というかガン見してるでしょ。もう少し抑えて抑えてー。

とりあえず、私はわざとらしくならないよう気を付けつつ、突然の来訪者にオロオロする『奥方』を決め込んだ。

すると、金髪巨乳美女が綺麗な湖色《みずうみいろ》の瞳を一層潤《うる》ませて、私をきっと睨《にら》みつけた。

うん。美女が凄《すご》むと迫力ありますね。しかし目の保養にしかならん！　……とか思っていたら。

「ワタクシの名はエリシエル＝プロシュベール！　プロシュベール公爵家の娘ですっ！　ヴォルク様と結ばれるのはこのワタクシのはずでしたのよ！　今すぐ別れて下さいませっ！」

結構な剣幕と声量で、思いっ切り怒鳴られました。

ほうほうなるほどー。わかりやすくて助かります。腹の探り合いってあんまし得意じゃないものので。

予想通りの展開に内心頷きながらも、貴族の奥方らしく「えっ」とか驚いた声を出しておく。予想よりも結構なお名前が出てきたので、美女の身元については内心本気で吃驚《びっくり》していたけど。

だって、プロシュベール公爵家って言いましたよ？

あの貴族名鑑にも貴族位第一位でどばーんと載っちゃってる階級《クラス》の方ですよ。なかなかお目にかかれるもんじゃございません。

ここ西王国イゼルマールでは、王族を除いた貴族階級は五つに分類されている。上から公爵・侯爵・伯爵・子爵・男爵とされており、これは五歳のお子様でさえ答えられるほどの常識だ。

ついでに言えば、私の実家は伯爵の称号を持ってはいるが、公爵家と比べれば天と地ほどの差がある。

しかもプロシュベール家って、現王族と縁戚関係にあったたんじゃなかろうか？

わーお、とんでもない方がお相手だったんですね、旦那様。

金髪巨乳美女、エリシエル様が口にした『ヴォルク様』というのは、つい三か月前に私の夫となったヴォルク＝レグナガルド様のことである。西王国イゼルマール蒼《あお》の士隊騎士隊長という小難しい肩書を持つ、かなりの美丈夫《びじょうふ》様なので、まあ元カノがいてもおかしくなかろうと思ってはいた。

……でも、まさかその元カノに電撃訪問されるとは。流石《さすが》に予想外の事態です。

と、私が少々感慨に耽《ふけ》っていた間に、エリシエル様は痺《しび》れを切らしたのか、ぐっと目元に力を入れて、綺麗な赤い唇を大きく開いた。

「ワタクシとヴォルク様は、それはそれは深く愛し合っておりましたわ！　けれどお父様がワタクシ達の仲を許しては下さらなかった！　……ヴォルク様は騎士とはいえ元は平民の出、かつ貴族位の最下級である男爵では、我がプロシュベール家とは不釣り合いだと仰《おっしゃ》って。でもあの方は先の遠征で大きな成果を上げられました。その褒賞として、いずれ王国士隊将軍師の位を授かるとのこと。ならばと、やっとお父様がお許しを下さったのに……っ。よもや血迷って伯爵家の娘などと婚儀を挙げられたなんてっ!!」

全て言い終わった後で、エリシエル嬢がはぁ、と盛大に息を吐く。胸元に置かれた華奢《きゃしゃ》な手は、握り締められて白くなっていた。

それがまた色っぽ……って、そうじゃなくて。

なるほどねー。そんなご事情があったんですか。

そういえば私と結婚する少し前、ヴォルク様は王命によって我が国イゼルマールと、隣国である南王国ドルテアとの境界の地域へ遠征したと聞いた覚えがある。

よくある国同士の小競《こぜ》り合いというやつだろう。だが一方で、この件にはその地方を治める高位貴族デミカス侯爵が関わっていたという噂《うわさ》が、王都で一時期流れていた。

何しろ結婚前のお話なので、簡単な情報しか耳にしていなかったけれど、私が思っていたよりも大きな功績だったようである。

にしても、今更評価するって遅くないか？　ちゃんと仕事しようよお偉いさん。

でもすごいなーヴォルク様。将軍師って各士隊の最高位にあたるんじゃなかろうか。

感心しつつ納得する。

エリシエル様という、こんなでっかい魚を逃したから、自棄《やけ》になって私なんぞとの縁談を持ち上げたのか、あの方は。

おかしいとは思っていたのだ。この縁談は、あまりにも突然過ぎた。

まあプロシュベール公爵家ほどではないけれど、我が家にも一応伯爵の称号があったから、これでいいやって感じだったのかもしれない。人間自棄《やけ》になると色々突っ走ってしまうものらしいし。

んで、身分違いの恋で引き離されたけれど、今はお許しが出たので私が邪魔ってことですね。

ということはあれだ。私が身を引けば二人は無事にハッピーエンドを迎えられるということか。

なるほどなるほど、理解した。

そこで、はたと気付く。

……あれ。

これはもしかして――いや、もしかしなくとも。

チャンスなんじゃなかろうか。

私が当初計画していた人生設計に、軌道《きどう》修正するための。

元々結婚するつもりなんぞ全くなかった私だ。しかも人様の恋の障害になっているのなら、退場するのが道理だろう。

いかず後家《ごけ》どころか離縁された妻になるけれど、それはそれで好都合。

夫に離縁された元妻は、修道院入りと相場が決まっている。

エリシエル様の願いと、ヴォルク様の幸せと、自身の将来を考えて、私は一つの結論を導き出した。

そして、よし、と心を決めて、嫉妬心《しっとしん》のせいか悔しさのせいか、美しい双眸《そうぼう》を歪《ゆが》ませて私を睨《にら》む美女へと視線を合わせる。

「そんなご事情が……それはさぞお辛い思いをされましたね。そんなこととは露知《つゆし》らず……私、お恥ずかしいですわ」

私の言葉に、今の今までキツい視線をよこしていた金髪巨乳美女、もといエリシエル嬢が、え？と驚いた顔で固まった。

ああ、まさか即納得されるとは思ってなかったんだろうなあ。

少しはゴネたりした方がよかったんだろうか。しかし、善は急げとも言いますし。

それに、元々ものすごい疑問だったんですよ。王国騎士で騎士隊長を務めておられるヴォルク様が、なぜに私なんぞと結婚したのかって、そりゃあもう。蒼《あお》の士隊騎士隊長のヴォルク＝レグナガルド様と言えば、街の若い女性の間でファンクラブが作られるくらいの美丈夫《びじょうふ》ですから。縁談が纏《まと》まったーとか言われた時には、何の間違いだって思ったもんです。

お父様なんて泣いて喜ぶ始末だし。私は結婚しない、したくないって散々言っていたというのに。

そんなわけで、人のものを盗《と》っちゃっていたんなら返すとしか思わないんですよねえこれが。

いや、ヴォルク様を物扱いするわけではないですが。ともあれ話を進めましょうか。

「私、ヴォルク様に離縁していただけるようにお話しいたします。やはり想い合うお二人がご一緒にならなければいけませんもの」

私は心底晴れ晴れとした顔でにっこりと、エリシエル嬢に微笑みかけた。

銅鑼《どら》でも叩きながら小躍《こおど》りしたい心境だったけれど、表に出ないよう表情筋にぐっと力を入れる。気を抜いたら微笑みがニヤケ顔になってしまいそうで、結構な神経を要した。

「ヴォルク様も、もうしばらくすればお戻りになるかと思います。まずは私からお話しいたしますので、エリシエル様はこちらの部屋でお待ちいただいてもよろしいでしょうか？」

努めてお淑《しと》やかに、優しげな笑みを浮かべつつ、戸惑う黄金色の令嬢に促《うなが》す。

——瓦解《がかい》するなよ表情筋。今だけでいいから保ってくれ。

「貴女《あなた》は、それでいいの……？」

あまりにもすんなり話が進むのが心配なのか、エリシエル嬢の瞳が揺れる。

うあ、ヤバイ。美女の不安げな顔って威力すごい。これは男じゃなくても守りたくなるわ。

女性の好みは旦那様と気が合うかもしれないな。と、そんなことを思いつつ続ける。

「ええ、もちろん。だって私達は未《いま》だ……真実の夫婦ではないのですから」

言外に、貴女《あなた》の想い人には触っちゃいませんよと匂わせてみせた。

恋する美女に恨まれたくもなければ、馬に蹴《け》られたくもないですし。

私の言葉を受けて、彼女の淡い湖色《みずうみいろ》の瞳が、驚愕《きょうがく》に見開かれた。

あ、すごい吃驚《びっくり》されてる。

――うん。まあ、でも。

事実、そうなんですよ。

私達はれっきとした、正真正銘、紛《まご》うことなき。

『仮面夫婦』なのですよ――っ！

＊＊＊

私は、ここへ嫁《とつ》いでからこれまでの日々について思い出す。

「……今日は遅くなる。先に寝ていてくれ」

「かしこまりました」

ここ三か月ほど繰り返しているヴォルク様との朝のやり取りを、貼り付けた笑顔でこなす。

この、妻が夫をお見送りするという慣習を考えたのは誰だろうかと、常々思う。

……正直言って迷惑だ。

眩《まばゆ》い朝日に照らされた玄関ホール。広く取られた空間内には幾筋もの白い光が差し込み、絨毯《じゅうたん》を輝かせている。

けれど、その明るさとは対照的な重苦しさが、私と彼の周囲を包んでいた。

彼の銀色の髪が朝の光を反射して、まるで星屑《ほしくず》を撒《ま》くように輝いている。なのに派手には見えず硬質とさえ感じられるのは、ひとえに本人が纏《まと》う空気故《ゆえ》だろう。

夫と呼ぶべき人を見るたび、目の保養が出来るのは幸運だったと思う。彼の顔は彫刻《ちょうこく》の如《ごと》く綺麗である。彫刻《ちょうこく》と同じくらい表情が乏《とぼ》しいのは否《いな》めないが。

所属する隊と同名の差し色が入った騎士隊服を纏《まと》った夫は、今日も格好良く、陽光に照らされキラッキラに輝いていた。

イゼルマールには、他国と同じような騎士団ではなく『士隊』と呼ばれる軍隊がある。

十八歳以上の成年騎士によって形成されているそれは紅《くれない》、蒼《あお》、碧《みどり》、宵《よい》の四つの色名によって隊が分けられていて、それぞれの色が隊の制服として用いられていた。

そのため、一般市民でも制服の色によってその人がどの士隊の人間で、どういった役割にあるのか一目でわかるようになっているのだ。

それにしても、うちの旦那様はやっぱり無駄に格好いい。超絶素晴らしく格好いい。……見惚《みと》れないけど。

オールバックの銀髪に、晒《さら》された綺麗な額《ひたい》。凛々《りり》しい眉の下には、蒼《あお》く鋭《するど》い双眸《そうぼう》がある。高い鼻梁《びりょう》は彫りの深さを強調し、引き結んだ口元には、何の感情も乗せていない。

お堅い感じで無表情。確かこれが、私がヴォルク様に対して抱いた第一印象だった。

ちなみにそれは、初対面から時間が経った今も変わっていない。

ヴォルク様と私の初対面。

それは、今から三か月と少し前のことだった。

＊＊＊

……顔合わせって、顔を合わせるから顔合わせって言うんですよね。私、そんなに見るに堪《た》えない顔をしてますか。今日は、これでも着飾った方なんですが。

なのに縁談相手に目を逸《そ》らされまくっているのはどうしたものか、と、私は内心で力いっぱい文句を述べていた。

それというのも全て、この状況を作ったお父様に責があるのだ。

その日、私は『縁談相手』であるヴォルク＝レグナガルド様のお屋敷に招かれていた。

――いや、これには少々語弊《ごへい》がある。正しくは連れてこられたのだ。

結果、静まり返った客間で、無言の銀髪男性と、かなり無理をして化《ば》けましたと言わんばかりの私の二人が、互いに言葉を発することなくじっとしていた。

なんか、もう、すいませんねー……としか言いようがないんですが。

したくもないお見合いをさせられて、無駄に時間を消費させられているこの感覚……

はい、無意味！　帰らせて！　誰か！

しかもこの話を持ってきたのが、お父様だというのだからまた驚きだ。

――先月の頭、それまで引き籠《こも》り生活を続けていた我が家のどうしようもないお父様が、突然憑《つ》き物が落ちたみたいに部屋から飛び出し、かつての笑顔を取り戻して私に言った。

「レオノーラ、お前の縁談が決まったよ」と。

……うん。ボケたと思うよねー……だって伯爵家当主としての仕事さえ私に丸投げして引き籠《こも》っていたくせに、突然縁談話だなんて。夢か妄想の類《たぐい》だと疑うじゃない。塞《ふさ》ぎ込んでいたお父様が復活したのは嬉しかったけど、出来れば正気で出てきてほしかった。

だからまさか思わないでしょう。よもやその縁談話が、真実《ほんとう》だったなんてこと……っ！

「……」

「……」

静寂《せいじゃく》が辺りを包み込み、それに伴《ともな》う睡魔が、私の意識を誘惑し——って駄目だ駄目だ。寝るのは流石《さすが》にマズイ。

思わず意識を手放しそうになって、慌ててぶんぶん頭を振った。

今の私が着ているのは、いつの間に仕立てられたのかわからないお父様からのプレゼントの濃緑のドレスと、お母様に譲《ゆず》られたエメラルドのネックレス。普段下ろしている黒髪は、今日だけは高く結《ゆ》い上げていた。

なんていうかこのドレス、やたらと胸元がすーすーするんですが気のせいか。

一方、お相手であるヴォルク＝レグナガルド様は、騎士の家系であることも相まって、蒼《あお》い騎士隊服に身を包んでいる。うん。とても素敵ですねー。ですが出来れば、お身体はムキムキマッチョな方が大変よろしいと存じます。

にしてもおかしい。どうしてこんなイケメン様が、私なんぞと顔合わせをしているのだろう。

疑問符が頭に浮かんだが、とりあえずこの沈黙をどうにかしたくて、改めて名乗ることにした。一応ここに来る前に聞かされていたけど、念のためね念のため！　挨拶《あいさつ》って大事です！

「あ、あのっ……」

「……」

思い切って顔を上げて声をかけてみたけれど、返ってきたのは綺麗な蒼《あお》い瞳のみだった。

「わ、私、レオノーラ＝ローゼルと申しま……ひゅ……っ！」

「……」

――うん。

……噛《か》んだね、今。私。

ふ、ふふふふふ。……穴があったら入りたい。ひゅってなんだ。どこの三歳児だ、私は。

開口一番噛《か》んでしまったのが死ぬほど恥ずかしくて、これ以上は何も言うまいと口を噤《つぐ》むことに決めた。

だってお相手のヴォルク様だって、呆れたのかそっぽ向いてるし。さっきなんて顔を見ようとしただけでぷいって逸《そ》らされてしまったし。

いいですよもう。見事なくらいご要望には添えなかったようですし、十中八九この縁談はなかったことになるだろう。

むしろその方が私にとっては都合がいい、終わりよければ全てよしというのはこのことだ。

――と、この時の私は思っていた。

次の日、式の日程やらお屋敷入りする日やらの連絡が、ヴォルク様側から届けられるまでは。

どうやら、今回の件はどうあってもしなければならない政略結婚だったらしい。お父様も、政略結婚なんだったら最初からはっきりそう言ってくれればよかったのだ。そうしたら逃げられないものは仕方がないと、変に力を入れることもなかったというのに。

まあ確かに、私は結婚せず将来は神の家、つまり教会に入りますと豪語していた。だからお父様は心配していたのかもしれない。そんなことに気が付くくらいなら、もうしばらく引き籠《こも》ってくれてもよかったのに、お父様ってば本当に娘の心親知らずなんだからどうしようもない。

そんなこんなで、私は頭を抱える暇もなく、この屋敷の主であるヴォルク様の妻という座に座らされていたというわけである。

人生とは、全くもって理不尽だ。

知ってたけども。

＊＊＊

出会った頃のことを思い出しつつ、私は『夫』となった人を見る。

私の夫となったヴォルク＝レグナガルド様は、我が西王国イゼルマール王国士隊、蒼《あお》の士隊騎士隊長という大層な肩書を持つお方だ。

背も高いし、顔も整ってるし、立ち姿なんてまるで絵物語の主人公にすら見える。

街にある『ヴォルク様ファンクラブ』とかいうのに所属する娘達からは、銀蒼《ぎんそう》の貴公子だとかなんとか言われているらしい。

若い子って貴公子とか王子とか好きよねー……。いや、私も十九だけどさ。

私としてはこう、なんというか、線が細過ぎる？

贅沢と言うなかれ。好みじゃないもんはどうしようもないのである。

一般的には綺麗系と言うんだろうけど、私個人の好みとしてはこれじゃない感ありありで。だって違うでしょう、騎士って言ったら、もっと胸板厚くてがっしり系でしょ！　オールバック銀髪は許せるとしても、出来ればそこは短髪でしょう！　毛先ツンツンでしょう！　騎士って言えば！と、こぶしを握りしめ熱く語りたくなるのである。私の理想とする騎士の姿とは！　的な！

しかし、それを主張出来るわけも、する意味もないので、この滾《たぎ》りは内心のみで留めている。

……にしても、私としてはいい迷惑だった。

跡継ぎである弟のオルファを、没している母の代わりに育て上げようと思っていたのが、まさかの結婚である。弟が成人した暁《あかつき》には、神の家に入って独身人生を謳歌《おうか》する、なんていう人生設計もおかげで綺麗さっぱり吹き飛んでしまったのだ。まあ、娘の人生観にほとほと困り果てていたお父様は、諸手《もろて》を上げて喜んでたけど。

こうして始まった清々《すがすが》しいほどの政略結婚生活も、三か月もすれば慣れてきた。が、これがずっと続くのかと思うと、ちょっと溜息を吐いてしまいたくなる。

本音を言うなら、逃げたい。

元々上品な奥方を気取っていられる性格でもなし。人間、適材適所ってありますし。

「……逃げたい」

「今、何か言ったか。レオノーラ」

「い、いいえヴォルク様っ。何も申しておりませんわっ」

おほほ、と口元を覆《おお》い、動揺を隠す。

あっぶなー……つい本音が。じわりと浮かんだ冷や汗を、そっと拭《ぬぐ》った。

だってこんなに静かだと、どうしても他のことを考えちゃうんだもの。ヴォルク様、いつも無声に近いお方だし。

もうちょっとでいいから会話をしてくれたら、まだマシだったんだろうけど。

私が思いに耽《ふけ》る間に、彼は着々と出勤の準備を進めていた。

だめだ。なんだか自分の境遇を顧《かえり》みていたせいでぼうっとしてしまう。もっとピシッとしておかないと。

そう自分に言い聞かせていると、綺麗な外見とは少し雰囲気の違う無骨な手が、私に向かって差し出された。その大きな手に、私は持っていた蒼《あお》い騎士服の上衣を載せる。

手は、すごく騎士って感じなんだよね。剣だことかもあるし、よく見たら小さな傷もいっぱいあるし。

私から受け取った騎士服を、ヴォルク様が周囲の風を揺らしながらばさりと羽織《はお》る。

ただ上着を着てるだけなのに、なぜにこうもサマになるのか。

彼は、騎士という職務についているためか、基本的に自分のことは自分でこなす。どこかの貴族の子息みたいに、お風呂から着替えまで人任せという人間でなかったのは、私としても好ましいところだった。

「……どうぞ」

「ああ」

短い言葉を交わしつつ、次にずしりと重い剣を手渡す。凝《こ》った細工が施《ほどこ》されているそれは美しさもあるものの、やはり武器だからか妙な仰々《ぎょうぎょう》しさがあった。

弟のオルファが貴族男子の嗜《たしな》みとして習っている剣技では、もっと簡素な練習用の剣が使われていたけれど、やはり本物の騎士様の剣は、刃《やいば》の幅といい持ち手といい、造りからして違っている。重さは私が両手で何とか持ち上げられるくらいだが、彼は片手で軽々持っているので、すらりとした体躯《たいく》に似合わず腕力は結構あるみたいだ。

でもやっぱり、私はがっつりマッチョ様の方が好みなんですけどねー。

……それはさておき。

朝の見送りと、僅《わず》かな支度の手伝い。

物凄く些細《ささい》なことではあるが、これが妻《わたし》の朝一番の仕事となっている。私は特に朝が弱いというわけでもないので、目覚ましとしては丁度いいくらいの役割だ。どちらかと言うと動いている方が性に合っているし、こういったすべきことを与えられるのは正直ありがたい。

結婚して三か月、最近はなんとなくだけどヴォルク様との距離感を掴みかけていた。

なるべく触れない近寄らない、質問や会話は最小限。それが私がこの短い間に学んだヴォルク様への対応術だ。

出来ればもう少し打ち解けたいものだけど、そこはそれ、相手にその気がなければ無理というもので……

騎士隊服をかっちりと着込んだ夫を窺《うかが》うと、腰元に剣を装着しているところだった。

留め金と剣がぶつかる小さな音が辺りに響く。手慣れた仕草で剣が留められていくのを見るのは結構好きだ。

じっと目線を顔に向けてみるけれど、視線が返されることもなければ、会話があるわけでもない。

うーん……本当に、清々《すがすが》しいほどの無言だ。いや全く。

「貴様に話すことなどない」と言われているかのようで、寂しいとかではないけれど、なんだかなあと思ってしまう。

政略とはいえ、長い付き合いになるのなら、愛だの恋だのじゃなくていいから良好な関係を築いておきたい、と考えるのはおかしいのだろうか。どうせ生活するのなら、気持ちよく日々を過ごしたい。真実夫婦にはなれなくとも、友達くらいの気やすい関係になれたなら、お互いに楽だろうと思うのだけど。

まー……この現状じゃ、取り付く島もなさそうだ。

そんな風に思いつつ、再びふっと彼へ視線を向けたところで、思考が中断された。

……あれ。

考えに耽《ふけ》っていたせいで気が付かなかったけれど、いつの間にか視線を向けられていた。帯剣が終わっていたらしい。

ぶつかった蒼《あお》い瞳に一瞬びくりとして、けれどそれに気付かれないよう普段と同じ微笑を浮かべる。

一応、こちらからは歩み寄るつもりがありますよーと伝えているつもりだった。

……が、凝視《ぎょうし》は出来ればやめてもらいたいんですが、如何《いかが》でしょうか。

美形なのはわかってます。イケメンなのも存じてます。でも、貴方《あなた》表情ないから恐いんだってば。

私何かしたかな。何かミスった？

いや、いつもと同じはず……はて。

と、意味不明の視線の理由を考えていたら、なぜか不意に彼の手が私の頬に添えられた。

……添えられました。

そりゃもうぺたりんこと、片頬全部、彼の手に覆《おお》われました。顔の片側があったかい。

なんですかね今回も藪《やぶ》から棒に。前から聞きたかったのですが、一言も発しないのにこの行動はなんですか。

頬っぺた何かついてましたか？　涎《よだれ》かな？　ちゃんと洗顔したんだけども。いや、涎《よだれ》ついてたら普通触らないか。ばっちいものね。

なら、一体これはなんだろう。

目をぱちくりと瞬《しばたた》かせながら、その行動の意味を考える。

ついでに『夫』を観察してみた。

人の顔に手を置いたままのヴォルク様は、なぜか全く動かない。瞳が何か言いたげな色をしているようにも思えるけれど、口を開く気配は微塵《みじん》もなかった。振り払うわけにもいかないので、仕方なく私もそのままじっとする。

……うーん。

何がしたいんだ、この方は。

毎朝見送りをするようになってから、まれにこんな風に触れてくることがあるけれど、その意図が正直さっぱりわからない。だけど出来ることならば、無表情でじっと真正面から見られる居心地の悪さを、少しは酌《く》んでほしいと思う。

離して下さいましー。居心地悪すぎるんですけどもー。何か言いたいことがあるのならはっきり言って下さいなー。とは言えるわけもなく、とりあえず私はいつもされるがままになっていた。

その間《かん》、数秒ほどだっただろうか。

「君は……」

あらまあ。寡黙《かもく》を通り越してほぼ無言なヴォルク様から、珍しい音が飛び出しました。

普段は定型文の挨拶《あいさつ》がほとんどなのに。今日はどうやら違うらしい。いつもとちょっと異なる状況に、思わず、ん？　と首を傾げる。

「はい？」

もしかして、この『頬っぺたぺたり』の意味を教えてくれる気になったのだろうか。それだったらありがたい。いつも反応に困っていたし。

そう思って続く言葉を待っていたのに、頬に添えられた手がすっと離れるのと同時に、予想と違う声が降ってきた。

「……いや、なんでもない」

それだけポツリと呟くと、ヴォルク様はじっと私を見つめてからふいと視線を逸《そ》らす。って、またか。

初対面の時と同じく、目を合わせてきたかと思えばものの数秒でプイされる。これも結婚してから三か月、時々見られるヴォルク様の習性だった。

ほんとに一体なんなんだ。

そんな文句めいた感想を抱いていたら、屋敷の玄関口からだかだかと、大きな足音が響いてきた。

……あ、今日もお出《い》でなすったねー。

つい先ほどの旦那様の態度は横に置き、私は得意の貼り付け笑顔で来訪者へと声をかけた。

「おはようございます。ハージェス様」

「おはようございますレオノーラ殿！　ついでにヴォルクも！」

明るい声で返事をしてくれた男性は、ヴォルク様と同じく蒼《あお》の騎士隊服を身に纏《まと》っている。彼は少々大袈裟《おおげさ》にぶんぶん片手を振って、満面の笑みで私達の傍までやって来た。

燃えるような赤い髪と、焦《こ》げ茶色の瞳が印象的な、ヴォルク様の同僚ハージェス＝トレント様である。

騎士学校時代からの友人だとかで、私が知る中では唯一ヴォルク様と仲のいい騎士様だ。ちなみに、ヴォルク様が所属する蒼《あお》の士隊で副隊長を務められている。友人にして部下ってやつらしい。

オールバック銀髪のヴォルク様とは違い、ハージェス様はふわふわ系の赤髪爽《さわ》やか青年で、騎士様というよりは鍛冶屋《かじや》の兄ちゃんといった風体《ふうてい》だ。そして、こちらも細マッチョ系。

おかしいな。騎士様ってマッチョ率が高いはずじゃなかったのか。それとも私の偏見か。そうじゃないと思いたい。どっちも美形だから眼福《がんぷく》ではあるんだけども。

「……どうして俺がついでなんだ」

ハージェス様の余分な一言に、ヴォルク様が不機嫌そうな声を漏《も》らす。

友人の前では、ヴォルク様の表情も少しは理解出来るのにな。

無表情が基本のヴォルク様は、ごくまれに、先ほどのように戯《たわむ》れに私に触れる時にだけ感情らしいものを見せてくれる。

騎士様は表情筋まで鍛《きた》えているのかと最初は思ったもんだけど、ハージェス様を見る限りはそんなことはなさそうだ。

いいなあハージェス様。友人ポジション羨《うらや》ましいわ。

「麗《うるわ》しいご婦人を優先するのは、騎士としての礼儀だろう？」

「それはお前だけだ」

ハージェス様の軽口に、ヴォルク様がブリザード全開で返していた。

的確な突っ込み素晴らしいです、ヴォルク様。

出来るなら、私ともこのくらい打ち解けてほしいものだけど。

ないものねだりとわかっていても、やはり身近な人に必要とされないのはちと辛い。

「ハージェス様。今日もお迎えいただきありがとうございます」

終始テンションの低いヴォルク様と、朝から笑顔全開のハージェス様。対照的な二人を眺めつつ、今日もいつもと同じ礼の言葉を口にする。ほぼ定型文みたいになっているけど、自分の夫を迎えに来てくれている人へ何も言わないのもいただけない。

「いやあ、これも俺の仕事ですからね。腐れ縁の上司を迎えに来るのは面倒ですが、レオノーラ殿のお美しいお姿を拝見出来るのなら、むしろ役得というものですよ」

私の礼に、ハージェス様がお世辞とウインクを交えて返してくれる。一見すると爽《さわ》やかな騎士様なのに、ギャップがある。それがハージェス様だ。

うん。やっぱりチャラいですねハージェス様。言動の端々《はしばし》にチャラさが垣間見《かいまみ》えています。

この口調と容姿のせいで、どうしても軽薄に見られてしまうのが悩みなのだと以前聞いた覚えがあるが、たぶん理由はそれだけではないだろう。

「しっかしなあー……ヴォルクが結婚したなんて未《いま》だに信じられないんですよ、俺は。コイツ愛想ないでしょう？　一体どうやって貴女《あなた》を口説《くど》いたんだか」

ハージェス様がそう言いながら、うりゃうりゃとヴォルク様の横腹を突っついた。

うわあ、大人の男性がじゃれ付く姿って見ててなんかいいですね。ヴォルク様は迷惑そうに眉間に皺《しわ》を寄せただけだけど。って、それにしてもハージェス様、誤解です。一度も口説《くど》かれたりとかしてないですし。

まあ、信じられないのも無理はないですが。

私なんてヴォルク様の周囲からすれば、急に湧いて出てきたようなもんでしょう。それで結婚なんて、よっぽどの大恋愛と思っても不思議はない。

たとえ政略でも、本来なら何か月も前から婚約するもんですからねー。

「俺でさえ、コイツが貴女《あなた》のような女神と婚約してたなんて、式を挙げるまで全く知りませんでしたからね。結構な付き合いだっていうのに、つれないもんです」

「……」

やれやれ、と首を竦《すく》めてみせるハージェス様に、ヴォルク様は無言ながら鋭《するど》い眼光で応《こた》えていた。

美形が睨《にら》むのは結構恐いので、控えてほしいなと固まりつつ思う。無駄に被弾するこっちの身にもなってほしい。

「……ま、コイツが隠したくなる気持ちもわかりますけどね。何しろレオノーラ＝ローゼル嬢といえば、社交界では『幻《まぼろし》の淑女《レディ》』と称されていたほどでしたから」

「……え？」

ハージェス様の言葉に、思わずぽかんと呆《ほう》けてしまった。あ、まずい今の素《す》だった。

慌てて笑顔の仮面を被《かぶ》り直し、初めて聞く話を伺いたくて視線を投げる。

するとハージェス様は綺麗な赤い髪を揺らして得意気に、ニヤリと笑った。

「ああ、ご存知《ぞんじ》なかったんですか？　レオノーラ殿は一時を境《さかい》にあまり夜会にはお見えにならなくなったので、皆その美しさを披露《ひろう》されないのは勿体《もったい》ないと口にしていたんですよ。そうしたら突然このヴォルクが婚約にこぎつけたものだから、それはそれは驚いたものです」

「そう、なんですか……」

初耳だった。

夜会に出なくなったのは実家の事情があったせいだったけれど、まさか自分がそんなレア物扱いされていたなどとは、正直露《つゆ》ほども思っていなかった。

へー……私ってそんな風に言われてたんだ。初めて聞いた。幻《まぼろし》の淑女《レディ》って……

いやいや、私存在してるし生きてるし。んな大層なもんじゃないですし。

ああそういえば、三年前のセデル子爵の夜会が独身時代最後に出たものだったかも。

あの後すぐに、お父様の名代《みょうだい》としての務めが忙しくなって、夜会に出るのはやめたから。

しっかし「その美しさを披露《ひろう》されないのは勿体《もったい》ない」って、毎度のことではあるけれど、ハージェス様は女性への美辞麗句が本当にすらすら湧いて出てくる人だ。私にさえ毎回こうやって言ってくれるんだから。

社交辞令なのはわかっているけど、それでもやはり、言われると嬉しいものは嬉しい。

気の利いた言葉は返せませんが、とりあえず笑顔を向けさせていただきますね、ありがとう。と、感謝の気持ちでハージェス様へ微笑みかけた。すると——

がっしゃんっ！　と、派手な音が辺りに木霊《こだま》した。

……なんだ今の音。

って、あれま。

どうしたことでしょう。ヴォルク様がこちらをじっと見つめています。視線が何やら痛いです。刺さってます。刺さってますよヴォルク様。なんですか。

しかし、それよりも気になるのは、普段ならその腰元のベルトにあるはずの剣が、今は絨毯《じゅうたん》に落ちていることです。って、さっき貴方《あなた》それ自分で着けてませんでしたか。なぜに外れているんでしょう。

よく見れば、それは腰のとは違う小剣――騎士服の上衣内に仕込んでいる、作業用の細剣だった。

いずれにせよ剣って、騎士様にとっては命とも言える存在だったような気がするのですが。

……はて。

命、落としましたよ旦那様。大丈夫ですか。

私だったら縁起悪《えんぎわる》ぅとか思ってしまうところなんですが。

それにしても珍しい光景だな、と思っていると、私よりも先にハージェス様が口を開く。

「何やってるんだヴォルク。……ってお前どうしてそんなに俺を睨《にら》むんだよ。朝っぱらから機嫌悪いな。せっかくの新妻《にいづま》の見送りなのに。独身の俺からすれば爆発しろとしか言えんぞこの野郎」

「……阿呆《あほ》なお前には関係ない」

「ひっでえ」

最早《もはや》取り付く島もないヴォルク様に、ハージェス様が赤い髪をだらんと下げて項垂《うなだ》れた。

あらあら。いくら腐れ縁の同期と言えど、ちょっと扱いが酷くないですかヴォルク様。

なんだかハージェス様が可哀想な気がします。

「……はあ。今日もお前と一日一緒とか、なんだもう。出来れば綺麗なご令嬢の護衛とかにしてほしかったよ。っと、あー……ごほんっ。お名残《なご》り惜しいですがレオノーラ殿、そろそろ出勤の時間なので、これにて失礼させていただきますね」

なんだかぼろぼろと本音がダダ漏《も》れていましたが、ハージェス様色々と大丈夫ですか。

騎士様なのに口が軽いとは残念な。貴方《あなた》の今後が心配です。頑張れ独身、きっと未来は明るいぞ。

「お二人共、お仕事頑張って下さいね。いってらっしゃいませ」

色々思うところはあるものの、微塵《みじん》も口に出さずに決まり文句を告げた。

我ながら無難な対応だと思う。

すると、ありがとうございます、と笑顔で返事をしてくれたハージェス様が、ついと私の右手を取ってその口元へと近付けた。

おお。騎士様の挨拶《あいさつ》というヤツですね。

式の時にヴォルク様に一度やってもらったけど、他の人からされるのは初めてだなあ。でもこれはこれで悪くないなあ、なんて浸《ひた》っていたら……

すっぱーーんっ！

なんだかとても軽快な衝撃音が、目の前で弾けた。

「痛《い》ってえっ！」

私の手を取っていたハージェス様の手が、横から伸びた蒼《あお》い騎士隊服の腕にものすごい速さで叩き落とされていた。もちろん悲鳴を上げたのは、叩き落とされた当人のハージェス様である。

うん。今ものすごい速度と強さで、ヴォルク様が手刀《しゅとう》を繰り出しましたね。

あれは痛そうだ。

……けど、なんで？

「ヴォルクお前っ！　何するんだ急にっ！」

「やかましい。無駄口を叩く暇があるなら仕事しろハージェス」

「いや、ちょっと待て。お前俺が毎朝何しに来てると思って……って、なんで置いて行くんだよ!? 俺お前のこと迎えに来たんだけど!?」

やっぱり痛かったのか、涙目で抗議しているハージェス様。しかしそんな彼を一瞥《いちべつ》したヴォルク様は、すっと背を向け玄関扉へと歩いて行った。ええ、どうフォローすればいいの、この状況。

突然起こった事態に呆気に取られていると、「痛《い》てて……っ」と片手を振りふり、ふーふー息を吹きかけているハージェス様が目に入った。あらやだ可愛い。

と、ついつい状況を忘れて思っていたら、とある方向から冷気が発せられているのに気が付いた。

あれ、どうしてそんなに吹雪《ふぶ》いてるんでしょうかヴォルク様。って、なぜに立ち止まってこちらを振り返ってらっしゃるんですか。顔は恐いし視線が痛いし。

なんだか妙な圧を感じて、ハージェス様を放置で彼の出方を窺《うかが》う。すると、蒼《あお》い瞳をじっとこちらに向けたまま、ヴォルク様が口を開いた。

「……いってくる」

「い、いってらっしゃいませ……？」

その言葉を合図に、いつの間にか復活していたハージェス様が、ヴォルク様の隣まで移動し、私に向かって頭を下げた。それに対して私も軽く礼をする。

銀色の髪をした騎士と、赤い髪をした騎士が同時に背中を向けて、何やら小さな攻防を繰り返しつつ遠ざかるのを見ながら、私は頭に浮かんだ疑問符を顔に出さないよう努力した。

……なんだったんだ。今のは。


さて、ヴォルク様のお見送りも終わったし、今日のやることをさっさとやってしまうかな。

そう考えていたら、コツリコツリと静かな、それでいて優雅な足音が私のもとへ近付いた。

「奥様、本日は如何《いかが》なさいますか」

夜のしじまが如《ごと》く、澄《す》んだ声音で問いかけられる。が、その顔には館の主人と同じく表情らしきものがまるでない。ヴォルク様とハージェス様が出ていかれるまでの間、ずっとホールの隅《すみ》で控えていた彼女は、レグナガルド家メイド頭、エレニー＝フォルクロス。

私付きのメイドであり、この屋敷の全てのメイドを束《たば》ねる立場にある女性である。

執事のロータスという男性が使用人の総責任者なのだが、彼女はその次点の地位にあり、私が屋敷に来てからは何かとお世話になっている人でもある。

紫紺《しこん》の髪を綺麗に纏《まと》め上げた、すらりとした長身のキツめ美人で、童顔の私としては羨《うらや》ましくなるほどの妖艶《ようえん》さがあった。聞いたことはないけれど、年齢は二十代後半か三十前半といったところだろうか。

その色気はどうやったら身につくんですかと問いたいものの、今の私と彼女の関係ではそんなこと聞けるはずもなく。それに色気を付けたところでヴォルク様が手を出してくるわけもなし、聞くだけ無駄だろうなとも思う。

「今日は弟への手紙の返事を書いて……そうね、読書でもしようかしら」

茶会の予定も入っていないし、結婚して三か月も経った今は、婚家であるレグナガルド家についての学びも既に終了している。

となれば、貴族の奥方と言っても、付き合いがなければ暇なのが公然の事実というもので。

少し前に届いた弟オルファからの手紙へ返事を書いてやるのは、用事のうちに入らないし。

普通の貴族令嬢ならば、刺繍《ししゅう》したり、本を読んだりするんだろうけど、正直性に合わない。それでも一応読書すると言ったのは、たとえ部屋でだらだら過ごすにしても、読書だと告げていればしばらく放置しておいてくれるからでもあった。

これが実家なら、馬で駆けたりオルファの剣の練習に付き合ったり、色々やりたいことはあるけれど。

あー……馬に乗りたい。愛馬のアルスちゃんに跨《また》がって、オルファと一緒に実家近くの丘まで駆け上がりたい。

果たしてあの馬《こ》は元気にしているかしら……

将来は神の家に、なんて思っていたのは、元々動き回るのが好きだからという理由もあった。

神の家は孤児院も併設されているところが多いから、入っていれば子供の相手などで毎日が慌だしく過ぎていたことだろう。

つい先日まで実家の雑事に追われていたので、この静かすぎる毎日は、私にとっては退屈で、持て余している状況だった。

そう感慨に耽《ふけ》っていると、すぐ傍からほんの小さな溜息が聞こえた気がして、はっと我に返る。

「かしこまりました。それでは、お部屋に紙とインクを用意しておきます……何かございましたら、何なりとお申し付け下さいませ」

美麗なメイドは、そう言って恭《うやうや》しく頭を下げた。

あれ……今、溜息が聞こえた気がしたけど、気のせい？

彼女の艶《つや》やかな紫紺《しこん》の髪を見つめつつ、考えたけれど、やはり彼女ではなさそうだ。

たぶん私の気のせいだろう。

「あ、ええ。わかったわ。ありがとう」

浮かんだ疑問を掻き消しながら応答すると、彼女は静かに踵《きびす》を返した。

「何なりとお申し付け下さい」のところに妙に気合が入ってた気がしたけれど、それも気のせいかな。

まあ、エレニーも旦那様と同じく感情を表に出さないタイプなので、多分違うだろうな、と一人納得した。

彼女と別れてから、私は自室に戻る前に中庭へ足を向ける。オルファへの手紙に添える花を見《み》繕《つくろ》いに行くのだ。

さて、今日は何の花にしようかな。オルファは白い薔薇《ばら》が好きだから、丁度いいのがあればいいんだけど。

実家なら走り出すところを、優雅に見えるよう気を付け、屋敷の長い通路を歩き外に出る。

時折すれ違う使用人に声をかけつつ、目的の場所へ辿り着いた私は、そこにいた目当ての人物に声をかけた。

「おはようアルフォンス。花を一輪いただいてもいいかしら」

「これはレオノーラ様、おはようございます。今日は白薔薇《ばら》の咲きがよろしいので、そちらをお取りしましょう」

「ありがとう」

庭にしゃがんでいた男性が、ゆっくり立ち上がり私に向かって会釈《えしゃく》した。格子柄《こうしがら》のシャツに上下の繋《つな》がった薄茶の作業着を着ていて、口周りを覆《おお》う白い鬚《ひげ》は、さながらどこかの牧場主みたいに見える。

あー。アルフォンスに会うと癒《いや》されるわぁ。

庭師のアルフォンスは、ふんわりと空気を和《やわ》らげてくれるような雰囲気がある。

そういえば、王都で流行《はや》ってた鶏の揚物《あげもの》を売る店の看板の絵の人に似てるわね。

まあ、持っているのは鶏肉じゃなく、剪定鋏《せんていばさみ》とバケツだけど。

そんなことを思いながら、光に照らされた美しい庭園をぐるりと見回す。

「……ここのお庭は、いつも美しくて癒《いや》されるわね。貴方《あなた》の腕と努力のおかげだわ。ありがとう」

「いえいえ。めっそうもございません」

朝摘みの白い薔薇《ばら》を一輪受け取り、柔和な笑顔の庭師を労《ねぎら》う。

ただ綺麗なだけの庭だったならば、腕はよくてもつまらないと感じていただろう。

けれどここは違う。子供が喜びそうな動物の形をした寄せ植えや、色とりどりの花で作られた花時計があったり、東屋《あずまや》の前にはアーチが作られていたりと、遊び心があって微笑ましい。

こういったことが出来る人は、本当にすごいと思う。技術だけではなく、センスがあるのだ。私は自分の性格が大雑把《おおざっぱ》なのを自覚しているので、こういった細やかなことが出来る人を尊敬している。

するとアルフォンスが問いかけてきた。

「ですがこちらのお庭も、奥の方はまだまだ改良の余地があります。……奥様は、何かご要望などございませんか？」

「私？」

「はい。……広さがありますので、あちら一面を芝生《しばふ》にするなども出来ますが」

「……へ？」

予想していなかった質問に、思わず素《す》っ頓狂《とんきょう》な声を出してしまった。

ん？　なぜにここで芝生《しばふ》？

そりゃ、実家にいた時みたいに、庭の芝生《しばふ》で走り回ったり剣の稽古《けいこ》をしたり……出来たらいいなとは思ってたけど。

でも貴族の奥方が、んなことやっていいわけないし。

それに確か、レグナガルド家の屋敷の庭にあまり空《あ》きスペースがないのは、ヴォルク様のお母様である亡きレグナガルド夫人のためだったと聞いている。花や草木を愛《め》でるのが好きな方で、なるべく多くの種類のものを育てたかったのだとか。

私には特に拘《こだわ》りはないので、母の記憶がないというヴォルク様のためにも、ここには口出しをしないつもりでいた。

それにしてもアルフォンスからこうやって、面と向かって意見を求められることなど初めてだ。「ご要望がありましたらなんなりと」みたいな声かけは以前にもしてもらった覚えがあるけれど、こうやって直接聞かれるというのは……うん、思い返してみてもやっぱりなかったな。

それでも聞かれたのだから何か提案した方がいいのかなと、一応思案する。が、アルフォンスのセンスに任せていて十分という気持ちもあるし、芝生《しばふ》の広場があったら素敵だけど、実際私が使えるかと言えばそうじゃないと思うので、いいかという結論に至った。

「広場ね……確かに素敵だけど、子供がいたりするならともかく、そうではないから今は貴方《あなた》に任せることにするわ」

もしかして、将来子供が出来た時のために言ってくれているのかもしれない。でもなぁ、子供が出来る以前の問題だから、気を使ってもらっちゃあ、むしろ申し訳ないんですが。そんなことを彼に言えるわけもなく。

「左様でございますか……かしこまりました。しかし、もしお望みの際はどうぞお申し付け下さい。その時は腕によりをかけさせていただきます」

いやアルフォンス、どうしてそんなに芝生《しばふ》に拘《こだわ》る。もしかして広い芝生《しばふ》が好きなのかな……。それなら作っていいよって言えばよかったかもしれない。ちょっとだけ罪悪感が湧いた。

なんだか微妙な感じになってしまったアルフォンスとの会話を終えた後、私は受け取った白薔薇《ばら》を手に、屋敷の南側にある調理場へと向かう。

レグナガルド家には料理人が一人と、その助手が二人の、合計三人の調理場担当がいる。

突き当たりにある調理場への入り口をくぐると、そこでは料理長のコラッドと、その助手であるデュバルとロットが歓談していた。

三人とも男性で、料理長コラッドはこの屋敷では庭師のアルフォンスに次ぐ年配者。デュバルとロットは共に二十代の若者で、助手兼料理人見習いといったところだ。

「おはようコラッド。デュバルとロットも」

「おはようございますレオノーラ様！　本日の朝食は如何《いかが》でしたでしょうか」

彼らの会話の頃合いを見て声をかけると、三人が振り向き笑顔で返してくれた。そして白いコックコートに身を包んだ料理長のコラッドが、感想を問いかけてくる。垂れ目がちの優し気な目は、深い笑い皺《じわ》に囲まれていた。

うん。私が話したかったのはそれなんですよ。

「とても美味《おい》しかったわ。特に鴨肉《かもにく》にトマーテのソースがかかってるものなんて絶品で」

私がレグナガルドの屋敷に来て驚いたことの一つには、ここの料理がとんでもなく美味《おい》しかったことがある。実家の料理人がどうこうというわけではなく、コラッドの腕が規格外なのだ。

今朝の朝食に出ていた鴨肉《かもにく》なんか、ほろほろに煮込まれた柔らかいお肉に、トマーテという酸味と甘みを持つ赤い野菜のソースが絶妙な旨《うま》さを醸《かも》し出していた。毎日の食事が楽しみというのは、かなりありがたいものがある。食は命そのものだ。私が毎日元気で過ごせるのは、彼らのおかげに他ならない。

「それはようございました。昼食にはセメディ鯛《たい》のバタームニエルを予定しておりますので、どうぞご期待下さい」

「ええ。楽しみにしているわね」

にこにこと笑いながら次のメニューを教えてくれるコラッドの後ろで、デュバルとロットが「今日のは朝イチで俺らが市場で選んできたんすよ！」と得意気に語ってくれた。最近食材の目利きを任されたらしい彼らは、自分達の実力を認めてもらえたことが殊更《ことさら》嬉しいみたいだ。微笑ましさに、自然と笑顔が零《こぼ》れる。

よし、お昼はお魚だ、と嬉しい情報を入手して、私は三人に声をかけ自室へと踵《きびす》を返した。

実家は伯爵家だから、屋敷は男爵家であるレグナガルド邸より大きめだったけれど、空気はこちらの方が明るい気がする。恐らくここにいる人々に明るい人が多いからだろう。感情の読みにくいヴォルク様とエレニーは別としても、他の使用人の人達は総じて朗《ほが》らかだ。

少し歩くと、自分にあてがわれた部屋の前へ辿り着く。室内からは物音がしていた。

扉を開けると、落ち着いた配色で統一された部屋の中、作業をしていた若いメイドが目に入る。

普段はエレニーが私専属のメイドとして世話をしてくれているけれど、時折こうやって、他のメイドが部屋の掃除やベッドメイクなんかをしてくれることもあった。

エレニーは屋敷の副責任者みたいなものだから、何かと忙しいのだろう。世話を焼いてもらっている身で文句を言うつもりもないので、そこは好きにしてもらっていた。

「おはようセリア。いつもありがとう」

お掃除をしてくれている若いメイドに声をかけると、愛嬌《あいきょう》のある小さな顔が振り向き、綻《ほころ》んだ。

うわー。セリアったら可愛い。ほんとに可愛い。これで十五歳とか、お姉さん色々心配になっちゃうよ。

セリアは私と同じく、このレグナガルドの屋敷では新参者だ。三か月前に嫁入りしてきた私と、二か月前に入った彼女。新入り同士仲良くしましょうねと伝えたら、真っ赤な顔をして頷いてくれたのが記憶に新しい。今時珍しいくらい擦《す》れていない貴重な子である。

「おっ、おはようございますレオノーラ様っ。すぐにお部屋を整えますのでっ」

「ああ、いいのよ大丈夫。弟のオルファに手紙を書くだけだから、気にしないで続けてね」

「は、はいっ！」

やや緊張した面持《おもも》ちで、セリアが返事をしてくれる。私が屋敷の奥方というのと、まだ慣れていないのとで、こうやって少しあがってしまうらしい。

それがまた可愛らしいので、セリアはアルフォンス同様、癒《いや》しキャラとして私の中で確立されている。

セリアの作業を邪魔しないよう窓際のテーブルへ向かうと、そこには薄い蒼の装飾が施《ほどこ》された便《びん》箋《せん》と、インクと羽ペンが用意されていた。

エレニーが、私が来る前に用意しておいてくれたのだろう。相変わらず仕事が早いなあと感心する。

彼女は、まさしくそつがない出来るメイドって感じだものね。

キツ目の顔立ちをした美麗なメイドを思い浮かべる。彼女はなんというか、この屋敷では色々な意味で目立っていた。

まずヴォルク様と同じくらい表情が読めないし、ほとんど感情を表に出すことがない。正直、最初はその機械的な調子にやりにくさを感じたが、あれが本人のスタンスだと悟ってからはそれほど気にならなくなった。

でも、たまーに何かを言いたそうにしているのは気になっているけど。

そんなことを考えつつも、私はバルコニーに通じる窓際で明るい光を照明に、弟への手紙を書き始める。

私の実家であるローゼル家の次期当主オルファは、今年十歳を迎えた。

昔は貧弱だった身体も、成長と共にしっかりし、最近は特に剣の稽古《けいこ》に精を出しているらしい。

そのためか以前は文芸小説を読み耽《ふけ》っていたのに、今は冒険小説に熱を上げているのだとか。それで今回は手紙に添えるプレゼントとしてアルフォンスの白薔薇《ばら》と共に、発売されたばかりの海賊物語を購入していた。

この海賊物語はシリーズもので、オルファが現在嵌《はま》っている作品でもある。

オルファへそのことを書きながら、ついでに今作業をしてくれている新人メイド、セリアの話も書きとめることにした。この海賊物語に出てくる主人公手編みのロープが、手先の器用なセリアなら編めるかもしれないと思ったからだ。

なにしろ以前彼女に髪結《ゆ》いをしてもらったところ、一体どこでどうなってるんだ？　と驚くくらい複雑な編み込みをやってみせてくれた。しかも髪結《ゆ》いってほとんどが痛みを伴《ともな》うものなのに、彼女のは全然痛くなかったからさらに驚いた。

セリアにロープを編めとは言えないけど、一応話題として楽しいので書いておく。

ちなみに、弟のオルファは若干、いやかなりシスコン気味で、私の縁談が決まった時は、お父様を刺し殺さんばかりの勢いだった。

それというのも私は彼にとって、姉であり、母でもあったからだ。

私とオルファも、ヴォルク様と同じく母親がいない。

お母様が亡くなったのは、オルファが六歳の頃だった。闊達《かったつ》な性格に似合わず身体が弱かったお母様は、その年にイゼルマールを襲った流行《はや》り病《やまい》で、呆気なくも天に召された。未《いま》だ『暁《あかつき》の炎《ほのお》』という名称で恐れられているその病《やまい》は、多くの命を奪い去り、一か月を過ぎた頃、まるで奇跡でも起こったかのように気配を消した。消え去った後に、深い爪痕《つめあと》を残して。

幼くして母を亡くしたオルファも私も、大事な人の死を涙が枯れるぐらいに悲しんだ。

けれど、それよりも重症だったのは、私のお父様であるローゼル家当主、オズワルド＝ローゼルだった。

お父様の嘆きようは、言葉では表せないほど、恐ろしく深く、闇に満ちていた。

正直、あの頃の私はお母様が亡くなった悲しみ以上に、まるで半身を切り取られたかのように日々嘆き叫ぶお父様の姿に衝撃を受けていた。

……それほどまでに、凄まじい悲しみぶりだったのだ。

お父様は、お母様の亡骸《なきがら》を自室へと運び込み、それから何か月もの間、自室から出てこなかった。

朽《く》ちていくお母様の身体を抱き締めて涙に咽《むせ》んでいたあの姿は、未《いま》だ私の脳裏から離れない。

使用人も親類縁者も狂気の沙汰《さた》だと口にして、ローゼル家からは多くの人が離れていった。

けれどなぜか、私はそんなお父様を止める気にはなれなかった。

お父様とお母様は子供の目から見ても、とても仲睦《なかむつ》まじい夫婦だった。元々お母様が没落貴族の出身で、階級差もあり、かけおち同然で結婚したという理由もあるんだろう。だからお父様がそうなってしまっても仕方がないと、その頃の私は納得していた。

それになんとなくだけれど、お父様をもし部屋から引きずり出していたなら、お父様の命も潰《つい》えてしまうと感じていたから。

しかし、貴族といえども日々泣き暮らして生きていけるほど、世界は甘くない。王都に屋敷を構えているとはいえ、ローゼル家は伯爵の称号を持つ家柄で、領地も領民も少なからず任されている。

それを放置することは、どうしても出来なかった。

幼いオルファと、悲嘆の渦中《かちゅう》にあるお父様。

動けるのは、私しかいなかった。

……人は、たとえ傷ついている状況でも、自分より酷く打ちひしがれている人間を前にしたら、逆に冷静になれるのかもしれない。実際、あの頃の私がそうだったように思う。

幸い執事のサイディスが、長年お父様の手助けもしてくれていたため、私も彼から教わりながら領地を運営することが出来た。

その時の私の年齢は十六歳。本来ならば社交界にデビューして、花婿となる人を探し始める時期だった。

けれどそれどころではなかったせいで、私は母の死を悲しむ暇もなく、ローゼル家当主代行という役目を担《にな》うことになったのだ。ちなみに、いくら深い事情があるとしても、そうやって子供そっちのけで悲嘆に暮れる父を目にした私が、やっぱり殿方は頼りがいのあるマッチョな騎士様タイプでなければ！　という、令嬢としてはちょっとアレな嗜好《しこう》を持ってしまったのもこの頃だ。

その後、半年の月日が経ち、私はオルファの将来を考えて自《みずか》ら社交界へとデビューした。付添人は、お父様と長く親交のあったセデル子爵にお願いした。

お父様はお母様の埋葬《まいそう》を済ませた後も、ずっと塞《ふさ》ぎ込んで自室に引き籠《こも》っていた。

だから私は社交界に出て、付き合いのあった他貴族との関係強化に努めた。結婚なんて二の次だった。いつかオルファが当主となった時、少しでも弟が苦労することのないようにしておくのが、私の目下《もっか》の目標だったのだ。

母の代わりをしなければ、という使命感にも駆られていた。

しかし、当主代行と催《もよお》しへの参加、そして弟オルファへの教育となると、その頃の私には両立出来るだけの力も、余裕もなかった。なので私が十七歳の年には夜会などへの参加はやめ、人脈維持についてはその都度、茶会や訪問で繋《つな》がりを切らさないように努めることにした。

その頃ローゼル家に近寄って来ていた者達は、あまり長く付き合えるタイプの人々ではなかったから、結果的にはあれでよかったのだと思う。

そうして——私は諦めた。

弟のオルファを育て上げた暁《あかつき》には、私は嫁《い》き遅れのオールドミスとなる。なら、その後は神の家に入りそれなりの日々を送ろうと考えたのだ。別に犠牲《ぎせい》になったつもりはなく、自分の意思だった。

それから三年ほどの月日が流れ、オルファが十歳になろうかという今年の中頃、それまで塞《ふさ》ぎ込んでいたはずのお父様が突然部屋から出て来て、かつての笑顔で言った。

「レオノーラ。お前の縁談が決まったよ」と。

苦労と言うほどでもない以前の自分のことを思い返しながら、私は今夜も夜の務めのために待っていた。

……もちろん、そんな色気のある意味ではない。

月が大きく傾きを見せる深夜に、ガチャリ、とドアが開く。

せめて声かけくらいして下さいよと思うのだけど、悲しいかな、相手はこの家のご当主であり、私の旦那様である。文句は言えない。

ああ、帰ってきたんですねー……行く時は見送りしろって言うのに、こうやって遅くなる日は出迎えをするなってイマイチ意味がわからないけど、まあ部屋でのんびり出来るのはありがたい。

「お帰りなさいませヴォルク様」

寝衣のまま、スカートを摘《つ》まんで静々《しずしず》と会釈《えしゃく》する。

ヴォルク様は既に着替え済みの状態で、朝見た蒼穹《そうきゅう》色の騎士隊服ではなく深い夜色の普段着姿だった。それもまた格好いいのだから、世の美形の奥様方は毎日ドキドキさせられて大変だろうなと他人事みたいに同情をする。

「……起きていたのか」

私が世の女性に思いを馳《は》せていた間に、ヴォルク様は相変わらずの無表情のまま、それだけ呟いて寝台へもそもそ入っていった。うーん。出来れば帰宅の挨拶《あいさつ》が欲しかったんだけど。

「ただいま」って、一度も言ってもらったことないのよね。

それに起きてたのかって、いつも起きてるじゃん、と言いたいです。言えないけど。

だって流石《さすが》にね。旦那様ほったらかしですかすか寝ていられるわけないじゃないですか。一応伯爵令嬢なんだから、そこらへんの花嫁教育くらい式が決まった時点で叩き込まれましたわよ。

内心ぶつくさ言いつつも、ヴォルク様が入っている寝台に自分も入った。

途端、ヴォルク様がもぞり、と身体を動かす。

というか離れた。私から。

ですよねー……

やたら大きな夫婦用の寝台は、端に寄れば、さほど隣の人を気にせずに寝られますものね。

わかってます。わかってますよー。だって私はお飾りの妻ですからー。

そう心でこくこく頷きながら、私はなんの緊張感も抱かずにおやすみなさいと一言告げて眠りに入った。

しばらくして、隣から視線らしきものを感じたけれど、それには気付かない振りをした。


やがて聞こえてきた規則正しい呼吸音に、そっと瞼《まぶた》を上げて様子を窺《うかが》う。

視界には見慣れた天井があるけれど、カーテンの隙間から差し込む月光だけでは、その全体像ははっきりしない。

同じ寝台に自分以外の誰かがいるのにも、もう慣れた。その人と背中合わせに寝るのも、最初は緊張したけれど、今となってはそれも感じない。

ヴォルク様は、私には手を出さないと理解したから。

——爵位が付いていれば、別に誰でもよかったんじゃなかろうか、とつくづく思う。

ヴォルク様は代々騎士の家系で由緒《ゆいしょ》正しい家柄ではあるが、元はと言えば平民の出。なので貴族称号は、武勲《ぶくん》を立てれば与えられる貴族位としては最下級の男爵である。では、下位貴族の人間が高位貴族と交わるには何が手っ取り早いかと言うと、それはやはり結婚という手段であった。

いわゆる政略結婚にて高位貴族との繋《つな》がりをつけていくのだ。今回の私の結婚は、見事なお手本だろう。

お父様の引き籠《こも》り生活のせいで、貴族間でのローゼル家の評判はあまりよろしいものとは言えないけれど、王国士隊に属するヴォルク様は、評判よりも爵位に重きを置いたのかもしれない。軍に属する者といえども、爵位とは切っても切れないものがある。

爵位が上であればあるほど、参加出来る催事も多いので、結婚相手には中級以上の家柄を選ぶというのがある意味常識だった。

自《みずか》らの地位を固める手段として、政略結婚は別段珍しいことではない。

だからたとえ相手に好意がなくとも、義務として、婚姻後はそれなりの関係を結んでいくものなのだけど……

あえて言うなら、私がヴォルク様を好みでなかったのと同じように、恐らく彼も私が好みじゃなかったんだろう。

婚姻証書は提出済み。神の御前《ごぜん》で恒久《こうきゅう》の誓いも済ませ、形式上は完璧な夫婦……ではあるものの。

……真実夫婦では、なかったりするのだ、これが。

まさか初夜までスルーされると思っていなかったから、あれは流石《さすが》に衝撃だった。

男は好きな女じゃなくても抱けるって噂《うわさ》、嘘じゃないのか。それとも私は女に見えませんか。痛いの嫌いだから別にいいけど。おかげで既婚者なのにまっさらですわよワタクシ。

というわけで、私レオノーラ、正真正銘『お飾りの妻』をしております。

まあ、ここまでお前は俺の好みじゃねえんだよ的な態度を貫《つらぬ》かれると、かえって清々《すがすが》しいし、割り切れて楽と言えば楽だ。

……ずっと猫被《かぶ》るのって、しんどいけどね。

それによくある政略結婚ではあったけど、それほど悪いものでもなかった。

求められはしなくとも、酷い扱いを受けているわけでもなければ、恋人と引き裂かれたわけでもない。

むしろ運がいい方なのだから、これからも無難に毎日を送っていけたら——と、そんな風に軽く考えていた。

後から思えば、それは私がヴォルク様のことを「ちゃんと」見ていなかったから、そう思ってしまったのだろう。この時の私は、知らなかった。自分が一緒になった人の、ほんの片鱗《へんりん》さえも。

＊　＊　＊

——また、別の日。

バルコニーへと続く窓際に立ちながら、もうすぐ帰ってくるであろう彼の顔を思い浮かべる。

思い返せば、顔合わせをした時から、ヴォルク様の表情らしい表情はほとんど見ていない。

日中は仕事でほぼ屋敷にいないし、顔を合わせる機会と言えば、朝の見送りの時と、今のような夜の出迎えの時だけ。朝食は一緒に取っているけれど、その時は食事中ということもあって話しかけることもない。恐らく一日の間で二人きりで過ごしているのは、就寝時を除くと一刻にも満たないのではないだろうか。

私達は、互いについて全く知らない。表情も、考えも、何もかも。

出来れば仲良くなりたいのになー……と思いつつ、まあまだ三か月なんだし、もうちょっと様子を見てみるか、と無理矢理自分の気持ちを浮上させ、実家にいた頃によくオルファと歌っていた曲を口ずさんだ。今夜みたいに白銀の月が美しく煌《きら》めく夜には、この曲を歌いたくなる。

軽《かろ》やかな曲を鼻歌交じりに歌いながら、その場でぐっと両手を上げて伸びをした。

レグナガルド家に嫁《とつ》いでからというもの、あまり身体を動かす機会がないせいか、以前よりも筋が固まり、なまっている気がする。オルファと共に過ごしていた頃は、庭でじゃれ合ったり剣技の練習なんかも遊びの延長で付き合ったりしていたから、そんなことはなかったけれど。

……やっぱり、淑女の生活っていうのは、私には合わないと思うのよね。

腰を左右に回しつつ、そんなことを考える。貴族令嬢らしくないのは自覚しているものの、これが私という人間だし、それでいいとも思っている。

郷に入っては郷に従えという言葉も理解しているので、我《が》を押し通すつもりもないし、恐らくこのまま、私は努めてお淑《しと》やかに、レグナガルド夫人を演じていくのだろう。

……少し寂しい気もするけれど、多くの令嬢が辿る道でもあるから、文句を言えないのはわかっている。

歌で気分を誤魔化しながら、全身の軽い運動を終えたところで、ふと窓へ片手をついた。

硝子《ガラス》越しに広がる夜の静かな光景に、かつてお母様が生きていた時、お父様やオルファと私を含めた家族四人で、屋敷の中庭から星を眺めたことを思い出す。あの頃のオルファはまだ二つか三つで、珍しく許された夜更かしをとても喜んでいたっけ。

「あの頃が、懐かしいなー……」

悲しい気持ちが心に湧いて、無意識に口をついた言葉に、自分でも驚いた。

咄嗟《とっさ》に指先で口元へ触れたところ――突然の声が。

「どうした」

「ひゃっ！」

不意打ちでかけられた声に、声と心臓が同時に跳ねた。慌てて振り向くと、ヴォルク様の見慣れた無表情が私をじっと見つめていた。

「お、お帰りなさい、ませ……？」

思考が追い付かず、とりあえずの言葉を口にする。いつの間に帰ってきたのか、足音も、扉が開いた音も聞こえなかったのに。

気配、しなかったような……？

考えごとをしていたせいで気付かなかったのだろうか？　それにしても、普段は絶対気付くのに。

おかしいな、と思いつつヴォルク様の顔を窺《うかが》うと、彼はなぜか無言のままで微動だにせず私を見ている。

「あの……？」

「歌……」

「うた？」

「今、歌っていただろう」

唐突に指摘されて、何のことやらと戸惑う。けれどその意味に思い至ったところで、羞恥《しゅうち》に心が染まり焦る。

は……っ鼻歌！　聞かれてたーーーっ!?

「えええええっと！」

パニックに陥《おちい》る中、聞いてたならなぜ止めん！　と文句めいた言葉が浮かぶ。もちろん口には出来ないけれど、黙って聞かれていたことが恥ずかしすぎて、誤魔化し方を必死で考えた。

「……今の曲は？」

「え」

慌てていると、数歩私の方へ近付いてきたヴォルク様にそう問われ、彼の顔を見上げ驚きの声を漏《も》らす。

普段、私と彼の間に会話らしい会話はほとんどない。大抵は、日々繰り返される最低限の定型文のみだった。

けれど、今のこれは……

会話をしようとしてくれているのかと驚くと同時に、ちょっと嬉しい気持ちもあって、私は彼を見上げたまま答えを口にした。

「この曲の名は、銀の小舟、と言います」

「銀の……？」

正直、曲名を答えるのにも少し恥ずかしい気持ちがあった。夫となった人と同じ色の名を冠《かん》した歌を口にしていたと知られるのは、なんだか照れくさい。

この歌はローゼル家でとても慣れ親しんだもの。小さい頃にお母様から教えてもらって、それからずっと歌い続けてきた思い出深い歌だ。

だからヴォルク様の髪の色が銀色だと知った時は、嬉しい気持ちがあった。

彼からすれば他愛のない偶然かもしれないけれど、唐突に告げられた縁談話を嘆くことなく受け入れられたのは、この小さな偶然があったからと言っても過言ではなかった。

「好き……なのか？」

「はい？」

「その、銀の小舟……という歌が」

ヴォルク様が、私へ視線を向けたまま、静かな声音で再び問いかける。彼から質問を投げられること自体珍しいけれど、ここまで会話が続いていることにも、内心かなり驚いていた。

なんだろう。今日のヴォルク様は、普段とちょっと違う気がする。

こうやって話が出来ているのもそうだけど、どこか少し……柔らかい空気を出してくれているような……

少しは歩み寄ってもいい気持ちになってくれたのかと思いながら、私は彼に感謝を込めて笑いかけた。

互いに努力出来るなら、この関係も悪くない。

「はい。私の母から教わったのですが、小さい頃から、ずっと好きです」

そう返すと、心なしかヴォルク様の蒼《あお》い瞳が瞠《みは》られた気がした。だけど「そうか」と呟いた後には普段と同じ無表情に戻っていたので、気のせいだったのかと思い直す。


——しかし、次の日再び起こった意外な出来事に、私はまた戸惑うことになる。


「あの、これは……？」

帰って早々、旦那様が寝室で渡してきた小さな包みを手に、私は心底困り果てていた。

今日もいつもと同じく、朝ヴォルク様を送り出し、夜は寝室で彼の帰りを待っていたのだけど。

部屋に入るなり手を出すよう指示を受けたかと思ったら、両手を出した次の瞬間には淡い桃色の紙で包まれた物体が、私の掌《てのひら》の上にぽんっと載せられていた。

え、えーっと……？

あんまりにも唐突だったので、驚くよりも呆気にとられ、しばし無言で立ち尽くしてしまった。

ちなみに、この物体をよこした当人は、騎士服から簡素な普段着に着替えた状態で、私の前に無表情で立っている。

なんだ、一体なんなんだ、妙に可愛らしいこの包みは。しかもなんだか、甘い香りがするんだけど気のせいか。

「……開けてみろ」

またもや飛び出した普段とは違う言葉に少々驚きつつも、言われた通りに淡い桃色の包みを開く。

すると、中からころんと三つほどの茶色の星が、その姿を現した。

これって——

「お菓子？」

深い茶色の、甘い匂いを纏《まと》ったそれは、紛《まぎ》れもなくチョコレートと呼ばれるお菓子だった。

星の形をしていて、幾筋かの白い模様が流れるようにつけられている。

なんか、流れ星みたいなイメージかな、これ。綺麗だし、可愛い。

でも、なんで……？

掌《てのひら》の上のそれを見た後、これを持ってきたヴォルク様の顔を見上げた。

すると、すっと視線を外した彼が、ぽつりと「土産《みやげ》だ」と呟く。

「お土産《みやげ》……？」

思ってもいなかった言葉が飛び出て、つい復唱すると、なぜかヴォルク様は顔を伏せたまま、足早に寝台へと入ってしまった。

えと、ちょっと待って。お土産《みやげ》って言われても。って、あ、そうか。お土産《みやげ》ってことは食べろってこと？

というか食べないと、今にも私の手の上で溶けそうなんですけどコレ。むしろちょっと溶けてる。

駄目だ。これは食べないと駄目なパターンだ。

既に寝台に入り込んで、なぜか頭まで掛布を被《かぶ》っているヴォルク様を見つつ、とりあえず私はお菓子を食べてしまうことにした。夜中にチョコレートってかなりの罪深さだけど、この場合は仕方ない。何より美味《おい》しそうだし、可愛いし。

なんとなく言い訳をしながら、えいっと星の一つを口へ放り込んだ。

濃厚な甘い香りと味が口の中いっぱいに広がって、途端に幸せな気分に包まれる。私も大概単純だな、と思いつつ「おいひい……」と呟くと、寝台から「そうか」とはっきりとした返事が聞こえた。

……起きてるじゃん。

と突っ込みたい衝動に駆られたけれど、今の空気を壊したくないという考えからなんとか思いとどまり、感謝の言葉だけを口にした。

「美味《おい》しかったです。ありがとうございます」

私の声が、彼に届いたのかどうかはわからなかったけれど、答えるみたいにもぞりと動いた掛布の感じから、たぶん伝わったのだろうなと思った。

こんな風に暮らすうちにほんの少しだけ、ヴォルク様は以前とは違う表情を見せてくれるようになっていたけれど、夜になると寝台の端と端で眠るのは相変わらず続いていた。妻としての義務を求められないことに正直安堵している部分はある。でも、日々過ごすうちに彼のことを別に嫌いじゃないなと感じ始めていたし、出来れば今よりも話をしたいなとも思っていたので、求められないことにちょっと微妙な気持ちも抱いていた。

……まあ、矛盾してるのはわかってるんだけど。

だから、このまま時間をかけて、今より少しマシ程度の関係を目指すことを、とりあえずの目標にしようと思っていた。

――彼女が、現れるまでは。

＊　＊　＊

ふと我に返ると、目の前には金髪巨乳美女。

ずいぶん長々と回想に耽《ふけ》ってしまったけれど、そうだった、ヴォルク様の元カノが来ていたんだった。

「貴女《あなた》は、それでいいの――？」

不安そうに瞳を揺らして、エリシエル様がそう言った。

直感的に、あ、この人いい人だ、と思う。

こちらを窺《うかが》う様子の中に、心配してくれている気配があったから。

恋敵《こいがたき》である私に、ヴォルク様と別れていいのかと聞いてくれるのは、私も彼を好きになっていると思っているせいなんだろう。

でも違うし。全く。

……嫌いじゃないけど。

タイプではなかったけれど、やたら寡黙《かもく》で無表情でも、不遜《ふそん》な態度を取られたこともなければ、変な要望をされたこともなかった。だからせめて友達にくらいはなれたらいいのになとは考えていた。

好き嫌いで言えば好ましい方だったと思う。

しかし、ヴォルク様自身に想う人がいるなら話は別だ。

私の存在が、たった三か月でも夫婦として過ごした人の幸せの妨《さまた》げになるのなら、さっさと退場するべきだと思う。

幸い私には帰る家もあれば、弟オルファを育て上げるという仕事もある。

離縁したからといって心が傷つくわけでもない。

なら答えは一つ――銀色の髪をした寡黙《かもく》な騎士様を、彼が想う人へと返すだけ。

エリシエル様の家は公爵家だし、確実に今よりは幸せになれるはず。何しろ彼女は美女だし、巨乳だし。だって巨乳だし。大事なことなので二回言いました。

若干戸惑っている様子のエリシエル様に大丈夫ですからと声をかけ、私は話が済むまでは客間で待っていてくれるようにと頼んで、一度話を切った。

……そうして今、私は自室でヴォルク様の帰りを待っている。

今日は定刻通りに終わると聞いていたから、そんなに遅くはならないだろう。

さて、どうやって切り出そうか？

この際「おめでとうございますぅーーーっ！」ってサプライズ的に祝いながら出迎えてみようか？　いやいや、ヴォルク様は基本的に表情ないから、無言で返されて変なダメージを受ける気がする。それは出来れば避《さ》けたい。

一応、三か月は夫婦として過ごさせていただいたので、ちゃんとお世話になったお礼も言いたいし。

それに、もし叶うのならあの方の喜んだ顔っていうのも見てみたい気がする。

別れるんだから、そのくらいの餞別《せんべつ》貰ってもいいわよね。

普段無表情なヴォルク様の笑顔とか、結構レアだ。

そう悪戯《いたずら》めいたことを考えていると、小さくカチャリと音が響き、エレニーがお茶を持ってきてくれた。

紅《あか》い液体がティーカップの中で揺れていて、トレイの上には軽く摘《つ》まめるお菓子も添えられている。

流れるような仕草でテーブルの側へとやってきた彼女は、極力音を立てずにそれらを私の前へと置いてくれた。

……相変わらず気が利くなあ、としみじみ感心する。

持ってきてほしいと言ってはいなかったけど、声をかけようかと思っていた絶妙なタイミングだった。

彼女は時折こうして、私の考えを先読みして動いてくれる。

実家に帰ったら、ここの使用人の人達とも繋《つな》がりがなくなるんだなと思うと、ちょっと寂しい気持ちになった。

エレニーの淹《い》れてくれるお茶、結構好きだったんだよねー……

「本当に、よろしいのですか」

内心しみじみしていると、傍に控えていたエレニーが、突然そう口を開いたので驚いた。

あれ、珍しい。エレニーから私に質問してくるなんて、仕事に関係すること以外では初めてだ。

でもどうしてだろう。エリシエル様とのやりとりは、彼女も聞いてたはずなのに。

内心首を傾げつつ、美麗なメイドへ視線を向けるも、彼女の髪と同じ紫紺《しこん》の瞳からは何も読み取れなかった。

よくわからないけど、もしかして心配してくれているのかな。だとしたら少々申し訳ないなと思う。

元々私が間に入らなければ、彼女達は今頃エリシエル嬢に仕えていたのだ。伯爵令嬢に仕えるのと、公爵令嬢に仕えるのとでは、彼女達もやりがいが違うだろう。それに、周囲の評価も違ってくるから、やはり私よりもエリシエル嬢の方がレグナガルドの屋敷全体にとっていいはずだ。

そういう気持ちも込めて、私は美麗なメイドへと微笑みかけた。

「剣は、元の鞘《さや》に納めるのが正しい形でしょう？」

これぞ元鞘《もとさや》というやつです。あ、自分で言ってて上手いなとか思ってしまった。

いや、ヴォルク様達の場合は自分から別れたわけじゃないらしいので少し意味が違ってくるのかな。

そんなことを考えていると、私の返事を聞いたエレニーがふっと口元を緩《ゆる》めた気がした。

……あれ。今もしかして笑った？

いつも真一文字に近い唇なのに。というか初めて見た気がするんですけど。

そう思ってぽけっとしていたら、微笑を浮かべた美麗なメイドは何かを確信したようにゆっくり頷き、美しい目をすうっと細めた。

「論より証拠ですわね」

――うん？

エレニーの言葉の意味は、私にはイマイチわからなかった。

夕刻を過ぎて、茜色《あかねいろ》の空に夜の帳《とばり》が下り始めた頃、ヴォルク様が帰宅したとの知らせを受けた。

帰りが遅い時は寝室で待機しているけれど、普段は大体この時間に帰ってくるので、朝と同じく玄関ホールで出迎えている。朝の見送りと、帰りの出迎え。この妻としての恒例行事も、今日が最後になるんだな、とらしくない感想を抱く。

「おかえりなさいませ。ヴォルク様」

礼の姿勢を取る私に、ヴォルク様がカツカツと足音を立てて近付いた。

あ、やっぱりエリシエル様の馬車があるから気付いてるか。

それなら話は早いなぁと、一人でよしよし頷いていると……

「どういうことだ」

と、旦那様から質問されるという、中々レアな状況になった。

あれ、なんでだろ。なんか空気違うな旦那様。

黒い、ってか恐い。いやいや目据わってないか。というより、なんか怒って……る？

なんでだ。あれか、お前俺の女と何を話しやがったんだこの偽嫁がってことでしょうか。

別に貴方《あなた》の想い人を虐《いじ》めたりなんてしていませんよ？　むしろ歓迎したぐらいです。

「エリシエル様のことでしょうか。その件でしたら部屋でお話しいたしますので」

しっかし、この人のこんな顔は初めて見たな。流石《さすが》美形様は不機嫌でも絵になっていらっしゃる。

まあ、それも今からする話を聞けば落ち着くだろう。

そう考えつつ、私はヴォルク様を自室へと促《うなが》した。流石《さすが》に玄関で出来る話でもないし。

私の後をついて来る彼はやっぱり不機嫌な空気を醸《かも》し出していたけれど、私は気にせず部屋へと招いた。

レグナガルドの屋敷は一般的な貴族の屋敷とほぼ相違ない造りになっており、寝室を中心として左右に夫婦それぞれの自室がある。なので私の部屋からでもヴォルク様の部屋へは入れるのだ。一応、着替えるかと聞けばやはり不機嫌そうに否と返事を返されたので、一緒に私の部屋へと移動した。いや、別にいいけどね。

仕事着のままじゃ、窮屈《きゅうくつ》なんじゃないかなーと思っただけだし。

なのでヴォルク様は朝見たのと同じ、蒼《あお》の騎士隊服を着込んだままだ。まあ、流石《さすが》に上着は脱いで、武具類は外した状態だけど。

話の内容が内容なので、念のため人払いをしておいた。

周知の事実ではあるけれど、気持ちの問題というやつである。

室内には、私とヴォルク様の二人きり。

普段は眠る時くらいしか二人きりにはならないので、変な感じだ。

相変わらず、彼がなぜご機嫌斜めなのか理由はよくわからん。しかし、とりあえず私はエリシエル様から聞いた話と、元々お二人は想い合っていたのだし、プロシュベール公からのお許しも出たんだから私と離縁して再婚して下さいましという説明をだらだら終えた。

ヴォルク様は終始無言で、ぎっと睨《にら》むみたいな目で私を見ている。

だから恐いってば。私、エリシエル様には何も言ってないし、してないってのに。

っていうか、せっかくのおめでたい話なんだから、もっと喜んでもいいんじゃないの。

晴れて両想いでハッピーエンドなんだから、ちょっとは笑ってくれたらいいのにと内心文句を呟いた。

別れの時くらい、もう少し砕けた表情を見せたっていいのに、ケチくさい。

あれかな。やっぱり特別な人だけに見せるものなんだろうか。だとしたらなんだかちょぇーな話だが。

「と、いうわけで私今日から実家に帰らせていただきます。旦那様、短い間でしたがお世話になりました。エリシエル様とどうぞお幸せになって下さいませ」

ヴォルク様の反応に少々不服はあれど、帰れるのには変わりがないし、まあいいか、と結論づける。

よおっし！　今日は実家に帰って好きに過ごすぞー！

内心勢い込みつつ、悟られないようににこりと笑ってお辞儀をしたら、なぜか足音をがつがつ いわせながら近付いてきたヴォルク様に、思いっ切り腕を掴まれた。

「痛《いた》っ……！」

ちょっと！　痛いんですが！

何するんですか旦那様！

吃驚《びっくり》したのと、何すんだこの人、と思ってヴォルク様の顔を見たら……

なぜかものすごい怒りの形相だった。

悪魔。悪魔だこれっ。さっきから不機嫌っぽくはあったけど！

なんで？　なんで怒ってんのーーーっ!?

「ふざっ……けるなっ!!」

ひえっ！

部屋に響いた怒号に、思わず身体が竦《すく》み上がった。

えええ、なんでかわからないけど切れられた。旦那様に。

なぜ、どうして。

私が一体何をした——!?

「俺と離縁するだと？　君は何を言っているんだ！　プロシュベール公の娘と一緒になれと!?　夫に自分と別れて他の女を妻にしろと勧めるとは、一体何を考えている！」

えええええちょっと待って、だってあんたら両想いなんでしょ!?

なのに引き裂かれたから仕方なく私と結婚したんでしょおおおお!?

頭がパニックだ。つじつまが合わないにもほどがある。しかもヴォルク様は怒り心頭だし。

なんか一杯喋《しゃべ》ってるし。無声男子どこいった。私何か悪いことした？　してないよね!?

どうしてこうなった——っ!?

「離縁など、そんなことが出来るわけがないだろう！」

また怒声が部屋に響いて、竦《すく》み上がった身体が跳ねた。

出来るわけがないと言われましても！　しろって言われたし！

「で、でも……私達はまだ真実の……夫婦ではないじゃないですかっ……ならっ」

必死に説明しようと、まだ自分達は結ばれていないから離縁出来ると言い募《つの》った。

別に結ばれていても離婚出来るのだが、とにかく理由を言わなきゃいけない気がして。

私がそう言った途端、ヴォルク様はぞっとするくらい冷たく目を細め、ついでくっと冷酷な笑みを浮かべた。

え。何この顔。恐過ぎるんだけど。

……貴方《あなた》一体誰ですか。

「俺が君を抱いていないから……真実の夫婦ではないと？　……なら……今からでもそうなればいい」

「は？」

え、ちょっと。

はい？　今、何と――っ⁉

「政略の上での婚姻だと思われているのだろうと、待つつもりでいたのに。……離れると言うなら、容赦はしない」

……へ？

え？

え⁉

えええ⁉

今、とてつもなく重要な台詞《せりふ》を聞いた気が。けれど聞き返す間もなく、痛いくらいの力で掴まれた腕をぐいっと引っ張られ、ぐるりと世界が反転した。

って、えっ！　ちょっ、ぅわっ⁉

感じたのは、私の身体を横抱きに抱えている存外しっかりとした腕と、くっついた胸元。

あれ、思ったよりがっしりしてたんだな、とか思った腕の主はやはりヴォルク様だった。

あ、いやいやいやちょっと待て。なんで私が旦那様にお姫様抱っこされてるんですかって、ええええどこ行くんですかヴォルク様。そっちには寝室しかないはずですが。あれれおかしい、お昼寝

するところなんて見たことないのに。

いや今は夕方だった。だったら夕寝か。なら一人でしてくれて結構なんですが、どうして私もお姫様抱っこのままで連れていかれているのでございましょうっ？

ちょっと待って、事情が全然わからない――っ⁉

混乱する私には目もくれず、行儀悪くバンッと片足で寝室の扉を蹴《け》り開けたヴォルク様が、そのままずかずかと部屋の中央にある寝台へと突き進む。

いやあの、その、どうして。

どうして寝台に――ってえぁっ？

パニック状態の私を、突如襲った浮遊感。

私、今空を飛んで――とか思ったのも束《つか》の間《ま》、ぼすん、と背に柔らかい感触がして二重に驚いた。

「っひゃっ！」

つい声を上げた私の上に、ばさりと大きな影が伸《の》し掛かる。それが何かに気付き、さらに悲鳴が口から飛び出した。

「っふぇ？」

いやいや。

待って待って。

なんで私ベッドに放り投げられた上、ヴォルク様に覆《おお》い被《かぶ》さられているんでしょうか⁉

なんだろうっ？　すごくマズイ気しかしないんですがっ⁉　なんだコレ⁉

端と端に眠るどころか、ど真ん中で折り重なってるんだけどっ。

この状況は何故《なにゆえ》に！

と、とりあえず退避……っ、退避！

「っあ……っ」

逃げようと身体を捩《よじ》ってみたけれど、上からぐっと押さえつけられ、弾みで短い息を吐き出した。

そして素早い動きで両手を取られたかと思えば、そのまま頭上で絡め取られて固定された。私の両手首を片手で押さえ込んでしまう強い力に、改めて驚かされる。

なんというか、見た目より腕力あったんですねヴォルク様。って当たり前か、男子だし。敵《かな》うわけないですよね。それに、曲がりなりにも騎士様なんだしっ。

っとゆーかこれは何の冗談でしょうか⁉

冗談とかを言いそうな人でないのは、重々承知の上ですが…………！

愕然《がくぜん》としながら、私を見下ろす彼を凝視《ぎょうし》した。

ヴォルク様の銀色の髪が一房落ちて、綺麗な額《ひたい》の上に垂れている。その下にある凛々《りり》しい眉は、何かを耐えるように顰《ひそ》められ、蒼《あお》い瞳には、怒りに似た熱い光が見えていた。

お、怒ってる……？　やっぱし怒ってる！

こ、恐っ。顔恐っ、ヴォルク様！　眼光で焦《こ》げそうなくらい力を感じて恐いんですけどっ。

蛇に睨《にら》まれた蛙《かえる》ってこんなんかな……とか一瞬逃避していたら、それどころじゃない顔つきのヴォルク様が唸《うな》るような声を出した。

「いつか……この肌に触れるのを、許されることを夢見ていた」

言いながら、ヴォルク様が空《あ》いている方の手で私の頬にそっと触れる。

そこはこれまで朝に触れられたのとは、反対側だった。

添えられた手の親指が、感触を確かめるみたいに肌を撫《な》でる。

「ずっと、待っていたのに……っ」

そうやって触れながら、吐き出すように告げられた言葉に、意識が冷静さを取り戻した。

………え。

今――何、と？

目を見開くと、視界には間近に迫ったヴォルク様の綺麗なお顔が、一杯に広がっていて。

透き通った綺麗な蒼《あお》い瞳に、呆《ほう》けた私の顔がはっきり映り込んでいた。

「なのに君はっ……俺から離れたいと！　そう、言うのかっ……！」

苦し気に、ヴォルク様が叫ぶ。

そんな彼の姿に目を瞠《みは》り、言葉の意味を理解しかけたところで、唇に落ちてきた感触に再び思考が混乱の渦《うず》に落とされた。

「ふっ……！」

自分とは全く違うその熱に、一気に意識が塗《ぬ》り潰《つぶ》される。

く、……口ぃいぃいぃいいいっ！

合わさってるんだけどぉぉおおおおっ！

これがキスだということはもちろん頭ではわかっているけど、なんというかもう、私の頭はそんなことを冷静に判断出来る状況ではない。もがいて足をバタつかせてみたけれど、すかさず下肢の間に膝を入れられ、制された。

その間にも、合わさった温《ぬく》もりの角度が変わり、下唇を柔らかく食《は》まれ、舐《な》められる。

今……っ！　な、舐《な》めましたねヴォルク様っ！

じゃなくてっ。なんで！　こうなってんだーーーーっ⁉

思い切り叫びたいのに、混乱のせいか声が出ない。というより唇を塞《ふさ》がれているので、そうしようにも出来なかった。唯一出来ることといえば、執拗《しつよう》なほど口付けを繰り返すヴォルク様を呆然と見つめることだけ。痛みでも抱えているかの如《ごと》く伏せられた瞼《まぶた》を見ながら、私はただ唖然としている。

舌先でこじ開けるように唇を開かれ、隙間から彼の舌が侵入してきた頃には、酸欠も相まってもうわけがわからなくなっていた。

恥ずかしいとかの段階は、既に通り越してしまっている。

いつの間にか水音に交じって響いていた声に、されていた行為も忘れてピキリと固まった。

「んぅ、っ……ふ、……あっ」

……誰の声だ、今の。

もしかしてもしかしなくとも私の声ですかっ？　いやそんなん出した覚えない………って出してるわ！

貪《むさぼ》るみたいに、唾液を絡ませ何度も深く口付けられて、また自分のものとは思えぬ甘い声が漏《も》れた。

手を押さえ込まれているせいで、落とされるキスを甘受するしか道がない。逃げられないという事実が、背筋をぞくぞく震わせる。

思うように呼吸出来ない息苦しさと、混乱から来る焦りとで、脈が異常なほど速まっていく。

口付けがこんなに激しいものだったのだと知って、しかもその相手が、自分には興味を持っていない様子に見えた銀色の騎士様であると理解して——なぜか、ぶわりと肌が粟立《あわだ》った。

…………今の今まで、知らなかった。この行為自体も。唇から伝わる、ヴォルク様の体温も。

——誰だろう、これ。誰なんだろう、この人。

……本当にヴォルク様？

あの、無口で無声で無表情の、綺麗な顔をしたヴォルク様…………？

性急過ぎるキスの嵐に、酸素が足りていないのか脳内でどくどく脈打つ音がする。

息継ぎのためなのか少し離れた隙をつき、熱い息を繰り返すその人を薄目で見ると、そこには初めて目にする、切なげな表情をした騎士がいた。

う、嘘でしょ——？

驚いた、なんてものではなかった。

苦し気に顰《ひそ》められた眉の下、蒼《あお》い二つの瞳が訴えるように強く私を見つめている。

その視線の熱さに、ぎゅうと心が締め付けられた。

「ヴォルク、様…………？」

吐息が肌を掠《かす》める距離で、私を見下ろす彼の名を呼んでみる。

すると、苦し気だったその顔にくっと自嘲《じちょう》めいた笑みが浮かんだ。

「……毎夜傍で眠る君に、俺が何を考えていたかなど、知らないんだろう……？」

呻《うめ》くように囁《ささや》かれた言葉に、私の身体が凍り付く。言われた意味を理解して、二の句が継げずに目を瞬《しばたた》かせた。

興味が、ないのだと思っていた。政略故《ゆえ》の、気持ちの伴《ともな》わない関係なのだと。

――本来あるべき義務すら、求められないほどに。

だから手を出されることもなく、夜毎離れて眠っているのだろうと思っていた。

…………だけど。

「何度この身体を引き寄せ、押さえつけ、奪いたいと思ったか。……それを耐えたのも、全ては君に、その心を開いてほしかったからだ」

告げられた内容に、状況も忘れて愕然《がくぜん》とした。

私の混乱をよそに、再び下りてきた綺麗な顔が私の首筋へと近付いて、熱い吐息が肌にかかる。

声にならない音が唇から零《こぼ》れたのと同時に、首筋を強く吸われて身体が跳ねた。

「つぁ」

「……この肌に……どれほど、焦がれたか……っ」

唸《うな》るように囁《ささや》きながら、彼の手がドレスの開いた胸元へと滑《すべ》り込み、柔らかな部分に直接触れた。

指先が確かめるみたいに肌をなぞり、膨らみの上にある頂《いただき》を挟み込み弄《もてあそ》ぶ。

「つんぅ、……きゃあっ」

小さく声を上げた途端、肩口に手をかけられて、胸下までドレスを引き下げられた。露《あら》わになった肌に外気が触れ、解放された胸元が、心もとなさにふるりと揺れる。

晒《さら》された双丘に、ヴォルク様が熱い息を吐きつつ顔を近付け、そのまま唇を這《は》わせていった。舐《な》め上げられ、頂《いただき》を含まれ柔らかく噛《か》まれるたびに声が上がり、息も絶え絶えになった頃、やっと刺激がやんだ。そう思ったら、今度はスカートの隙間から差し入れられた手が、太腿をなぞりその奥へと進んでいく。

「え……あっ……駄目ぇっ！」

咄嗟《とっさ》の制止の言葉は、まるで聞こえないと言わんばかりに無視される。そこへ指先が触れた途端、その部分を覆《おお》っていた布きれが呆気なくも剥《は》がされた。

嘘――っ！

驚愕《きょうがく》を通り越して呼吸が一旦止まる。婚姻を交わした時にこうなることは予想していたけれど、その後、自分がヴォルク様にとって必要とされていない妻だと認識し、この可能性は頭からさっぱり消え去っていた。

それは、そうなることへの覚悟も然《しか》りで。心の準備など、到底出来ていない。

「待って下さっ…………っひゃぁ！」

慌てて足を閉じようとしたのに、彼の膝で止められ、その場所に指先が触れて悲鳴を上げた。

そんなところ、もちろん誰にも触れられたことがない。今、ゆっくりと擦るように撫《な》で上げるその指先は、この――蒼《あお》い瞳に激情を湛《たた》えた彼のものなのだ。

羞恥《しゅうち》以上の恐怖や、戸惑いと焦り。

それしか頭には浮かんでいなくて、自分でも気が付かぬ間に、目尻が涙で濡《ぬ》れていた。

恐かった。突然こんなことになって、わけもわからず触れられていることが。何より、ヴォルク様の灼《や》け爛《ただ》れそうな焦熱《しょうねつ》が。

秘めていた部分を暴《あば》かれた衝撃と、一向に事態を理解出来ない混乱で、私は子供みたいに嫌々と泣きながら首を振った。すると、押し殺したような声が、再び頭上から落ちてきた。

「君にとっては……っ強《し》いられた、義務的なものでしかなかったんだろう……！　っけれど……俺にとっては、ずっと、待ち焦がれたものだったんだ……！　俺は、君がっ……君のことが……っ」

私の、ことが――？

その続きを問う前に、唇が合わさされ、私の声は奪われた。

「あっ……あぁっ……もう、やめ……っ」

深い口付けを何度も繰り返し、秘めた場所を擦られて、掠《かす》れた声が零《こぼ》れる。潤《うる》んでいた瞳からこめかみへ涙が垂れていた。

指先で花弁《かべん》を弄《いじ》られている内に、気付けば自分でも驚くほど、そこから潤《うるお》いが湧き出て彼の指先を滑《すべ》らせる。それに伴《ともな》い、甘く痺《しび》れるような快感が、まるでさざ波みたいに全身へと広がっていくのがわかった。

「や、あ、あぁぁ……っ！」

ぐちゅぐちゅと、淫猥《いんわい》な水音が室内に木霊《こだま》し耳殻《じかく》を攻める。触れられている場所から膨大な熱が全身を侵《おか》し、怠《だる》ささえ感じる身体には力が入らず、最早《もはや》抗《あらが》うことも出来なくなっていた。

ぐったりと弛緩《しかん》した身体から熱を逃がしたくて仕方がない。

私が抵抗出来なくなっていることを悟ったのか、ヴォルク様は絡め取っていた私の両手首から手を離し、大きな掌《てのひら》を今度は私の両の膝へと置いた。

何を、と思う間もなく、彼の両手で足を開かされ、飛び上がりたい気持ちになる。けど、実際には足に少し力を込めただけで、足は左右に開かれたまま固定されてしまった。

そしてあろうことか、彼は私の腿《もも》の最奥へと顔を近付けた。

「やっ……嫌ぁっ！」

信じられない思いで足を閉じようとするも、彼の髪を挟んだのみに終わる。与えられた刺激で一瞬思考が吹き飛んだ。

「あ、……っあっあっ……や、……ああっ！」

彼の綺麗な顔が、私の両腿の間へと分け入り、その最奥に舌を這《は》わせ、淫靡《いんび》な音を立てている。

そのあまりにも淫《みだ》らな状況や、走る刺激、濁流《だくりゅう》のように押し寄せてくる快感に、私は両手で口元を押さえながら、ただ声を漏《も》らし続けた。

『そういう知識』が、全くないわけではなかった。

だけど実際にもたらされた刺激は強すぎて、身体と共に心まで麻痺《まひ》させられていく気がする。

しかし不思議と、嫌ではなかった。

混乱しているし、驚きもしたけれど。

ただ、彼と話がしたかった。彼が苦し気に口にした言葉の意味を、知りたかった。

君のことが、と言った言葉の続きが、聞きたかった。

――このまま身体を委《ゆだ》ねてしまえば、この人の本心を、聞くことが出来るのだろうか……？

翻弄《ほんろう》される意識の中で、はっきりと、そんな思いが浮かび上がる。

私の嬌声《きょうせい》に涙声が交じる頃、ヴォルク様が下肢の間からやっと顔を離してくれた。ずっと与えられていた快感の奔流《ほんりゅう》が途切れ、私は荒い呼吸を繰り返す。

「……っ」

足先も、指先も、頭も、全てが甘い痺《しび》れに侵されている。薄く開いた視界の中には、今にも泣き出しそうな銀色の髪の人がいた。

「君が……欲しい。君を、俺の本当の妻にしたい」

ぎしりと寝台が軋《きし》んだのと同時に、素早く上衣を脱ぎ捨てたヴォルク様が全身で私を抱き締め、耳元でそう囁《ささや》いた。耳孔《じこう》を穿《うが》つその声に、濡《ぬ》れた下肢の間がふるりと震える。

返事を、しないと――

そう思うのに、唇は短い呼吸を繰り返すだけで、言葉らしいものが紡《つむ》げない。

そんな私をどう思ったのか、ヴォルク様は再び私を見下ろしながら、自分の下衣を寛《くつろ》げた。

それを見て、少しの恐怖が湧き上がる。

だけどその次に見た蒼《あお》い瞳に、その思いが掻き消された。今から妻を抱くというのに、まるで切り刻まれてでもいるような痛ましい顔が、私を悲しげな瞳で見下ろしていたからだ。

「全てが終った後、君は俺を……憎むだろうか……？」

その言葉と同時に、熱い、灼《や》けてしまいそうなほどの熱が、私の内へと入り込んだ。

「……ひっ⁉」

めりめりと、身体を中心から引き裂かれるような鋭《するど》い痛みと、押し入ってくる質量に、身体が痙《けい》攣《れん》し、戦慄《わなな》く。

思わず逃げそうになった腰を掴まれて、熱い楔《くさび》はゆっくりと、私の奥へと突き進んだ。

痛みで全ての筋肉が収縮したみたいに、ぎゅうと身体が強張る。身体の中心に感じる芯のある昂《たか》ぶりが、身を引き裂くように内を貫《つらぬ》いていた。

初めては、痛いって聞いていたけど……っ！

これほどとは……っ！

かつてない衝撃に、なんとか痛みを逃せないかと、身体の力を抜くことを意識する。けれど、正直痛いものは痛かった。目の端からは、新しい雫《しずく》がいくつも零《こぼ》れ、視界は潤《うる》んでものの形さえつかめない。

歯を食いしばりながら痛みを耐えるけれど、広がった痛みは中々治まる気配がなかった。

「……っ」

ヴォルク様が短い吐息を漏《も》らして、そこで全てが中に納まったのだと理解した。その証拠に、私の腿裏には、彼の肌がぴたりと合わさっている。

先ほど彼が下衣を寛《くつろ》げた瞬間に目にしたあんな大きなものが、自分の中に入っているのかと思うと驚きだったけれど、それはじんと熱さと痛みを滲《にじ》ませて、確かに私の中にいた。

続く痛みに、抜いてと言いたくて、口を開こうとした時、そっと掌《てのひら》にヴォルク様の手が重なった。

私の手は、知らず敷布をきつく握りしめていたらしい。

その強張りを解くみたいに指と指を絡ませて、宥《なだ》めるようにきゅっと手を握り込まれる。

「すまない……っ」

まるで懺悔《ざんげ》でもするかのように、耳元で切なげに零《こぼ》された彼の声に、私は口を開くのをやめた。

痛いのは、確かに痛い。

だけど。

妻を抱いているだけなのに、謝罪の言葉を口にしている彼を。

……私は、最早拒《もはやこば》もうとは思えなかった。

初めて知る熱い肌が、少しの隙間も許さないほど押し付けられていて、握り込まれた掌《てのひら》が、離したくないとばかりに強い力で覆《おお》われている。大きなその手は……微かに震えていた。

——なんか、もう、いっか。

色々考えるのはよそう。

ヴォルク様は確実に、私を求めてくれている。さっきの言葉も、後でちゃんと聞けばいい。

多分、答えてくれるだろうから。

……だから今は。

この人に、私の全てを捧げてしまおう。

そう決めたところで、私の中で動かずじっと待ってくれていたのであろうヴォルク様へと声をかけた。

「だい……じょうぶ、ですよ……？　動いても……っ」

痛みを堪《こら》えながらのせいで途切れ途切れにはなったけど、意味はちゃんと伝わったらしい。

私の言葉にぱっと顔を上げたヴォルク様が、驚いたように息を詰め、見開いた目でこちらを見下ろした。

「大丈夫……ですから。私は、貴方《あなた》の妻、ですから……っ」

だから遠慮せずともいいのだと、痛みを耐えつつ微笑んでみせた。

すると、ヴォルク様の蒼《あお》い瞳が、泣き出しそうに震えて、その後何かを思うみたいに伏せられる。

長い睫毛《まつげ》が眼下に影を作り、薄い唇は声を出すのを耐えるように強く噛《か》み締められていて。

そんなに噛《か》んでいると傷になってしまうんじゃないかと、心配になってもう一度声をかけようとした時だった。

「っ、レオノーラ……っ！」

「ひゃっ!?」

私の名を叫ぶと同時に、ヴォルク様がぎゅっと私を抱き込んだ。途端、中に埋《う》められた熱い昂《たか》ぶりが蠢《うごめ》く。まるでこめかみに心臓が移動したように、どくどくと鳴り響く鼓動が五月蠅《うるさ》い。熱に侵された頭では考えるのも億劫《おっくう》で、私を抱き締める『夫』に全てを任せることにした。

「っレオノーラ……っ！　レオノーラ……っ！」

「ああっ……やあぁ……っ！」

私の身を気遣うみたいに、ゆっくりと動き出したヴォルク様が、何度も私の名を呼んだ。

段々と激しくなっていく動きに仰《の》け反《ぞ》って喘《あえ》ぎを零《こぼ》していると、中を蹂躙《じゅうりん》している熱い塊《かたまり》がドロドロに溶けていくような、なんとも言えない感覚を覚える。

いつからか身体の芯が喜ぶかの如《ごと》く痙攣《けいれん》を起こし、痛みが先ほどより薄らいでいることに気が付いた。

全く痛くないわけではないけれど、擦り上げる刺激の中に、甘い快楽が交じって、結合している部分が潤《うる》んでいるのがわかる。

初めての感覚に戸惑いながらも、嫌だとは思わなかった。だけどどこか切なくて、息苦しくて、縋《すが》るようにヴォルク様にしがみ付くと、ぐっと力強く抱き返された。

「ずっと……っ！　ずっと君が……っ欲しかった……っ！」

「ひぁっ……あっ……あっ……ぁ！」

ぐちゅぐちゅという淫《みだ》らな音が、私とヴォルク様の繋《つな》がっている部分から繰り返し響いている。

それは少し恐くなるほど激しくて、自分の身体が壊れるんじゃないかと一瞬危惧《きぐ》してしまった。

そうして、不思議な渇望《かつぼう》感に攻め立てられるような感覚を味わいつつ、私は最後、中で吐き出された熱い飛沫《ひまつ》を、身体の最奥で受け止めた。そのことに抵抗を抱かなかった自分が、自分でも意外だった。

「レオノーラ……君は、俺の……俺だけの……」

未《いま》だ体内に残るそれを抜くことはせず、ヴォルク様が私の顔中に啄《ついば》むような口付けを降らせていく。

頭なんてぐちゃぐちゃで、熱さで浮かされているのに。

なぜか私は、その降ってくる唇を、避《さ》けようとは思えなかった。


——夜が明けて。

ゆっくりと瞼《まぶた》を上げたら、下腹部に引き攣《つ》れるような痛みが走った。

……結構痛い。

なんとゆーか色んな意味で色んなところがとにかく痛い。まさしく身体が悲鳴を上げている。し、死ぬかと思った……

寝台から天井を眺めつつ、まず思った感想はそれだった。

破瓜《はか》の痛みって言うけれど、あれ具体的に教えてくれなきゃ駄目でしょ、死ぬでしょ本気で！と、昔私に男女のいろはのさわりを教えてくれた女性家庭教師に、脳内でありったけの文句をつける。

世の先生達よ、お願いだから、もう少し掘り下げて教えるようにして下さいっ。

予習が緩《ゆる》すぎると実践で後悔するから、切実に！

ふぬぅ、とつい口から零《こぼ》したところ、何やら私にぴったりとくっ付いていた体温が、私の身体をぐっと抱き込んでくるのを感じた。

あらあら。ちょっと待ちましょうか私。これってもしかして、ぎゅうされたまま寝てたんでしょうか私ってば。あらいやだ。なんだか少ーし昨日の記憶が蘇《よみがえ》ります。

「二度と……離縁するなどと口にしないでくれ」

意識が吹っ飛ぶ前の事情を思い浮かべていると、私の身体を抱いて離さないヴォルク様が、ぎゅうと力を増してそう告げた。

死ぬ死ぬ。旦那様あなた騎士なんだから、力加減を考えてくれないと妻が死にますってば。知らなかったけどヴォルク様って、もしかしなくても隠れマッチョさんですか。ごめんなさい、まがりなりにも騎士なんですから、そりゃあ筋肉ありますよねー。いやそこそこ力あるとは思ってたんですが、いい意味で予想外でした。ムキムキじゃなく程よいがっしり系で大変好ましかったです。

今までの過小評価を謝ります。もちろん心の中だけで。

……というか。

痛みであまりはっきりとは覚えていないと言えばそうなんだけど。

事の最中になんだか色々言われた気がします。

……もしかして。

……旦那様って。

白いシーツが乱れる寝台。私を抱き込む腕を感じつつ、銀色の髪をした人を見る。間近にある綺麗な顔には、昨夜も見せてくれた切なげな表情があった。目元には、仄《ほの》かに赤い色が残っている。

「……ヴォルク様ってもしかして」

「なんだ」

思い切り不機嫌そうな声なのに、顔を見たらそうじゃないとわかるあたり、不器用な人だったんだな、と今更ながらそう思う。話してても身体を離してくれないその可愛らしさに、体勢を変えることは諦めて言葉を続けた。

「ヴォルク様は……私を好いて下さっているのですか？」

「……」

事の最中と今、湧き上がった疑問を口にした。別に駆け引きでもなんでもなく、純粋に疑問だったからだ。

……だってなんか色々違ってたんだよね。違い過ぎててパニックを起こしちゃったわけだけど。

しかも結局受け入れちゃったし、私。……で、答えを持っている当人はと言うと。

……あれ。

顔、赤くないですか旦那様……？

しかもぷいっと顔逸《そ》らしましたよね。その仕草には大変既視感《きしかん》を覚えるのですが。主に初対面の時の。

……まじですか。

「君は、違うんだろう……」

くらり。

――っと、ダメダメ鼻血が出るかと思った。

大いに眩暈《めまい》がしました。くらっときた。そしてガツンってきた。

なにこれ。なにこれこの可愛い人。貴方《あなた》自分の破壊力わかってます？　イケメンなのよ？　イケメンなのよヴォルク様！　君は違うんだろうって、もうそれ確実に自分の気持ち言っちゃってますよね、気付いてないのかしら。あらやだうっかりさん。

そういや事の最中も、うっかりしまくってましたよね。なんだか色々思い出しましたよ、はっきりと。

旦那様、私のこと好きだったんですか。もしかして待ってたって、本当に大事にしたくての意味で待ってて下さったんですか。手を出されないとか初夜スルーされたとかじゃなくて、待ってたんですねあれ。してる最中にもそんなことを言ってくれていましたし。ついでに、顔をぷいって背《そむ》けるのって照れ隠し？　照れ隠しだったんですね？　一体何の習性なのかと思ってたけど、動揺を悟られないようにしてたんですね？

えええええ、ちょっとどんだけピュアなんですか貴方《あなた》。

生娘《きむすめ》の私ですら、もう少し冷めてましたわよ。

正直夫婦になっちゃったんだから、気持ちはどうあれ務めはしなきゃならないだろうと思ってましたし。

だから初夜がなくて拍子抜けしたんだけども。

それを、私が心を開くまでじっと待ってくれていただとか……

あああ、なにこの人。やばい。可愛い。

可愛いし、なんというか——愛おしい？

まさか普段あんなに無表情な人が顔面崩壊したみたいに表情変えまくるなんて、そりゃあ夢にも思わんでしょうよ。

ついでに言えば、痛みとかはさておいて、必死さがなんか可愛いな、今もすごい可愛いな、とか思ってたりなんかして。

って………あれ？

——君は違うんだろう、とか聞かれたが。

今のこの、身の内にある気持ちは。

どちらかと言えば——？

「ええっと……違う、こともないような気が、します」

目の前の旦那様がやったらめったら可愛かったので、つい。ぽろっと、思ったことが。

あれれ〜？　おっかしいぞ〜？

本音が出てしまった。

すると満面の笑みのヴォルク様から、喰らい付くみたいなキスをされました。そりゃもうがぶっと。

というか本当に食べられてる気分なんですが。

うわわやめて顔と心臓が爆発しそうです、ヴォルク様……っ！
身体はともかく綺麗系のお顔は好みじゃなかったはずなのに。
これが俗に言う『理想と現実は違う』というやつなんでしょうか。
現実……よすぎるんですけど。
いつもとは違って見える寝室の天井を見て思う。
……エリシエル様ごめんなさい。
私、この人のこと、もう離せないみたいです――

第二章

「三年前にあった、セデル子爵主催の夜会を覚えているか」

初めて抱かれたことで軋《きし》む身体を動かせず、ぼやーっと寝台に突っ伏している私を抱き込んだままのヴォルク様が、躊躇《ためら》いながらも口にした。

……また急にどうしたんですか、ヴォルク様。

っていうかずっとくっ付いたままなんですが、窮屈《きゅうくつ》ではないんでしょうか。

ヴォルク様体温高いんですね。おかげでちょっと暑いです。……嫌じゃないけど。

いきなりの質問に疑問符を浮かべつつヴォルク様を見つめると、思いのほか真剣な瞳と視線がぶつかった。

ほんの少し染まった目元には壮絶な色気が宿っていて、そこにはどこか乞うような光が灯されている。

なんちゅー目をしてるんですか、ヴォルク様。

貴方《あなた》本当に自分が美形だって、いい加減自覚した方がいいですよ。

「……その時、初めて君を目にした」

おお。なるほどそういうことか。聞こうかなと思っていたけど、ヴォルク様の方から打ち明けてくれるらしい。

この状況になるまでの経緯を。

夜会、三年前……言われた言葉を反芻《はんすう》して、ぼんやりと思い出す。

三年前、私はまだ引き籠《こも》り生活から抜け切っていなかったお父様の名代《みょうだい》で、緑のあるセデル子爵主催の夜会に参加した。確かあれはセデル子爵の一人娘であるメリル＝セデル嬢と、王国士隊騎士のリカルド＝ファーン様との婚約お披露目《ひろめ》が主な名目だったはず。

……ああそうか。メリル嬢のお相手のリカルド様って、今思えばヴォルク様の騎士仲間か。

って、じゃあヴォルク様もあの夜会にいたってこと……？　全っ然覚えてないんですけど。

記憶などほとんどないに等しい夜会についてうんうん思い出そうとするけれど、他にも多くの騎士様が来賓《らいひん》としてその場にいたし、直接ヴォルク様と関わったかどうかも覚えがない。いや単に私が覚えてないだけかもだけど。というか多分そうなんだろうけど。

一つだけ記憶に残っているのは、夜会からの帰り際ちょっとした事件があり、マッチョ系騎士様が助けて下さった、微笑ましくも美しい思い出だけである。まさか、あのマッチョ系騎士様……いやいや、あれ全然ヴォルク様じゃない別人だし。顔は覚えてないけど断言出来る。だってシルエットが違い過ぎるもの。

「思い出せそうか」

ものすごい至近距離、というか腕枕をしてガン見状態でこちらを向いているヴォルク様。近い近い、顔近いよ。

少し眉尻を下げた彼が、なんだか不安げな顔で私を見やる。

これは、思い出さなきゃいけないっぽい。

私は仕方なく、記憶の糸を辿ることにした。

＊　＊　＊

「あー……やっと終わるわー……」

長ったらしいドレスの裾を、邪魔にならないように捌《さば》きながら、私は周囲にばれない程度の溜息を吐いた。

身体が重怠《おもだる》く感じるのは、疲労ではなく十中八九この着飾った姿のせいだろう。屋敷にいるなら、こんな大層な格好をすることはない。けれど今私がいるのは、お父様と長い付き合いのあるセデル子爵主催の夜会だった。イゼルマール王都ゼーリナにある彼の屋敷では、今夜は盛大な会が催されている。

舞踏会場となっている大きな広間では優雅な音楽が鳴り響き、美しい衣装を纏《まと》った淑女達が、それに合わせて同じ年頃の男性と軽《かろ》やかに踊っている。しかし、今の私は正直、それどころではない状況だった。

……結《ゆ》い上げている髪が痛い。毛根のダメージが半端《はんぱ》ない。むしろ禿《はげ》る。これ禿《はげ》る。

耳につけられたイヤリングが、重力に従い耳たぶをみよーんと引っ張っていた。これも伸びる。

絶対伸びる。

福耳令嬢とかすごく嫌だと思うのは私だけ？　お母様譲《ゆず》りのネックレスも、綺麗なエメラルドではあるけれど、長時間着用すると正直言って肩凝り増幅器以外の何物でもない。次からはイミテーションの方をつけようか。ばれたら色々言われそうではあるけども。まあ陰口を叩かれるのは慣れているので、今更どうということもない。

音楽に交じって聞こえてくる言葉の中には、出所も定かではない様々な情報もある。恐らく私達ローゼル家の話題も含まれているのだろう。

「おお、レオノーラ嬢。少しよろしいですかな？　こちらはアートランド子爵のご長男で……」

息を吐く間もなくかけられる声を、無下《むげ》にするわけにもいかないのでひたすら愛想笑いで凌《しの》ぐ。

話の内容は、ほとんどがどこの誰それを紹介したいというものだった。

……だから夜会って苦手なんだ。

人が独身だとわかるなり、息子だの甥《おい》だの従兄《いとこ》だのと紹介してきて。私には結婚する気などこれっぽっちもないというのに。

けれど先のことを考えると、これも耐えねばならないのは理解している。

陰謀渦《うず》巻く貴族社会。ツテというのは、あればあるほど得なのだ。それが婚姻に伴《ともな》うものなら、尚更。

話が一段落したところで、隣で未《いま》だに恐々としている小さな少年をちらっと見る。

オルファ＝ローゼル。

今年で七歳を迎える弟は、他の同じ年頃の子供達より背丈も小さく、女顔であることも相まって儚《はかな》げで頼りない。

私と同じお母様譲《ゆず》りの黒髪に、零《こぼ》れそうなくらい大きな瞳は、美少女かと見紛《みまご》うほどだ。

「うぅ……レオ姉様。僕もう帰りたいよぅ……」

ただ問題があるとするならば、早くに母を亡くしたせいで、気の毒に思った私や周囲の者が、彼を甘やかしに甘やかして育ててしまったことだろうか。

……その結果がこれである。

「オルファ。もう少しだから泣きべそかかないの。お父様のご友人であるセデル子爵のおめでたい日なのに、そんな顔してちゃ失礼よ」

「だってぇ……」

オルファはぐずぐずと、もう七歳だというのに大きな瞳に涙を溜めて、綺麗な顔を伏せていた。

堪《こら》え性ないわ、すぐ泣くわ、我儘《わがまま》だわ……まあ、身内としては可愛いには可愛いんだけど。

しかし正直なところ、可愛いだけでは貴族社会を生きてはいけない。

それがわかっているから、私もこうやって、したくもない『地獄の挨拶《あいさつ》回り』をしている。

セデル子爵は顔が広い。今夜の夜会には、私達も含めてかなりの数の貴族達が招かれている。

お父様が引き籠《こも》りを始めてから、多くの人々が私達のもとを去っていった。『ローゼル家の当主は気がふれた』と陰で囁《ささや》かれるのにも慣れたけれど、それでも伯爵の称号がある以上、ある程度の人脈は残っていたし、ここぞとばかりに繋《つな》ぎをつけようとする者もいる。……恩を売るためというのが大半だったが。

しかしその中で、お父様と長く付き合いのあるセデル子爵だけは、ずっと私達のことを気にかけてくれていた。

だからこそ、今日だけは何があってもオルファと共に参加しようと決めていたのだ。

お母様が亡くなって一年の時が経ち、私も少しずつではあるけれど当主代行としての知識が付いてきている。けれど、その責務をこなしつつ、オルファとの時間を持ったり貴族間での催《もよお》しに参加したりするのは、中々骨が折れる作業だった。

なので、執事のサイディスとも相談して、独身者が多く集まりそうな夜会の類《たぐい》には、来年から参加をやめにしようと決めていた。縁談話を回避するためというのと、お父様のこともあり、新しい人脈作りをするには、今は時期が悪いというのもある。

だから私がこういった催《もよお》しに参加するのは、今日が最後になるかもしれなかった。

今夜の夜会名目は、セデル子爵のご令嬢、メリル＝セデル嬢と王国士隊の騎士リカルド＝ファーン様の婚約披露《ひろう》というもので、彼らと関係のある独身者も多く集《つど》っている。そのため、先ほどのような縁談攻撃に華が咲いていたのだ。

……でも、セデル子爵、本当に嬉しそうだったなぁ。

セデル子爵の一人娘メリル嬢は、中々子宝に恵まれなかったセデル家で遅くに産まれたお嬢様だった。その分セデル子爵の可愛がりようも凄まじく、それ故《ゆえ》にこうやって盛大なお披露目《ひろめ》会を催《もよお》したのだろう。

メリル嬢のお相手である王国士隊の騎士リカルド様のご実家は侯爵家で、わかりやすく言えば玉《たま》の輿《こし》である。

……ま、あのお二人はどう見ても、政略ではなく恋愛結婚に見えたけど。

しかし騎士様とご結婚とか、結婚願望のない私でもちょっと羨《うらや》ましいなぁと思ったり。

熊っぽいタイプのがっしり体型なリカルド様と、花のように愛らしいメリル様が寄り添って立つ様《さま》は、それはもう素敵で可愛らしいものだった。リカルド様がメリル嬢にめろめろなのが、端《はた》から見ててもダダ漏《も》れだったし。メリル嬢も幸せそうなお顔をされていたから、今日の夜会は挨拶《あいさつ》回り以外、とても気持ちのいいものだった。

これで身体が軽くて挨拶《あいさつ》回りがなくて、ついでに言えば縁談の仄《ほの》めかしがなければ全て素敵だったんだけど。

そうもいかないのが人生というものなんだろう。

夜会もそろそろ終盤へと差しかかり、ちらほらと帰路につく方々の名残を惜しむ声が響いてきている。

丁度よいので私達もお暇《いとま》することに決め、オルファを連れてセデル子爵への別れの挨拶《あいさつ》へ繰り出した。

「セデル子爵」

声をかけると、お父様よりも少し年上の恰幅《かっぷく》がいい老紳士が笑顔で私達を迎えてくれた。幼い頃から見慣れた顔は、少しだけオルファの緊張も解《ほぐ》してくれたらしい。

「おお、レオノーラ嬢。オルファ殿も、今日はメリルのためにおいでいただき、本当に感謝しているよ」

「いえ、こちらこそめでたき日にお招きいただきありがとうございました」

そう返事をしつつ、淑女の礼でもって会釈《えしゃく》をすると、にこやかに笑っていたセデル子爵の顔がやや陰《かげ》った。彼は私の方へ近付くと、申し訳なさそうに声のトーンを抑えて呟く。

「お父上は……オズワルドは、まだ……？」

「はい。少しずつ顔を見せてくれるようになりましたが、あまり変わりはございません。今宵《こよい》もお祝いに来られず申し訳ございません」

心配してくれているのだろう。白みがかった眉が今日のめでたい席には不似合いに下がり、落胆した気配を見せる。

私とオルファの父であるオズワルド＝ローゼルは、今日も自室に籠《こも》りきり、旧友の祝いにさえ出てこなかった。

それを申し訳なく思っていると、セデル子爵は小さく息を吐き、私の肩を優しく叩く。

「いや、私のことはよいのだ。しかし、そうか……出来ることなら、私がアイツを叱り飛ばしてやりたいところだが……今の奴には、その声も届きはしなかろう」

かつて肩を組みながらお酒を酌《く》み交わすほど仲のよかった友へ向けられた言葉は、悲しみと寂しさに満ちていた。

友人をこれほどまでに心配させているお馬鹿なうちのお父様は、今もどうせお母様を想っておいおい泣いているんだろう。全くもって腹立たしいし、やるせない。

セデル子爵は、お父様と亡くなったお母様が結婚する時に尽力してくれた一人だと聞いている。

身分違いの二人の恋を見守っていた分、お父様の気持ちも理解してくれているのだ。

だからなのか、こうやって様子を聞いてくれたり、時々屋敷に来てくれたりするけれど、無理矢理お父様を引きずり出そうとはしなかった。

私としては出来ることならお父様を引っ張り出してやりたいもんだけど。

そーいう空気じゃ、ないのよねー……

かつてのお父様のままだったなら、私は確実にそうしていただろう。けれど、あれは違う。

お父様はお母様が亡くなってから、まさしく人が変わってしまった。

お母様が亡くなった原因である流行《はや》り病《やまい》『暁《あかつき》の炎《ほのお》』は、風邪のような症状がいつの間にか酷い咳となり、血を吐いて倒れ衰弱《すいじゃく》していくというものだ。

最後には身体中に炎に似た赤い湿疹《しっしん》が浮かび上がり、燃えるような熱を出して息を引き取る。

じわじわと毒の如《ごと》く広がっていった病《やまい》は、イゼルマール全領へと広がり、多くの命を奪っていった。

原因不明、感染経路不明。発症元も不明の、恐ろしく死亡率の高い病《やまい》は、東の国の魔女がもたらしたものだという噂《うわさ》と共に、たった一か月だけ猛威を振るって姿を消した。

助かった人達と、亡くなった人達に、何の違いがあったのかは未《いま》だ明らかになっていない。

けれどその爪痕《つめあと》は、お父様や私達、その他の人々に深い傷を刻んだ。

お母様が亡くなって一年が経ち、私は何とか平静を取り戻せているけれど、お父様は今日も自室に籠《こも》ったままだ。オルファも、時折深夜に目覚めて泣き出す日がある。

「……一日でも早く、元の奴に戻ることを祈っておりますよ」

「お気遣い、痛み入ります」

妻を亡くし悲嘆に暮れる友人と、その子供達に優しい言葉をかけてくれたセデル子爵に挨拶《あいさつ》を終え、私達は馬車へと乗り込み帰路へついた。


「姉様……あれ」

セデル子爵邸を出発してから数分経った頃、オルファがふと窓の外を指差した。

釣られて、私もそちらに目を向ける。

すると、広く取られた大通りの端っこに、子供と思《おぼ》しき二人組がいるのが見えた。

あれは……

暗い夜道でも、まだ月の光があるので目を凝《こ》らせばなんとか見える。昼間は多くの人が行き交うイゼルマールの王都、ゼーリナの大通り。今の時刻は時折馬車が過ぎるだけで、他に歩く人の姿はほぼ見えない。

恐らく一人は少女、もう一人は少年だろう。しかし、少年の方は地面に崩れるように蹲《うずくま》り、何やら具合が悪そうだった。

「っ、止めて！」

私は咄嗟《とっさ》に御者《ぎょしゃ》に声をかけ、馬車が止まると同時に外へと飛び出した。

「姉様っ⁉」

「オルファはここにいてっ！」

これがもし、人気《ひとけ》のない街道であったなら、私も子供を囮《おとり》にした物盗《ものと》りを疑って、こうはしなかった。だけどここは王都のど真ん中。こんな大通りで、いつ見回りの騎士がやってくるかわからないのに悪事を働こうとする輩《やから》もいないだろう。

ならば答えは一つ。

普通に具合悪い人！

私はオルファを馬車に置いて子供らのもとへと駆け出した。

遠目にでも、なんとなくわかる。あれは急がねばならないやつだ。

「大丈夫？　貴女《あなた》達、姉弟かしら？」

近付いてから、息を整え、しゃがんで目線を合わせ問いかけた。

すると少女が涙ぐみながら、はいと小さく返事をしてくれる。うん、よかった。警戒されてない。

話が出来ないことにはにっちもさっちもいかないもんね。

王都の下町に住む子供達だろうか。簡素な服と、黄ばんだエプロン。着ているもので、彼らの日常が垣間見《かいまみ》られる。

どこかのお屋敷の下働きか、もしくは下町の商店の子供達か。

どちらにしろ身なりと態度から、この子達、絶対苦労人だわと確信めいた思いを抱く。

周りに親御さんらしき人は……やっぱいないか。

いくら王都は士隊の巡回があると言っても、こんな夜更けに子供二人は感心しない。が、恐らく生活のため、そうも言ってられないのだ。

「親御さんは？」

「家に、います……わ、私達配達の帰りで……でも、でもロッカが……っ！」

「そう、この子の名前はロッカっていうの。ロッカ、ちょっと貴方《あなた》に触るわね」

やっぱり商店の子供かと納得しつつ、潤《うる》んだ瞳で訴える少女の話を聞き、私は蹲《うずくま》る男の子の額《ひたい》に手を伸ばした。恐らく四歳くらいだろうか。身体も額《ひたい》も、とても小さい。

って、なにこの酷い熱……っ！

「心細かったでしょう。大丈夫。お医者様のところまで送ってあげる」

逸《はや》る心を抑えつつ、努めて優しくにっこり笑いかけると、涙ぐんでいた少女の瞳がより一層潤《うる》んだ。

私よりは下、オルファよりは上。それでも十分子供に見える年頃の少女は、倒れた弟を前に途方に暮れていた様子だった。

うん。これは急ごう。とにかく急ごう。

「貴女《あなた》の名前は？」

「マリーです……花屋アイリスの……」

私はドレスの上に羽織《はお》っていたケープをロッカ少年にかけながら、少女の名前を聞いた。

マリーとロッカ。花屋アイリス。とりあえずそれだけわかれば、後から彼らの両親に連絡をつけることが出来る。

聞いた言葉を頭の隅《すみ》に記して、私はぱっと立ち上がった。

「マリー、ちょっとだけ待っててね。今こっちに馬車を連れてくるから」

そう言いつつ、久しぶりの全力疾走で駆け出す。馬車を彼らの近くまで持っていってもらうため、御者《ぎょしゃ》のところへと戻った。

ここら辺でお医者様っていえばどこになるんだろう。セデル子爵の屋敷に来たのは久しぶりだし、王都はめっぽう広い。とりあえずマリーに通いの医者を聞いてみて、遠ければ他を探してみよう。

上がった息を抑えながらそう考えて、私は馬車の外側と同じ、赤地に金刺繍《きんししゅう》を施《ほどこ》した制服を着た御者《ぎょしゃ》に声をかけた。

「待たせてごめんなさい。重ねて申し訳ないのだけど、あの子達も一緒に乗せていってくれないかしら。この近くのお医者様のところまで送ってほしいの」

たづなを握り怪訝《けげん》な表情をしていた御者《ぎょしゃ》にそう聞くと、なぜか眉を顰《ひそ》められ、大きな溜息を吐かれてしまった。

……ん？

「……申し訳ありませんがお嬢様。その子らは王都の下町に住む子供らです。こちらに乗せることは出来かねます」

「――――は？」

言われた内容が一瞬理解出来なくて、間抜けな声が出てしまった。

何言ってんだ、コイツ。

お仕着せを着た御者《ぎょしゃ》は、呆れたような目をして私を見下ろしている。

今の彼の言葉を要約するならば、貴族の馬車に一般市民を乗せるべきではないとか、そんなところだろうか。

「どういう、こと?」

怒鳴りつけたい気持ちを抑え、努めて冷静に御者《ぎょしゃ》に問う。

すると御者《ぎょしゃ》は面倒くさそうに、ちらりとマリー達の方へ視線をやってから口を開いた。

「……私共リヒテンバルド商会では、尊《とうと》い方々のみにお乗りいただけるよう、相応の価値がある装飾を凝《こ》らした馬車をご用意しております。そんな下賤《げせん》な子らを乗せてしまっては、私がオーナーにお叱りを受けてしまいます」

御者《ぎょしゃ》の話を聞いて、私はバケツを投げつけたい気持ちを無理矢理抑え込んだ。

最初目にした時から、なんかいけ好かないなとは思ってたけど。

セデル子爵が用意してくれた馬車だし、文句は言えないと思って我慢してたけど。

――やっぱり!　腹立たしいやつだったわっ!

事は一刻を争うというのに、「規則なのです」と言葉を締める御者《ぎょしゃ》に憤慨《ふんがい》しつつも、どうしようかと内心焦る。

これが我が家で雇っている御者《ぎょしゃ》だったなら、決してこんな風には言わなかっただろう。

だけど今日は違った。馬車を手配してくれたのは、実家にいる執事のサイディスではなく、本日の夜会の主催者である、セデル子爵だ。

王都では、夜会などからの帰宅時は商会の貸し馬車を使うのが一般的だ。公爵や侯爵など高位の貴族の邸宅には来客全ての自家馬車を収容するスペースも用意されているが、余程でなければそこまでの広さを持った別邸を王都に持つ者はいない。

だから大抵は、催事を行った館の主が、招待客へ帰宅用の馬車を用意するのだ。

今日セデル子爵が用意してくれたのは、ゼーリナにあるリヒテンバルド商会の貸し馬車だった。少々お高めではあるが、その分装飾が凝《こ》っていて、造りも豪華だと評判なのだ。

大事な娘の婚約披露《ひろう》に、セデル子爵も張り切っていたのだろう。

けれどリヒテンバルド商会は貪欲なことでも有名で、オーナー自身が侯爵という地位についているからか、取引客も貴族を中心とした裕福な人間に限られている。そしてその姿勢は、こういったことにも徹底されているらしい。

……にしてもどうする。御者《ぎょしゃ》の物言いには腹が立つけれど、かといって、彼を責められない。ここで無理を言って乗せてしまえば、御者《ぎょしゃ》の首が飛ぶ可能性だってある。子供に向かって下賤《げせん》などという言葉を用いる人間でも、一応は職務に忠実なだけなのだし。

……ええいっ、もうっ。考えている暇はないっ。

「わかった。なら乗せなければいいんでしょう？　私があの子を担《かつ》いでいくから、貴方《あなた》はオルファを乗せたまま後ろをついてきて。貸し馬車料は一日料金だから文句はないでしょ。もしこれ以上文句をつけるなら、貴方《あなた》のところのオーナーに苦情を入れるわよ」

「そ、それは……」

少々卑怯かもとは思ったけれど、背に腹は代えられない。それにこの信用ならない御者《ぎょしゃ》相手じゃ、いくら馬車だっていってもオルファを一人にはさせられないし。

流石《さすが》にオーナーへ告げ口されるのは避《さ》けたいのか、御者《ぎょしゃ》は渋々といった感じで了承してくれた。

してくれたってーのもおかしい話だけど。

なにはともあれ話は終わった！　ってか、こんなことしてる場合じゃないってば！

「姉様？」

慌てて姉弟のもとへ行こうとすると、馬車の小窓からオルファが顔を出していた。

一向に戻ってこない姉が何をしているのか、気になったのだろう。

「オルファごめん！　説明は後でするから！　とにかくそこに乗ってて！」

わけがわからない、と言わんばかりの顔をしている弟にそれだけ告げて、私はマリー達のもとへと再び走った。

「待たせてごめんなさい！　その子は私が背負うから、悪いけどもう少しだけ頑張ってっ」

「え……あの、背負うって……？」

「あれ貸し馬車なの。予定以外の人を乗せたら駄目なんですって。だから私が連れてくわ」

なるべく傷つけないように気を付けながら説明しつつ、ロッカ少年を抱え上げ、慌てて手伝ってくれたマリーの手を借りて背に乗せる。ドレス越しに感じる少年の肌は、火傷《やけど》しそうに熱かった。

よし、これならなんとか私でも担《かつ》いでいけそうだ。

「それで、ここから一番近いお医者様はわかる？」

マリーに聞くと、彼女は恐る恐る大通りの奥を指差した。私は無言で頷いて、後ろの御者《ぎょしゃ》に強めの視線を投げる。

物凄く面倒そうではあるが、睨《にら》みが効いたのか慌ててぶんぶん顔を縦に振ったので、さあ行くぞと足を一歩踏み出した。

「あ、あのっ。私が運びますっ。ごめんなさいっ。最初からそうするべきだったのに……っ。お嬢様のドレスが……っ！」

マリーが突然私のドレスの裾を引っ掴んだために、ちょっとだけ前につんのめる。

……うん。君の弟を落っことしたら大変だからね、私が健脚でよかったよ。

そう思いながら、顔に申し訳ないと張り付けたマリーへ、私はふるふると首を振った。

先ほど目にしてわかったけれど、マリーもロッカと大差ないほど身体が小さく華奢《きゃしゃ》だ。弟が倒れた傍で呆然としていたのも、自分では連れていけないと困っていたからなんだろう。細すぎる腕も、白すぎる肌も、痛々しくて見ていられない。

「駄目。貴女《あなた》も顔色が悪いし、二人そろって倒れたりしたら誰がこの子の面倒を見るの？　そんなこと気にしなくていいから、道案内だけお願い」

間髪容《かんはつい》れずに告げると、彼女はぐっと涙を堪《こら》え、目をごしごし擦《こす》ってから「ありがとうございます」と明るい笑顔で返してくれた。

うん、やっぱり女の子は笑っているのが一番だ。

今度こそしっかり歩き出したマリーの後に続き、数歩進んだ時、背後から声がかけられた。

「どうなされた」

静かな夜に響いた重低音。

身構えながら振り向くと、下弦《かげん》の月が輝く空の下、馬上からこちらを見つめる騎士がいた。

う。のあああ何なんですか、このどストライクな騎士様はっ！

ガタイよし！　胸板厚い！　短髪に加えて毛先もツンツン！　まさしく私の理想じゃないか！

一瞬完全に目を奪われそうになりつつも、いやそれどころじゃない、病人優先っと、すんでのところで意識を保った。

そして、改めて騎士様——その大きな体躯《たいく》にかっちりと着込んだ制服をまじまじと見て、あ、と気が付く。

馬上よりこちらを見つめる人は、『蒼《あお》の士隊』に属する騎士様だった。

先ほどセデル子爵邸で見たメリル嬢のお相手リカルド様も、全く同じ騎士隊服を着込んでいた。

この人も、もしかすると夜会の招待客だったんじゃなかろうか？　何人かリカルド様の関係者がいたのを見たし。

どちらにしても、声をかけてくれたということは、絶好のチャンスかもしれない。

私は騎士様に、ロッカを背負ったまま頭だけをぺこりと下げた。ごめんなさい、この状態じゃこれが限界なので許して下さい。

「蒼《あお》の士隊の方ですね。私はレオノーラ＝ローゼルと申します。申し訳ないのですが、私の背にいるこの子を、お医者様のところまで送り届けてはいただけないでしょうか」

急いでいるので、要件だけを伝える。もし面倒がる素振りがあれば、このまま歩いて連れていくが、彼に頼めるのなら、それに越したことはない。彼は馬だし、当然、人間の足よりも速い。

私の言葉を聞いて、馬上にいた騎士様が素早い動きで地面に降り立った。その拍子に、腰元の剣がガチャリと硬質な音を出す。

……あ、後ろにもう一人騎士様がいた。

前にいた騎士様が、これ以上ないほど私のどストライクなムキムキマッチョ騎士様だったせいで他が認識出来ていなかったけれど、後ろにもう一人、すらりとした体躯《たいく》の方がいるのがわかった。

あら。この騎士様達って二人とも……？

今日の月は細い三日月で、光量も少なく判別しにくいが、お二人の髪は金か銀、とにかく輝くタイプのそれだ。

馬上から降りたマッチョな騎士様は、私とマリーのところまで歩み寄り、その大きな手で、私の背にいるロッカの額《ひたい》に触れた。

そして、こちらを安心させるように、にっと笑って言った。

「……これは酷い熱ですな。直《ただ》ちに医者のもとへお連れしましょう」

よかった。騎士様にお願い出来るなら安心だ。

そう安堵したところで、素早く私の背からロッカを抱き上げた騎士様は、彼を抱えて再び馬に跨《また》った。

それからマリーに視線を留め「君はあちらへ」と、背後のもう一人の騎士様へと促《うなが》す。

慌てて走り寄ったマリーもひょいと馬に乗せられたところで、私は彼らに向かって頭を下げた。

「レオノーラ殿と仰《おっしゃ》いましたかな。蒼《あお》の士隊が責任をもって、彼らを無事に送り届けましょう」

そう言ったマッチョな騎士様は、明るい短髪を夜の闇に輝かせ、マリーとロッカの二人を連れて素敵な笑顔で去っていった。

——今思い返しても、素敵すぎる思い出である。

＊　＊　＊

「とまあ、セデル子爵の夜会で出会った騎士様と言えば、花屋アイリスの子供達を送って下さった方々くらいで……他の騎士の方とはあまり関わりがなかったように思うのですが……」

記憶にあった、スーパー素敵マッチョ騎士様のお話をかいつまんでヴォルク様に説明した。話の途中、何度か眉を顰《ひそ》められたのはなぜだろう。

そう言えば、私はあの素敵マッチョ騎士様のお名前すら聞いていなかった。病人を運ぶのが最優先だったので、騎士様が蒼《あお》の士隊に所属しているということしか知らない。

それでも彼ら姉弟を任せたのは、彼らなら大丈夫だと直感したからだった。

って、あれ。

……蒼《あお》の士隊ってヴォルク様と同じじゃない？

今更ながら気付いて彼の方へ向き直ると、ヴォルク様はちょっとだけ寂しそうな顔をして（可愛い）小さな溜息を吐く。

「……その騎士の名はヴァルフェン。当時は蒼《あお》の士隊騎士隊将軍《ジェネラル》の任についていた」

あらまあ、あの素敵騎士様のお名前って、そんな素敵な……と思ったところで、「ん？」と止まる。

……あれ？　……え。ちょっと待って。今もしかして、ヴァル、フェン……？　って言いました？

聞き覚えのある名前を頭で復唱しながら私は固まった。それを見て、ヴォルク様が切れ長の目をふわりと緩《ゆる》めて優しく微笑む。

――四か月前。

私とヴォルク様との縁談が決まった時、その名前を確かに耳にした。

ヴァルフェン＝レグナガルド。

未《いま》だ顔を合わせることの出来ていない――ヴォルク様のお父上である。

「って、ええええ!?」

がばっと、飛び上がらんばかりに驚く私に、ヴォルク様が微笑んだまま、やれやれ、と息を吐く。

そして、優しい手つきで私の髪を撫《な》で始めた。

「気が付かなくとも無理はない。父は将軍職を引退してから、ふらふらと辺境を旅していて、俺と君との婚姻が決まってからも会えていないのだから」

――そうなのだ。

ヴォルク様の父上であるヴァルフェン＝レグナガルド男爵とは、私は一度も会ったことがなかった。

お母上がかなり前に亡くなっているとは知らされていたので、今も後添《のちぞ》えを迎えていないところはうちのお父様と似てるな、なんて思っていたのだ。顔合わせをしていないことについても、政略結婚だしそういうものかな、と勝手に解釈していた。

が、単に本人が中々帰ってこないだけらしい。……放浪癖があるのかな？

「あの時、君に声をかけたのが父で……姉のマリーを乗せたのが……俺だったというわけだ」

あ……っ！

ヴォルク様の説明に、確かにもう一人の騎士様がマリーを乗せてくれたのだと改めて思い返す。いたのははっきり覚えているけれど、顔までは認識出来ていなかったので、記憶に残らなかったのだろう。

なんだかとてつもなく申し訳なく、土下座したい気分になった。

眉を下げた私に、「やはり覚えていなかったか……」とヴォルク様が脱力した。

すすすすすみませんヴォルク様っ。

今となってはすこぶる可愛いと思える貴方《あなた》を、まさか視界に入れて……じゃない、覚えていなかっただなんてっ。

なんと勿体《もったい》ないことをしたのだろう。

どうして気付かなかった、あの頃の私。出来ることなら過去に帰って後ろ頭を叩いてやりたい。

いや、叩くべきはあの頃のお父様だろうか。私のマッチョ好きはあの人に原因があるのだし。

若干責任転嫁しつつも、やっぱりヴォルク様に申し訳なくて「ごめんなさい」と謝った。

なけなしの良心が結構痛い。どうしよう。

妻が夫との出会いを全く覚えていないなど、薄情にもほどがある。

困り果てていると、なぜかヴォルク様が私の手を取り視線を合わせてきた。じっと向けられるそれに、罪悪感も相まって少々焦る。

お、怒らせてしまった――？

美形は目力が強いので、無言になられると恐いんです。

そう思っていると、瞳にほんのり灯された熱に気が付き、どきりと鼓動が跳ねる。

「……あの時、俺は君に一目惚れをした。ドレスを纏《まと》った君が、少年を背に負う姿を見て。……その美しい瞳の輝きに、目を奪われた」

蕩《とろ》けそうなほどの笑顔で、ヴォルク様が私の頬をするりと撫《な》でた。掴んだ手にも、ちゅ、と啄《ついば》むようなキスを落とされて、あまりの破壊力に内心盛大に身悶《みもだ》えてしまう。

……殺し文句きっつい！　嬉しいけど！

「そして俺は、そのすぐ後にローゼル家へ婚約の申し込みをした。……けれど断りの返事が届いて、一度はそれで諦めようとした」

「……えっ？」

続いたヴォルク様からの打ち明け話に、目をぱちり、と瞬《しばたた》かせた。

婚約の申し込み？　それ、三年前のお話ですよね？

レグナガルド家からの縁談申し込みなんて、そんなのあったっけ……？

そこまで考えたところで、あ、と気が付き、瞬時に罪悪感が増幅《ブースト》された。

確かあの頃は、縁談関係は片っ端から断っていた時期だった。

お父様の引き籠《こも》り状態も解消されていなかったし、オルファを一人にするわけにいかないと、執事のサイディスに頼んでお父様の名前で全て断りの返事を出してもらっていたのだ。とにかく断っといてーと、誰からの申し込みかも確認せずに薙《な》ぎ払っていたものだから、ヴォルク様が求婚してくれていたことなど、今の今まで知らなかった。サイディスも、高位の貴族からの申し出は報告していたけど、それ以外はいっぱいいっぱいだった私を煩《わずら》わせないよう、内々に収めてくれていたのだろう。

もう、申し訳ないを通り越して、どう責任を取ればいいのかわからないほどだ。

「す、すみません……あの頃は、来る縁談全てに断りの返事を出していたもので……」

お父様の話が広がっていたのもあって、あの頃のローゼル家には正直言って碌《ろく》な縁談話がこなかった。

だからこそサイディスに丸投げ出来たのである。

それでも、もし断れないものが来ていたら、ヴォルク様とはこうしていられなかったはず。

ずうん、と凹《へこ》みに凹《へこ》んでいると、ヴォルク様は「やっぱり」と言わんばかりの顔で綺麗に笑った。

なんだか納得している風だけれども、私には理由がわからない。

「いや、ローゼル家が縁談話を断り続けていたのを後から知って、俺はむしろ後悔した。相手の事情を顧《かえり》みず、身勝手に申し込んだのだから。なので、待つことにした。君達が落ち着いたその時に、再び君に求婚するために」

諦めの悪い男だろう、と言って、ヴォルク様は銀の髪を揺らしてもう一度微笑んだ。

その表情に、ぎゅっと心が締め付けられる。

今まで見えなかった彼の笑顔が、こんなにも心に響くとは。少し前の自分が愚か過ぎて涙が出そうだ。

私が覚えてすらいなかった三年前に、この人は私を見つけて、待つと決めてくれたらしい。

その事実を、身勝手ながら嬉しいと感じてしまう。

「それにあの後、花屋アイリスの子供達から、手紙が届いていただろう？　……あれは、俺が届けていた」

ヴォルク様の告白に温かい気持ちで浸《ひた》っていると、またまた爆弾発言が飛び出した。

え。あれ、ヴォルク様が届けてくれてたの。

てっきり配達人だとばかり……ってヴォルク様、そろそろ私を吃驚《びっくり》させるのやめにしませんか。

ちょっと心臓に悪いです。

そう素直に口にしたら、ヴォルク様は自分もあの姉弟のことが気になっていたのだと、笑って言った。

私も、花屋アイリスの子供達とは、今も連絡を取り合っている。というのも、あの後屋敷へと帰宅した私は執事サイディスに相談して、彼らのサポートをすることにしたからだ。まあ、放っておけなかったという理由が一番大きい。

ちなみに、夜会の日の私は騎士様と別れた後、あの感じ悪い御者《ぎょしゃ》を引っ張り回し、下町に暮らすマリーとロッカの家を突き止めた。

馬車は一日料金だし、乗ってたのは私とオルファだけだったから問題ないだろうと、ほぼ無理矢理言うことを聞いてもらったのだが、そのくらいの仕返しは許してほしい。

あの夜、私は彼らの母親から店の実情を聞き出した。元々食うに困らない程度には評判のよかったはずの花屋アイリスだけど、切り盛りしていた両親の内、父親が馬車の事故で足を失い、自棄《やけ》になったのが不幸の始まりだったらしい。失意の父親は飲んだくれ、酒に逃げる毎日を送るようになり、彼らの母親が女一人で店を切り盛りしなければいけなくなった。

ところが、その母親も体調を崩し、マリーとロッカの二人が母の代わりをしていた。しかし幼い姉弟だけではどうにも出来ず、限界が来てしまったのがあの日だったというわけだ。

父親というのはどこの家でも厄介《やっかい》なのだなと心底思いつつ、私はその話を我が家の執事サイディスに相談した。

全ての困っている人々に手を差し伸べ、助けることは到底出来ない。けれどマリーとロッカの二人に関しては、私はどうにも見過ごせなかった。

彼らの父親と、私のお父様オズワルドには、大きな共通点があったのだ。

二人とも、片足を失っている――という部分で。

うちのお父様は、若い頃に遭った事件がきっかけで、左足の膝から下を失っていた。しかし現在は義足を付けており、杖があれば違和感なく歩ける。

足を失った失意に暮れる父と、姉と弟。幸いにも彼らの母親は存命だが、それにしても私達には似通った点が多かった。

サイディスも私の気持ちを理解してくれたのか、彼らのサポートをすることを了承してくれたのだ。

まずは彼らの父親を更生させ、次に母親と姉弟達に滋養のある食べ物と医者を手配した。

結果、今やマリー達の家である花屋アイリスは、私の実家ローゼル家御用達《ごようたし》となり、かつ私と縁のある貴族の屋敷にも花を届ける結構な評判のお店となっている。それもこれも、彼ら姉弟と母親の、誠実な仕事ぶりの成果だろう。父親も、迷惑をかけた家族に頭が上がらないそうだが、現在は真っ当に働いている。

私は大したことはしていないのだけど、出会いと、その後の付き合いとで、花屋アイリスの子供達とはあれからもずっと手紙のやり取りを続けていた。王都へ行った時は必ず二人の顔を見に行っているし、何より弟のオルファが姉のマリーにご執心《しゅうしん》なので、定期的に会う機会を設《もう》けている。

あれから、もう三年も経っているのだ。今はマリーも健康的な身体になっているし、弟のロッカも元気に走り回っていると彼らからの手紙に書かれていた。

そんなあの子達の手紙を届けてくれていたのがヴォルク様なのだと知って、私は感極まるような心地になった。

ヴォルク様は、あの夜会の日から何度も彼らのもとに足を運んでくれたらしい。様子を見て、状況が悪化するようなら自分が面倒を見ようと考えていたそうだ。けれど日増しに笑顔が増えていくマリーとロッカの二人を不思議に思い、疑問をぶつけてみたところ、ローゼル家の名前が挙がったらしい。

私と手紙をやり取りをしているのだと言ったマリーに、ヴォルク様は自分がその手紙を届けると申し出て、三年の間――今に至るまで、ずっとそれを続けてくれていたのだとか。

「……手紙を届ける際、中庭でオルファ殿と過ごす君を何度か見かけた。楽しそうに駆け回る姿を見て、これが君の本来の姿なのかとより一層想いが募《つの》った。……諦めることが、出来なくなるほどに」

蒼《あお》い瞳が、真っ直ぐに私を捉え、嬉しそうな声を零《こぼ》した。

かつて硬質でわかりづらいと思っていた表情は、今は雄弁なほど、彼の想いを私に伝えてくれている。

あの頃とは大きく違う甘さに、私は息を呑んだ。

実家で過ごしていた頃のありのままの自分を見られていた事実には、少し羞恥《しゅうち》を感じた。けれど、私という人間を認め、求めてもらったのだという実感もあって、面映《おもは》ゆいような、両手で顔を覆《おお》ってしまいたくなるような、そんな心地にさせられる。

なんというか……嬉し恥ずかし？　みたいな……

自分で言ってて痛いと思うけれど、気持ちがこうなってしまったのだから仕方がない。

そう言い訳をつけている間に、はたと気が付く。

――あれ？

でも、そうしたら……

今更ながら、ヴォルク様とこうなった経緯を話していて、とある事実に行きあたる。

そもそも私は、どうして彼に離縁などという話を持ち出したのか。

それは全て――

「あの、ヴォルク様？」

「どうした」

未《いま》だ私の手……いや指先を掴んで離さず、蕩《とろ》けそうな顔で視線を向けてくれている人を見る。

ある意味初夜を迎えた寝台の上、というのに、切り出していいものかと一瞬迷った。

少しだけ恐い。しかし放置はしておけなくて、ぎゅっと身体に力を入れて話を続けた。

「エ、エリシエル様のこと、なんですが……って、あ」

言いかけたところで、再び重大な事実を思い出し、固まった。

そ、そういえば、今は何時なんだろうか。

昨日は時間を見る余裕も、考える暇もなかったから、今の今まではっきりさっぱり忘れていたけど。

私は昨日、『彼女』を客間に待たせていたのではなかったか――？

だけど既に夜は明け、無情にも朝の光が重厚なカーテンの隙間から覗いている。

私の顔から、さっと血の気が引いていくのを感じた。

そんな私を見て、ヴォルク様が首を傾げる。どこか幼いその仕草に、可愛いなーもう、とか思いつつ、いやそれどころではないだろう、と自分の頭を叱咤《しった》した。

ま、まずくないか……？　これ……

「どうした」

「え、ええええエリシエル様！」

昨日は客間で待っててもらったはずだけど、ヴォルク様の切れ具合にパニックを起こしてすっかりさっぱり頭から消し飛んでいたというのが本音だ。

ひ、日付が変わってるんですが……っ！

彼女はあの後一体どうしたのだろう？

わ、忘れてた……思いっ切り忘れてた！

パニックに陥《おちい》りながら、慌ててがばりと起き上がった私は、隣で目を丸くしているヴォルク様に向かって必死に訴えた。イマイチ考えが纏《まと》まっていないせいで、あわあわしつつ頭を抱える。

いくらなんでも、客人を待たせておいて、綺麗に忘れるとかありえない。

しかも相手は公爵令嬢である。自分よりも格上の貴族に無礼をすれば、どんなお咎《とが》めがあることか。

ひいては、私のみならずヴォルク様やレグナガルドの家全体に迷惑が及ぶ。

いやでも、ヴォルク様も昨日気付いていたよね？

こうなってしまった今、正直もうヴォルク様と別れるだとかは考えたくもないのだけど……調子よくってごめんなさい。それにしてもヴォルク様の話だと、エリシエル様から聞いた話とはかなり事情が違って見える。まあ元々エリシエル様側の話だけを鵜呑《うの》みにしていたこともあって、ヴォルク様に押し倒された時にパニックを起こしちゃったんだけど。

「……レオノーラ。その……」

内心疑問符だらけの私を前に、ヴォルク様はなぜか蒼《あお》い双眸《そうぼう》の下を僅《わず》かに赤らめ、視線を逸《そ》らして呟いた。

いやあの、ヴォルク様、今結構大変な事態になってると思うんですが……もうちょっと慌てましょうよ。

そう考えていたら、彼が寝台の掛布——ヴォルク様も被《かぶ》っている白い布を、私の胸元へと引っ張った。

もう一度寝台に潜《もぐ》るのは選択肢としてありえない……と思ったところで、俯《うつむ》いた赤い彼の顔を見て、お？　と違和感を覚えた。

——大変な事態になっているのは、私だった……っ！

「つきゃあ！」

忘れてた……っ。私、裸っ。裸でしたっ。

恐らく飛び起きた時に、掛布がずり落ちていたんだろう。なんだか寒いと思ったら、そりゃ丸出しなんだからそのはずだ。

慌ててヴォルク様の手から掛布を引っ張り上げ、なんとか前を隠してことなきを得る。

手遅れ感が半端《はんぱ》ないけれど、あのままでいるわけにもいかないしっ。

というか、早く言って下さいよヴォルク様っ。

しかも、さっき自分で見て気が付いたけど、なんだか肌の上に赤い点々が一杯ついてたんですが、あれってもしや。

それが何かということに思い至り、顔から火が出そうな気持ちになった。

しばらく胸の開いた服は着られない……っ。

再び主題を忘れていることにも気付かずに、私はひたすら、羞恥《しゅうち》と今後の対応について考えていた。

しばらくの間を置いてから、気を取り直した私は再びヴォルク様へ話しかける。

使用人が誰も部屋を訪ねてこないということは、どうにかなったのかもしれないが、彼自身に真相を聞きたいというのが本音だ。

「あ、あのっ、ヴォルク様っ。エ、エリシエル様についてなんですけど……っ」

あらおかしい。どうして私、こんなに焦っているんだろう。ヴォルク様の気持ちは、今しがたちゃんと聞いたはずなのに。

小さな疑問を抱きつつ、渦中《かちゅう》の人へと問うような視線を向けると、なぜか彼の表情は曇《くも》るどころかどんよりしていた。

……ん？

「……アイツか。本当に、困った奴だ……」

げんなりとしたお顔で、心底嫌そうに溜息を吐き出すヴォルク様。

あれ、今ヴォルク様ってばエリシエル様のことをアイツって言いました……？

首を傾げながら顔を覗き込むと、ふっと疲れた笑みを向けられて、心臓がどきりと跳ねた。

どうやら今の私には、ヴォルク様の一挙一動がこうやって胸に響いてくるらしい。

我ながら単純でちょろいなーと呆れていると、それ以上に呆れ切った調子の声が聞こえた。

「正直、君から離縁を言い渡された時は我を忘れていたが……」

そこまで言ったところで、ヴォルク様は口を噤《つぐ》んでしまう。

え、なんでしょうか。また大きな溜息吐いて。幸せが逃げちゃうらしいですよ。なんて心配をしていたら……

「……まあ、すぐにわかるだろう」

と、よくわからないことを言われて、答えに窮《きゅう》した。

一体全体どういうことなのか、さっぱりわかりませんけども。

大いに首を傾げていたら、こんこんと、静かに扉を叩く音がした。

「いつまで籠《こも》っているおつもりですか」

扉の外から響いた声に、びくりと肩が跳ねた。それがエレニーの声であることは、姿を見なくともわかったけれど、なんと言えばいいのか、妙に落ち着かない気分で慌ててしまう。

するとなぜかヴォルク様は彼女の声を聞いた後、再びはあ〜っと長い長い溜息を吐き出した。

……どうしてそんなに嫌そうなんでしょうか、ヴォルク様。

ぽかんと呆《ほう》けて見ていると、彼は少し乱れた銀色の髪を手で撫《な》でつけ、ばさりと掛布を捲《まく》って寝台から足を下ろした。

思い切りのいい動作にちょっと焦ったけれど、ヴォルク様はいつの間にか下衣を身に着けていて、心配していたような事態にはならなかった。

って、ことは……

裸なのは私だけか。

また襲ってきた羞恥《しゅうち》に悶《もだ》えていると、傍に掛けてあった寝衣の上衣を軽く羽織《はお》ったヴォルク様が、蒼《あお》い瞳を心配そうに細めて私を窺《うかが》う。

「レオノーラ、身体は辛くないか？」

「あ、ええ……それは大丈夫ですけど……」

そう返答すると、彼の顔がふわりと優しく綻《ほころ》んだ。安心したらしい。

なんというか、昨日からヴォルク様の表情をいくつも見せられて、目が回ってしまいそうだ。

少し照れて俯《うつむ》くと、頭上でふっと笑った気配がして、頭を軽く撫《な》でられた。

「なら悪いが、支度が出来たら客間まで来てくれ。そこで、全てがわかるだろう」

そう言い終わると同時に、ヴォルク様は自室の方へと歩いていった。彼の部屋に続く扉を閉める寸前、ヴォルク様が扉の外へと声をかける。すると、すぐエレニーが「失礼します」と一声告げて、部屋へ入ってきた。

全てが……？　わかるって……？

一体どういうことなんだろう。

疑問符を浮かべつつ美麗なメイドへと視線を移したところ、あまりにもありえない光景に疑問が一気に吹っ飛んだ。

だ——誰だ。あれは。

静々《しずしず》と入室してきたエレニーは、これまで目にしたこともない、満面の笑みを浮かべていた。

それはさながら、露《つゆ》に濡《ぬ》れた菖蒲《しょうぶ》の花のように艶《あで》やかで、そして包み込むような温かささえ感じられる。

どうしてそんな顔をしているのか、豹変《ひょうへん》とも言える彼女の態度に、戸惑いながらも様子を窺《うかが》う。

「エ、エレニー……？」

「はい。おはようございます。ちゃんと、優しくしていただきましたか？」

私の寝衣を肩にかけてくれながら、にこにことしたエレニーが嬉しそうにそう言った。

……嬉しそうに。

あのー……キャラがものすごく違う気がするのですが。絶対気のせいじゃありませんよね？

私、寝ぼけてるんでしょうか。誰だ、この人。いつものクールビューティーどこいった。

「あ、あのエレニー……？」

「なんでしょうか」

「え、エリシエル様ってあの後……」

美麗なメイドの変貌についてはなんだか突っ込んではいけない気がする。なので、美しすぎる微笑みをなるべく視界に入れないよう気を付けながら、これから待ち受けているであろう問題についての口火を切った。

ヴォルク様は全てわかると言っていたけれど、エリシエル嬢はあのプロシュベール公のご息女なのだ。貴族の中では最高位とも言うべき家名を持つ女性が、あのまま引き下がるとは到底思えなかった。

けれど――

「ああ、昨日のエリシエル嬢でしたら、旦那様が戻られた後すぐに帰られましたよ」

……は？

私の身体を軽く拭いて清め、首元まで詰まったドレスを着せ、髪を丁寧に梳《す》きながら、エレニーがなんでもないことみたいに言った。

帰った？　帰ってたの、エリシエル様。

ああ確かに泊まるわけにもいかないだろうし、それはよかった――じゃなくて！

どういうことーっ？

「大丈夫ですよ。すぐにわかります」

ほぼ目が点状態の私に、エレニーはなぜかヴォルク様と同じ台詞《せりふ》を口にした。

そして私は支度が済んだところで、エレニーに促《うなが》され、昨日エリシエル様と対面した客間の前へに立っていた。

ヴォルク様はすぐわかると言っていたけど、正直さっぱり予想出来ない。もしかしたら修羅場《しゅらば》が展開されるかもしれないし、ここは気持ちを引き締めていた方がいいだろう。

そう思って覚悟を決めたところで、やっぱり笑顔のままの若干不気味なエレニーが、客間の扉をゆっくり開いた。すると――

「おっめでとうございますううううう――――っ!!!!!」

わーぱちぱちぱちぱちぱち。

……

…………

――ちょっと待て。

扉が開いた先の光景と、鳴り響いた盛大な拍手に、私は完全に呆気にとられていた。

修羅場《しゅらば》になるかもと身構えた気力はどこへやら、ぽかんと口を開くだけである。

拍手もそうだけど、何より驚いたのは客間の中央に座する一人の令嬢。

……なぜにエリシエル嬢は、部屋のど真ん中で満面の笑みで拍手をされているんでしょうか……?

びきり、と固まっている私の後ろから、「やはりな……」とかいうヴォルク様の声が聞こえてきた。振り返ると、そこには酷く疲れた顔をした彼が、脱力したように項垂《うなだ》れている。

って、どうしたんですかヴォルク様、そのげんなり顔は。

まあ、気持ちはわからないわけでもないけれど。

だって今、私はなぜか、恋敵《こいがたき》（？）であったはずの金髪巨乳美女エリシエル様と、レグナガルド家の使用人一同から盛大な拍手&満面の笑みをいただいているのだから。

何なんだあんたら、って心の中で問うたのは、言うまでもない。

「いやあほんと、ちゃんと丸く収まったみたいでよかったわよーっ！　アタシなんて完全に悪役だし！　楽しかったけど！　でも、まさか信じるなんて思わないじゃんねぇ～！」

けったけったと笑い、片手でテーブルをばんばん叩くという、およそ令嬢らしからぬ素振りでエリシエル嬢が言い放つ。

うおい。ちょっと待てい。どこの酒場のねーちゃんですか貴女《あなた》。

そんなツッコミを入れたくなるくらい……金髪巨乳美女……もといエリシエル＝プロシュベール嬢は昨日とは打って変わって軽い調子だった。

若干目尻に涙を浮かべてるのは笑い過ぎのせいだと思われます。ついでにその周りに並んでいるレグナガルド家使用人一同さんも、一体何があったんですか。みーんながみんな、満面の笑みで私とヴォルク様を見てらっしゃいますが。

ええええー……な感じで呆《ほう》けていると、酒場のねーちゃん化したエリシエル様が口火を切った。

「アタシ宛《あて》に送られてきたのよ。コレが。エレニーから」

エリシエル様がコレと言いつつ取り出したのは、白い封筒だった。既に封が切られているが、宛名には確かに彼女の名前が記されている。

そしてそれを、ぺいっと効果音が付きそうな勢いで私達の方へと放り投げた。

うん。放り投げましたよ公爵令嬢が、手紙をぺいっと。……もう考えるのはよそう。

その手紙を無言でぱしっと掴み取ったヴォルク様が、そのまま私に渡してくれる。

視線で促《うなが》されたので手紙に目を通してみると、そこにはなんとも簡潔な一言が綴《つづ》られていた。

『当て馬になって下さい』

……………当て馬？

脈絡も前置きもない一文を口にしながら首を傾げる。

「当て馬って……？」

当て馬ってつまりあれですか。相手の様子とか手の内を知るために、仮の人間とか話をでっちあげて探りを入れる的な？　イメージ的にはちょっとダークな手法というか。

この場合、言っちゃ悪いかもだけどエリシエル様が『当て馬』役で、それを指示したのが……この手紙の差出人であるエレニーってことになるわけですが……

そうしたら公爵令嬢を当て馬扱いしちゃうエレニーって、一体何者……？

私が考えを巡らせている間、先ほどからにこにこと不気味な笑みを湛《たた》えていたエレニーが、全然笑っていない目でヴォルク様を射抜いていた。それを受け、ヴォルク様がはあっと盛大な溜息を漏《も》らす。

今の私は二人に挟まれるような形になっている。なので正直とても居心地が悪かった。お願いですから、私そっちのけでわかり合わないで下さい。蚊帳《かや》の外感半端《はんぱ》ない。

誰でもいいから説明プリーズ、と思っていると、察してくれたのか私の横に来たヴォルク様が、不気味笑顔メイドと化したエレニーに促《うなが》した。

「エレニー、説明を」

すると、それまで沈黙を保っていた彼女が（顔はすごい主張してたけど）、コツリコツリと靴音を響かせて、優雅な仕草で私達の前に歩み出る。レグナガルド家のメイド全てを束《たば》ねる立場にある彼女からは、一種の威厳さえ放たれていて、私は少し圧倒された。

「……では、言わせていただきますが」

カツンッと最後の一歩を踏み鳴らし、エレニーがヴォルク様を真っ直ぐ見据えて口を開いた。

その表情からは笑みが消え、気のせいか、キツめの目がいつもより一層細められている気がする。

「……この際ですからはっきり申しましょう。まず最初に、ヴォルク坊ちゃまも、レオノーラ様も、じれったいにも程があります。特に坊ちゃま……私は坊ちゃまをそんなヘタレた男に育てた覚えはございません。恋《こ》い焦がれたお方をやっとの思いで手に入れたというのに、手も出さなければ想いも告げない。日々のあの態度はなんですか、情けない。あのまま放置していれば、私達は後継ぎの顔を拝むことも叶わなかったことでしょう。ですから、助け船を出したまでのこと。御二方を見る限り、私の謀《はかりごと》は大いに成功したようですし、感謝されこそすれ、責められる謂《いわ》れはございません」

ええと。

えええええと。えええええええっと。

目の前で、エレニーが普段の鉄仮面を一変させて、ついぞ目にしたことがない極上の笑みを浮かべていた。

「だが、一歩間違えればレオノーラが屋敷を去る可能性もあったんだぞ……」

げんなり。まさにそんな感じでヴォルク様が口にする。というか、こんなヴォルク様も初めて見たわ。なんだか新鮮。可愛いけど。

起きている事態を他人事のように思ってしまうのは、既に私の頭がついていっていないからかもしれない。

現実逃避したくなってきた。エレニー恐い。だってヴォルク様のことを坊ちゃまって呼んでますよ。公爵令嬢を当て馬扱いですよ。それに加えてさっきの台詞《せりふ》。

なんだかもう、うわあああです。

エレニーの後ろでエリシエル様がぼそっと、「巻き込まれたこっちはたまったもんじゃねえ」とかすごく小さく愚痴《ぐち》っていた。その顔には昨日の涙で瞳を潤《うる》ませていた令嬢の面影《おもかげ》はなく、どこかやさぐれた空気が漂《ただよ》っている。

エリシエル様。文句は大きな声で言ったほうがいいと思いますが、口を挟めないお気持ちはよくわかります。ええもう、とても。

「まさか。私がお育てした坊ちゃまですもの。……逃がすなどという愚かな真似《まね》はなさらないだろうと思っておりました。まあ、たとえ坊ちゃまがヘマをしても、私も含め使用人一同が逃《のが》すわけがないでしょう」

「えらく気に入られたものだな……」

溜息交じりに、ヴォルク様が私へ視線を向けた。

……あれ？

私って気に入られてたの？　エレニー達に？

そんな気配は全く感じられなかったのだけれど、私、何かしたっけか……？

頭の中に疑問符を浮かべる私に、いつの間にか普段の無表情に戻っていたエレニーが再びにっこりと……そうにっこりと、極上の笑顔を向けてくれた。

うわー！　うわー！　切れ長美人の笑顔って破壊力すごい！　自分に向けられると尚すごい！

さっきも艶《あで》やかーとか感想を抱いたけども、正面から受け止めると物凄いものがあるっ。

なんて、衝撃を受けつつ赤面していたら――

「私、レオノーラ様に髪の結《ゆ》い方を褒《ほ》められました！」

と、使用人の列に並んでいた新人メイドのセリアが、まるで家庭教師へ挙手するように、片手をびしっと頭上に掲《かか》げて叫んだ。

ど、どしたのセリア？

「私共は毎日！　レオノーラ様より料理の礼をいただいております！」

戸惑っていると、次にコラッドとデュバル、ロットの厨房《ちゅうぼう》三人組が、セリアに続けとでも言わんばかりに声を上げて一歩踏み出す。

え、ちょっとどうしたの皆。

「レオノーラ様には、庭園をよくお褒《ほ》めいただいております」

と、庭師のアルフォンスまで。

——あ。

三か月の間、毎日目にしていた皆の顔には優しい笑みが浮かんでいる。

他にも挙手した状態の使用人達がいる前で、私は呆然と立ち尽くしてしまう。

そんな私の肩を、ヴォルク様が優しく抱いた。そして、エレニーが再びふっと微笑んで、彼らを窘《たしな》めるみたいに片手をすっとかざしてみせた。

「レオノーラ様。使用人に礼や賛辞を伝えて下さる貴族の女性は、正直そう多くはいらっしゃいません。けれど貴女《あなた》は、それを当たり前のように日々口にして下さいました。仕える者として、これほど嬉しいことはないのです」

初めて聞く優しい声で、エレニーがそう私に告げた。メイドのセリアや料理人のコラッド達も、皆がみな、優しい瞳で微笑んでいる。

「それに、街にある花屋アイリスから、レオノーラ様がお輿入《こしい》れなさった日に花束が届けられたのです。白い天竺牡丹《ダリア》と霞草《カスミソウ》で作られた、真っ白なブーケでした。二つの花が示す言葉は『感謝と幸福』。差し出がましいとは思いましたが、彼ら姉弟のもとへ向かった私は、そのブーケが贈られた意味を知ったのです。もちろんそのことは、我らレグナガルド家使用人一同、存じております。ですから余計に、貴女《あなた》にもっと自由に過ごしてほしかったのです。私共使用人に惜しみなく賛辞を仰《おっしゃ》って下さる、心優しい奥様に」

エレニーの言葉を聞いて、隣にいたヴォルク様が優しく背中を撫《な》でてくれる。唖然としている私に、誰も彼もが穏やかな目を向けていた。

思いも寄らなかった事実を告げられて、私はこれ以上ないほどの衝撃を受けている。

花屋アイリスの姉弟達。

確かに彼らから、白い花束が届けられていた。もちろんお礼の手紙を書いて、実家にいる執事サイディスに、追加のお花を多めに買っておくよう言づけた。

けれどそれが、まさかこんな風に繋《つな》がっていたなんて。

そんな風に、皆が思っていてくれたなんて。

ただの政略結婚であっても、ヴォルク様とは支え合える夫婦になれたらいいなと考えていたし、屋敷の皆とも、なるべく良好な関係を築いていけたらと思っていた。

だけど、ヴォルク様の本来のお相手だという方が現れて、私はもう用済みなのだと感じてしまっていた。

私がいない方が皆が幸せになれるなら、さっさと退場してしまおうと考えていたのに。

私とヴォルク様を囲む皆の笑顔が胸に染み込む。背中に添えられたヴォルク様の手も優しくて、この家の人々はどうしてこんなに優しいのかと、涙の滲《にじ》む目にぐっと力を入れて零《こぼ》さないよう堪《こら》えた。けれど、溜まった雫《しずく》をヴォルク様が指先で攫《さら》っていった。

「……さあ、そろそろ皆仕事に戻って」

そんな私達を見たエレニーが、笑みを浮かべたまま促《うなが》す。「レオノーラ様、また後程」とにこやかに退出していく彼らに、私はありがとうと掠《かす》れた声をかけるのが精一杯だった。

使用人の皆が退出し、部屋には私とヴォルク様、エリシエル様とエレニーの四人が残された。

私が落ち着くのを待ってくれているのか、三人は言葉を発することなく、じっとその場にいた。

ヴォルク様は変わらず隣で私の背に手を添えながら、蒼《あお》い目を笑みの形に細めている。

エリシエル様も相変わらず部屋の中央の椅子に腰かけているけれど、その表情はどこか優しい。

エレニーは……キツめの目を和《やわ》らげ、静かに淡く微笑んでいる。

そして、私がもう大丈夫だと笑顔で正面を向くと、エレニーが穏やかに言葉をかけてくれた。

「これからは、ありのままのレオノーラ様でお過ごし下さい。屋敷の皆も、そう望んでおります」

「ありのまま……」

エレニーの言葉を復唱しつつ、ありのままの姿の意味について少しだけ考えた。エリシエル様に依頼して、ヴォルク様と私の仲を取り持ってくれたのは他ならぬ彼女だ。……ということは、エレニーには、私とヴォルク様が結ばれていなかったのを知られていた、ということになる。

そこまで考えて、もしやという思いが頭を駆け抜けた。

「え、えーっと……？　エレニーさん？」

恐る恐る声をかけると、もう何度目かわからない極上の笑顔になったエレニーが、その破壊力満点の顔を私にがっつりと向けてきた。

「レオノーラ様。使用人には使用人の、横の繋《つな》がりがあるものです。ここ三か月の間、お可愛らしい猫を被《かぶ》り続ける貴女《あなた》様のお姿は、とても愛らしゅうございました。ですがやはり、日々どこか退屈そうなお顔をされる貴女《あなた》に、いつか心を開いていただけるようにと、私どもは考えていたのです。坊ちゃまに愛され、自由に過ごす貴女《あなた》を見ることが、皆の願いでした」

至上の笑みを湛《たた》えたまま、彼女はそう言って頭を下げた。

……バレてたのね。色々と。

そう気付いたところで、ある日の彼女の態度を思い出し合点《がてん》がいった。

それに、いつも何か言いたげな表情をされていたこと。

庭師のアルフォンスからも、身体を動かせる場所——芝生《しばふ》は必要ないかと問われたこと。

政略結婚だと勘違いをするあまり、無理矢理に被《かぶ》っていた仮面の奥を、彼らはとうに見破っていたらしい。

恥ずかしい気持ちもあるけれど、それでも彼らが私とヴォルク様が通じ合って喜んでくれたことに喜びが湧き、心が震えた。

「そうそう。使用人って恐いのよー。特にこのエレニーなんて魔女みたいなもんだからね。それに比べたら、うちの使用人なんて子ネズミみたいなもんよ」

感動でどう返事をすればいいか逡巡《しゅんじゅん》していた私を見かねたのか、それまで黙って椅子に腰かけ成り行きを眺めていたエリシエル様が、苦笑しつつそう言った。

言葉は少し悪ぶって聞こえたけれど、その声音には、親しみやすさと優しい響きがある。

「で、わかっていると思うけど、アタシが昨日貴女《あなた》に言ったことも真っ赤な嘘だからね。ヴォルクみたいな片想いヘタレ男、頼まれたって御免よ」

からからと笑いながら、彼女は黄金色の波打つ髪を右手で軽く払って続けた。さながら酒場のお姉さんなその態度に、初めは正直戸惑ったけれど、改めて見ればとても軽快で闊達《かったつ》な人だとわかる。

「エリシエルの父君であるバリアス殿と、俺の父は旧知の仲なんだ。互いの父が交友があったおかげで、俺もコイツとよく顔を合わせていた。そこで俺達の世話係をしていたのが、このエレニーだったというわけだ」

エリシエル様の言葉の後に、ヴォルク様が説明をしてくれて、なるほどと納得した。

互いにあれほど砕けた態度だったのは、そういった理由があったからだったのか。

つまり幼馴染《おさななじ》みみたいなもんね。としっくりきたところで、説明に妙なところがあったと思い至る。

「え、でもお二人のお世話って。……エレニーってヴォルク様と年齢そんなに変わらないんじゃ……」

エレニーは、私よりいくつか上だと思っていたのだけど、ヴォルク様のことを坊ちゃまと呼んでいるあたり、もう少し上だろうか。

ごくごく当たり前の疑問を口にしたというのに、ヴォルク様とエリシエル様の二人は、なぜか見事に凍り付いていた。

……え？

「え？」

「え？」

ヴォルク様とエリシエル様が同時に、私の方に視線を向ける。そのあまりにも息ぴったりな様子に、若干嫉妬心《しっとしん》が芽生えたけれど、戸惑ったような表情のヴォルク様が告げた一言で、そんなものは掻き消えてしまった。

「何を言っている……？　レオノーラ。エレニーは君の父君と同じ年齢だ」

……へっ？

エレニーが？　お父様と？

……お、同じ歳っ⁉

言われた内容を脳内で反芻《はんすう》し、はてお父様は今年で何歳だったかと思い浮かべて絶句する。

ちょっと待って。お父様、お父様と同じ歳……

だって……っ。だってお父様って……っ。もう五十……っ⁉

「えええええっ⁉」

驚いてエレニーの顔を凝視《ぎょうし》すると、にっこりと深い笑みを浮かべた彼女が、おもむろにヴォルク様に近付き、ダンッと床を踏み付けた。

「……っ！」

その音に少し遅れて、ヴォルク様が声にならない声を上げる。

理由は聞くまでもなく、エレニーがヴォルク様の足を思い切り踏み抜いたからだった。

うわあああああっ。エレニーの目がまた据わってるっ。据わってますよヴォルク様ああああっ。

壮絶なほど美しい笑みを浮かべているのに、その瞳は全く笑っていない。

冷ややかとさえ言えるほどの煌《きらめ》きに、私の背筋がすっとうすら寒くなる。

え、エレニーだけは怒らしちゃ駄目……っ、絶対っ!!

「ヴォルク坊ちゃま？　レディの年齢を暴露するなど、騎士にあるまじき行為ですことよ？　痛い目に遭う前に、慎《つつし》んで下さいませ」

「おま……っ。もうやって……っ」

そう抗議の声を上げるヴォルク様だったけれど、ヒールの踵《かかと》をぐりぐりするエレニーの最強攻撃の前に、流石《さすが》に押し黙ったのだった。


少し経って、静かになった室内で、エレニーが頭を下げる。

「それでは、いい具合に纏《まと》まったようですし、私も仕事に戻らせていただきます」

そう告げて、彼女も部屋から出ていった。

「そういうわけで……君も俺も、コイツとエレニーに担《かつ》がれたということだ」

言いながら、ヴォルク様がエリシエル嬢を指差し、次に私に目を向ける。

うん、ヴォルク様の視線が恐い。痛い。ごめんなさい。

「離縁してくれ」と言ったのを未《いま》だに怒っているらしい。だって思わないじゃないですか、こんなの。

高位貴族のプロシュベール令嬢が、まさか嘘八百を堂々と、しかも渾身《こんしん》の演技付きで披露《ひろう》してくれていたなんて。でもって、それがエレニーの指示だとは。

「ちょっとー。何よその言い草。元はと言えばアンタがヘタレだからこんなことになったんでしょーっ！」

首を竦《すく》めて縮こまる私の正面で、金髪巨乳美女エリシエル様がぶう垂れる。膨らんだ頬がちょっと可愛い。でもいいなあ、ヴォルク様にタメ口とか私もしてみたいとか思ったけれど、水を差しそうなので口にはしない。

「それにしてもやり方というものがあるだろう……レオノーラが何も言わず実家に帰っていたら、俺はお前を刺していたぞ」

「ちょ！　なんでアタシなのよ！　首謀者はエレニーでしょ！」

思い切り反論を述べるエリシエル様に、ヴォルク様はふんと鼻を鳴らして「返り討ちに遭う可能性があるのに、アイツに復讐などせん」とか言っている。

か、返り討ちって……エレニーって本当に、一体何者なんですか。元から不思議な人だなあとは思っていたけど、ここまで怯《おび》える二人を見ていると、なんだか背中に冷たいものが走るのですが。

「で、でもあれよね！　結果オーライだったわけだし！　めでたしめでたしよね！　アタシはダシにされたし放置もされたけど！　感謝しなさいよね！」

ヴォルク様の恐ろしい意見に異を唱える気はないらしいエリシエル様が、気を取り直して高らかに言い放つ。

にやりと笑うその表情から、私と旦那様の間にあったことを見透かされている気がして、顔から火が出そうになった。

なんかもろにバレてるっ！　仕方ないけど！　どうせ屋敷の皆にバレてるし！

感謝もしてるけど！　それにしたってこっ恥《ぱ》ずかしいいいいいっ！

全身掻き毟《むし》りたい衝動を抑えていると、ヴォルク様がごほんと一つ咳をして「まあ、少しくらいなら感謝してやらんでもない」とか照れ交じりに答えていた。

なんですかそのお顔。乙女ですか、乙女ですね。可愛いなぁ。

「それにさー。そもそもアンタが一目惚れしたレオノーラ嬢と結婚出来たことだって、元はと言えばアタシのおかげでしょ。二人の縁談を後押ししたのは誰だと思ってんのよ。尚かつ恋愛成就の手助けまでやってあげたんだから、アタシ以上の功労者はいないってもんでしょ！」

照れと羞恥《しゅうち》とヴォルク様への萌えで居た堪れなくなっていた私だけれど、エリシエル様の言葉に思わず目を瞬《またた》いた。

今、何やら、聞き捨てならん台詞《せりふ》が聞こえたような。

縁談を後押しした？　エリシエル様が？

それって、もしかしてうちのお父様にってこと？

どういうことでしょうかそれは……

「えーと、エリシエル様、その話もう少し詳しく……」

「っレオノーラ！」

あれ、ヴォルク様焦ってる。というか慌ててる？　駄目だ可愛い。とか言ってる場合じゃなくて……

あたふたしているヴォルク様を横目に、エリシエル様に目配せすると、にんまりと笑顔を向けてくれた。にこりじゃなくて、にんまり。

エリシエル様、美女なのに、なんだか残念なのはどうしてだろう。

「あら。やっぱり言ってないのね。ヴォルクったらヘタレ過ぎて、貴女《あなた》との縁談を断られないように、うちの家、つまりプロシュベールの口添えまで依頼してきたのよ。もう本当、最初言われた時は結構引いたわぁ。病《や》んでるわよねぇ」

「プロシュベール公の口添え……？」

首を傾げる私に、そうなのよ！　と少々鼻息荒く人差し指をびっと向けたエリシエル様。人を指差すのは駄目ですよーという突っ込みを内心で留めていると、なぜか彼女の表情が喜色満面から怯《おび》え全開へと変化した。

あれ、私何も言ってないのに。

「ちょ……ヴォルクあんた、何その殺気ダダ漏《も》れの顔……」

「やかましい」

きっぱり言い放つヴォルク様のお顔が氷のようです。あらやだ格好いい。とか言ってる場合じゃなくて。

そんなに嫌なんですか、暴露されるのが。

「ヴォルク……アンタ人格崩壊してるわよ……」

げんなりとしたエリシエル様の声を、ヴォルク様は華麗に見事にスルーした。

そうですね。私も吃驚《びっくり》です。ヴォルク様がこんなに可愛らしいお方だったとは。口数少ないなー寡黙《かもく》だなーと思ってたけど、照れてたみたいですし、あれ。ものすごくわかりにくいですよね。

今となっては全てがツボにはまってるので結構ですが。

「と、とにかく、レオノーラが聞きたいのなら俺から話す。エリシエル、お前もう帰れ。邪魔だ。それに今回の話、もちろんユリウスも知っているんだろうな？」

「う」

「……おい、まさか」

「あ、あはははははっ。と、とにかく！　アンタ達は丸く収まったんだからいいじゃない！　じゃあ、アタシはそろそろ帰るわね！　この話が万が一にも漏《も》れてたらまずいし！　かなりまずいし！」

「わかった。わかったからさっさと帰れ」

まだ若干目元が赤いものの、照れ？　から立ち直ったヴォルク様がさも鬱陶《うっとう》しそうにエリシエル様に言い放つ。

なんだかこの二人を見ていると、幼馴染《おさななじ》みなんて少しだけ羨《うらや》ましいとか思った自分が馬鹿らしくなった。

扱いが酷過ぎやしませんかヴォルク様。相手はプロシュベール公爵令嬢だというのに。面白かったからまあいいけど。

そんなわけで、ヴォルク様の言葉に慌てふためいていたエリシエル様は、逃げるようにその場を後にした。


「あのヴォルク様、先ほどの口添えというのは……」

で、ところ変わってなぜかまた夫婦の寝室でございます。

あれー？　どして寝室？

さっき客間にいたのに不思議だなぁ。

ちょっとだけ身の危険を感じたけれど、まさか昨日まで生娘《きむすめ》だった妻に、騎士様がそんな無体なことしないわよねー。そう余裕をこいていた私は、先ほどの話――プロシュベール公の口添えどうこうについて促《うなが》してみた。

なんとなく、もしかしてー？　とは考えたけれど、これは本人から直接確認すべきだろう。むしろしたい、と思いつつヴォルク様を見上げてみると――

……それはもう真っ赤な顔をされていて、一瞬時が止まるほどの衝撃を受けました。

えーっと、耳まで赤くなってますが、ヴォルク様。

もしかして熱でもあるんでしょうか。

「す、すまん。君には悪いと思ったが……どうしても、断ってほしくなかった」

ちょっとだけ、ほんのちょっとだけ、え？　そこまでしたの？　と思ったけれど。

……そんなの全部消え去ってお釣りがきました、可愛さ故《ゆえ》に。

まあそうですね、かなり強引なやり方ですし。

プロシュベール公は貴族社会の頂点に立っていると言っても過言ではない方なのだ。その上、この国では、階級《クラス》が上の人間からの要望を無視することは難しい。もし私に既に決まった婚約者があったとしても、たった一言で、簡単に覆《くつがえ》されることもある。それほど上位の人間からの言葉は重く、抗《あらが》えないものなのだ。

何も知らなかった頃に聞いていたら、「なにそれ恐っ」と思ってしまったかもしれない。だが、今となってはまあ、それほど求めてくれてたのなら女冥利《おんなみょうり》に尽きるなあ、と至極甘ったるい感想しか浮かばなかった。

思いがけなかったヴォルク様の可愛さに、一晩で相当やられてしまったようである。うん、私ってちょろかったのね。

でも仕方ないわ。ヴォルク様が初恋なんだから……初恋なのよ。まさかの。

社交会デビューした頃は、それどころじゃなかったし。お父様が引き籠《こも》りになった時、色々な人が離れていって人間不信気味にもなったし。

今更ではあるが、よくよく考えてみると、男性に対して「可愛い」とか「好き」とか思ったのも初めてだ。

だから多分、私は昨日の夜に、初夜も初恋も纏《まと》めて経験したのだろう。順番おかしかったけど。

「すまない」と、銀色の頭を下げて、唇を噛《か》みしめるヴォルク様に、私は何度目かわからない萌えを感じて可愛らしい夫の手を取った。

「ありがとうございます。そこまで想っていただいて」

「いや……礼を言うのはこちらの方だ。まともな婚約期間も設《もう》けず、攫《さら》うも同然に連れてきた俺に、君は嫌がるでもなく妻としての礼儀を尽くしてくれた」

ふんわりと綻《ほころ》ぶように微笑んで、ヴォルク様が嬉しそうにぎゅっと手を握り返してくれた。こんな風に笑ってくれる人だったのだと知らず、これまでの自分は勿体《もったい》ないことをしたなと改めて思う。

「君にずっと……言いたかった。望んで妻にしたかったのだと。政略ではなく、君に妻になってほしかったのだと。たとえ卑怯な手を使っても」

蒼《あお》い瞳が、真っ直ぐに私へと向けられて、真剣な顔が、彼の緊張を伝えてくれる。

「私も、きちんとヴォルク様と向き合うべきでした。ちゃんと待っていてくれたのに、勝手に誤解して、自分からこの手を……離してしまうところでした」

互いに取り合う手を見つめ、指先にきゅっと力を込める。

剣だこに小さな擦り傷のある、この温かくて優しい手を、離さなくてよかったという思いを噛《か》みしめながら。

視線をヴォルク様へと戻して微笑むと、繋《つな》いだ手をぐっと引かれて、綺麗な銀色の髪が近付いた。

そのままこつんと額《ひたい》をくっつけて、照れた顔をした彼が言う。

「……これから、積み重ねていこう。君が俺といてくれると言うのなら、時間はいくらでもかけられるのだから」

そう言って、ヴォルク様は蒼《あお》い瞳を和《やわ》らげ笑った。

仄《ほの》かに赤く染まった頬が、嬉しそうに綻《ほころ》んでいた――

……のはいいとして。

「しかし、流石《さすが》に君に離縁してくれと言われた時は、生きた心地がしなかった」

あれ。

ちょっと待って。どうしてこの流れでそんな顔になってるんですかヴォルク様。

今のって、うふふあははって笑ってハッピーエンドって流れじゃないの？　どこで堰《せ》き止められたんでしょう。

鼻先が触れあう距離で、蒼《あお》い瞳に睫《まつげ》毛の影を落としたヴォルク様が口端をくっと上げて、黒く微笑む。

いやいやそれ悪役の笑顔ですよ、騎士様って正義の味方じゃなかったんですか。

地雷を踏んだ覚えはないのに、まるで仕込まれてでもいたかのように、後から後から爆発する。

足の踏み場はどこでしょう。

慌ててじりっと後ずさるも、同じだけ詰められた。あれ距離が全然開かない。

なんでしょうこれ。

狙われた獲物の気分ってこんなの……じゃなくてまたですかっ。

すごい既視感《きしかん》なんですがっ。

「ちょ、ちょっとヴォルク様、待っ……！」

待ってと叫んだつもりの声は、声になる前に唇で塞《ふさ》がれました。二回目ですよねこれ。

おかしいな。私の認識していた旦那様の属性の中に、強引っていうのはなかったはずなんですが。

昨日今日と、このぐいぐいくる感じは何ですか。

しかしまあ、溶けそうなほど破顔した『旦那様』を見ていると、私も幸せな気分になってきたので、観念してそのまま流されることにした。

盛大な私の勘違いは、銀色の髪と蒼《あお》い目をした騎士様に愛されることで、元の道へと繋《つな》がったようである。

……これから紡《つむ》ぐ、彼との未来へと。


――晴れて『真実の夫婦』となった私達。

互いへの誤解――主に私が一方的にしていたそれも解け、ようやく本当の結婚生活をスタートさせることとなった。

そんな中、今日も朝日眩《まぶ》しい玄関ホールで、私は妻の務めに勤《いそ》しんでいた。

「今日は定刻通りに終わると思う」

「かしこまりました」

生まれ変わった気分で迎えたのは、ザ・朝の恒例行事！

『妻が夫のお見送り』！

ついこの間まで交わしていたやりとりも、やっぱりあれでしょうか。気持ちが繋《つな》がったせいかなんか恥ずかしい。うん恥ずかしい。こっ恥《ぱ》ずかしい。大事なことなので三度言います。

お互いに照れ照れ俯《うつむ》きながらやり取りしてること自体、周りからすればいい見世物なのだろう。

その証拠に、傍に控えるエレニーの視線がちょっぴり痛い。キツめ美人のニヤニヤ笑いとか。拷《ごう》問《もん》か。

私は意を決して、羞恥《しゅうち》を抑えて大好きな旦那様に精一杯の笑顔を向けた。

――ところが。

「むぎゅう」

はひ……？

ぎゅうぎゅうぎゅう。

ヴォルク様に、なんでか両頬を軽く摘《つま》まれました。むぎゅぅっと。

え、ちょっと。あの、頬っぺた、痛いんですけどヴォルク様……？

「ひゃ、ひゃひふるんれふかふぉるふひゃま……っ！！」

何するんですかヴォルク様、と解釈して下さいまし。

「それじゃない」

人の頬っぺたをひっ掴んでるヴォルク様の手をどかすべく、結構な力を入れてみるが、びくともしない。

むう。旦那様の細マッチョめ。

しかも、旦那様ったらわけわからん文句を言ってらっしゃる。

それじゃないってなんだ。私の顔はこれしかありませんが。

っていうか、いい加減離して下さーい。エレニーさんからの視線が痛いです、痛い痛い。ニヤニヤ笑いがニタニタ笑いになってる。なので、仕方ないからヴォルク様の手を無理矢理引っぺがしました。はしたないって言わないで。

「もうっ。なんですかそれじゃないってっ」

私、少々怒っております。だってね、やっとちゃんとした夫婦になれて、気持ちよくお見送りしようとしたのに、この扱いはなんだ。自意識過剰みたいでアレですが、ヴォルク様一応は私のこと好いてくれてるんでしょー！

これはないですよ、これは！

「まだ、こっちの顔の方がいい」

手を叩き落とされたにもかかわらず、再び片手を私の頬に当ててヴォルク様が呟いた。

あれ、笑ってる。ヴォルク様が笑ってますよ。私、何か笑われることしましたか。

こっちの顔って、だからなんです。私そんな顔を挿《す》げ替えたり出来ませんが。

「前は、無理をしているようだった。先ほどのも。昨日は、沢山笑ってくれたのに……」

……………そっちか！

ヴォルク様の言葉に、自分の中で答えが出た。それはもうばばーんと。わかりやすく。

い、いつもの貼り付け笑顔……ばれてたんですねヴォルク様！

人が羞恥《しゅうち》で悶《もだ》えているというのに、横にいるエレニーはこれでもかというほど口角をニヤリと上げて、こっちが若干恐怖を感じるくらいの笑顔です。だから恐いよ、その笑い方。

そんな爆発しそうな状況だった私達ですが、「おはようございます！」と聞き慣れた声が響いたことで、やっとダダ甘空気を霧散《むさん》させられました。

ついでに、なんだか照れくさいのでヴォルク様とちょっと距離を取ったのは内緒です。ついです、つい。

……って、なんでそんな不服そうなお顔してらっしゃるんですかヴォルク様。睨《にら》まないで下さいよ。

貴方《あなた》のお迎え騎士ハージェス様がいらっしゃったんだから離れるに決まってるじゃないですか。人前ですよ？　流石《さすが》に弁《わきま》えなきゃいけないと思われます。

「あれ……？」

自分の気持ちを不機嫌なヴォルク様にアイコンタクトで伝えていると、ハージェス様が怪訝《けげん》そうな声を漏《も》らされました。ついでに首を傾げつつ、顎《あご》をなでなで擦《さす》っています。

……なんでしょうか、そのもの言いたげなお顔は。

「二人……何かあった？　特にレオノーラ殿、お顔が赤いようですが、もしやお身体の具合でも……？」

「いっ、いいえハージェス様っ!?　な、何もございませんのでどうぞお気遣いなさらずっ。というかお迎えありがとうございますっ」

あまりに的確な指摘に、私は慌てて言葉を絞り出した。声が所々裏返ったのは、気のせいだと思いたい。

しかしそんな私の態度が余計に気になったのか、ハージェス様がまたもや不思議そうに首を傾げる。

「なんだか、表情も変わりましたね」

言われて、正直滅茶苦茶戸惑った。え、あの。何か漏《も》れてますか。

ヴォルク様との、口には出来ないあれやこれやがあった空気か何かが、ダダ漏《も》れてしまっているんでしょうかっ。と、私が大いに慌てていると……

「ハージェス、人の妻をじろじろ見るな」

素晴らしいフォローがヴォルク様より放たれました。

なんという助け舟。流石銀蒼《さすがぎんそう》の貴公子様です。気配りの仕方が違いますね。

「なんだよヴォルク。俺は単にレオノーラ殿のお顔が赤いから、お身体の具合でも悪いのかと心配になっただけだって」

「お、お気遣いありがとうございますっ。でも大丈夫ですのでっ。私、今日も元気一杯ですしっ」

「……それならいいのですが」

余計な心配をさせてしまったことに若干の罪悪感が湧くけれど、とにかくこの場をどうにかしたいので少々大袈裟《おおげさ》なくらい元気アピールをしておいた。うん。ハージェス様もヴォルク様のご友人だけあって優しい人だ。類は友を呼ぶっていうやつだろう。ちょっとチャラいのは勿体《もったい》ないけど。

そうほくほく思っていると、突然、屋敷の外から馬のいななく声が大きく響いた。

私もヴォルク様も、ハージェス様も何事かと振り向くと、蒼穹《そうきゅう》色の騎士が慌てた様子で駆け込んできた。

彼は私達の前まで来たところで、片膝を折る姿勢で礼をする。歳はヴォルク様と同年代くらいだろうか、長い栗色の髪を後ろで束《たば》ねた、糸目が特徴的な騎士様だ。

「ヴォルク隊長っ！　朝早くから申し訳ありませんっ！　至急お知らせしたきことがあり馳《は》せ参じましたっ！」

「クライスか、どうした」

クライスと呼ばれた騎士様は、やや緊張した面持《おもも》ちで口を開いた。

「昨晩、王都の囚人投獄房より、デミカスが脱獄したとの知らせでございますっ！」

「そうか」

それを聞いた途端、ヴォルク様が蒼《あお》い目をすうっと細めた。その横顔に、抜身の刃《やいば》のような気配が宿る。

そして厳しい顔で頷いて、ハージェス様へと視線を移した。

「国外に出られると厄介《やっかい》だ。ハージェス、お前クライスと先に行って捕縛《ほばく》隊と合流しろ。俺もすぐに向かう」

「わかった」

ヴォルク様の指示を受け、ハージェス様が硬い声で返事をした。そこに、普段の軽快な雰囲気は欠片《かけら》もない。

張り詰めた空気は、起こった出来事が只事《ただごと》ではないことを示している。

――ヴォルク様と結婚して三か月。こういう場面を見るのは、初めてだった。

「ヴォルク様……？」

「大丈夫だ」

戸惑いと小さな不安を抱く私に、ヴォルク様は安心させるみたいに微笑むと、いつもと同じく頬に触れてから「行ってくる」と告げて、足早にその場を後にした。

私は、その時に感じた小さな不安が色々な意味で的中することになるとは、この時は夢にも思っていなかった。


朝一番に早馬が来てから数日。

私は、今日も今日とてそわそわしながら、ヴォルク様の帰りを待っていた。

時間的には、あと四刻ほど経てば、宵《よい》の空に明けの明星が見えるという刻。

「……ヴォルク様、大丈夫かしら」

寝台の横に腰かけながら、ぽつりと呟いた。

ここ何日も、ヴォルク様の帰宅が遅い日が続いている。

あの時の知らせにあった脱獄犯が、未《いま》だ捕まっていないのが原因だった。

ヴォルク様からは先に寝ていてくれていいと言われたけれど、折角こうして想い合うようになったのだから、せめて顔を見てから眠りたいと、ついこうやって起きてしまっている。

しかし起きて待っていたら待っていたらで……あー……ええと。

ちょっと口にするのは憚《はばか》られるむにゃむにゃなことをヴォルク様がしようとするのだ。なので、顔を見たいと思う反面、早く身体を休めてほしいという心配もあって、相反する思いに板挟みになる日々が続いていた。

そう思って、小さく溜息を吐いた時、いつかと同様にガチャリと寝室の扉が開く。

「ヴォルク様っ。お帰りなさいませっ」

「レオノーラ。ただいま」

今日も顔を見られたことに嬉しくなって、寝台から飛び跳ねるようにして駆けよると、既に寝衣に着替えたヴォルク様が、その胸で私の身体を受け止めてくれた。

こうやって私が起きていてしまう一番の原因は、かつては言ってもらえなかったヴォルク様の「ただいま」を、聞かせてもらえるからでもあった。

真実夫婦になったという実感が、私自身でも驚くほどの喜びを与えてくれている。

と……それはいいのだ、ここまでは。

問題なのはその後……というか、先ほどもその件を考えてもやっとしていたのだが――

「レオノーラ……君は今日も可愛らしく、美しいな……」

「ヴォルク様……っあ、駄目ぇっ……！」

と、人の制止をまる無視し、毎晩毎晩事に及ぶのだから始末に負えない。

ちなみに、私もそんなヴォルク様に流されてしまうのが日課になっているので余計に始末に負えないっていうか、もうどうしようもない状態である。

しかし、迫られると断れない。駄目ですよ早く寝ないと、と言いかけた口は早々に塞《ふさ》がれて、ほぼなし崩しに雪崩《なだ》れ込んでしまっているのが現状だった。

にしても毎晩って……！　ヴォルク様寝ようよ！　そして私も寝たい！

体力と寝不足的な意味で最近毎日が不安です……っ。

「毎日帰りが遅くて、悪いな」

数時間後。ヴォルク様が、私を抱き締めたままの状態で耳元で囁《ささや》いた。

未《いま》だ情欲を滲《にじ》ませたその声に、もう何度吐き出したかわからない熱が再び沸き上がりそうになって、内心そんな自分に苦笑する。

「いえ。私は大丈夫ですが、ヴォルク様の身体が心配で……」

暗に早く身体を休めてほしいと諭《さと》すと、彼は私の耳に軽く唇で触れながら「妻に心配してもらえるのは嬉しいものだな」と明後日《あさって》の方向の感想を漏《も》らした。

それに少しだけムッとして、銀色の騎士様を初めて叱りつけたい衝動に駆られる。心配しているのは、彼が大事だからだ。自分の気持ちの深さがヴォルク様の気持ちに届いていないのは重々承知しているけれど、それでも日々深まっていく気持ちは嘘ではない。その心を軽んじられた気がして、ちょっとショックを受けた。

黙り込んだ私の背を、ヴォルク様があやすみたいに撫《な》でる。その手は「大丈夫」と答えているようだけれども、心配する気持ちの方が勝って彼の胸へ頭を寄せた。

「貴方《あなた》の想いに届かなくとも……私も、今はヴォルク様のことを大事に想っているんです。それだけは、知っていて下さい」

その言葉に想いを全て込めて、彼の胸に染み込ませるために心臓に近い場所で伝えた。

すると、一瞬びくりと強張ったヴォルク様の身体が、ぎゅっと私の身体を強く抱き締め、肺ごと圧迫する。

「……んっ」

私が苦しさを感じて息を漏《も》らせば、慌てた様子で回されていた腕が外されたので、同時にふうと息を吐く。それからどうしたのかとヴォルク様の顔を見上げてみると、まるで赤い果実みたいに頬を染めた彼が、拗《す》ねたような表情で蒼《あお》い目を細めていた。

あら、どうして拗《す》ねてるんでしょうかヴォルク様。

「そんな可愛いことを言われたら、また君を離せなくなってしまう……君は、言っていることとやっていることが矛盾してる」

なぜか咎《とが》める口調でそう言われて、額《ひたい》をこつんと軽くぶつけられた。再び抱き込まれた腕の熱さに、聞いた言葉も相まって笑いが零《こぼ》れた。

可愛いことを言ったつもりはないけど、そう取られてしまったらしい。痘痕《あばた》も靨《えくぼ》ってやつですね。けれど一応私の希望を聞き入れてはくれるのか、回された腕がそれ以上動く気配は感じられなかった。

「早く……帰れるようになればいいですね」

「ああ」

温かい腕の中、遠回しに事件の解決を願う言葉を紡《つむ》ぐ。

ヴォルク様の仕事は人の命が関わるものだ。

元々、頭では理解していたつもりだったけれども、恐らく本当の意味で理解したのは、彼に想いを告げられ、自分も彼に惹《ひ》かれていると気付いた時だ。

そうわかってからは、毎日の見送りも、出迎えも、私の中で以前より重く深い意味を持つものに変化した。

毎日、ヴォルク様が傷つかないことを、危ない目に遭わないことを願っている。

そういえばヴォルク様が私を見初《みそ》めてくれた日、セデル子爵令嬢の夜会で、メリル＝セデル嬢も騎士の方を夫としていた。

彼女も、今の私と同じような心配を抱えているのかもしれないと、懐かしい記憶と共にふと考える。

願わくは、誰も傷つかずに逃げた者が捕縛《ほばく》され、騒動が終息しますように。

そう心の中で唱えながらヴォルク様の胸に頬を擦り付けると、硬い声が零《こぼ》れ落ちた。

「逃げたなら、追うだけのこと。しかし……」

何かを濁《にご》すように途切れた声に、私はなぜか、じわりと迫りくる不安を感じていた――

エレニー先導の当て馬事件から一か月の時が経ち。

ヴォルク様は今も帰りの遅い日々が続いていた。

その理由はやはり、先日至急の知らせにあった、投獄されていた貴族デミカス＝リヒテンバルドが未《いま》だ捕縛《ほばく》されていないことにある。とっとと捕まってくれればいいのに、こういう時に限って上手くいかないのが世の常なのだろう。

なので相変わらず、ヴォルク様も私も寝不足の日々が続いていた。

しかしまあ、そこはやはり騎士様なのだろう。私と違って体力があるのか、ヴォルク様は見た目にさほど変わりはなく、毎日しっかりとした足取りでハージェス様と共に出勤していた。

……問題なのは、完全に私の方である。

今日の朝なんて、なんとヴォルク様とハージェス様の両方から、目の下がうっすら黒いと指摘され、その場に崩れ落ちそうになった。えーえー、隈《くま》ですよっ。

あれからヴォルク様が私の言い分を聞いてくれて、ほぼ毎日だった夫婦のあれこれは四日続いて一日休み、三日続いて一日休みと、週に二回程度のお休み日を作ってくれた。

だけど……

元々の体力差があるせいか、ヴォルク様の体力回復率と、私の回復率には大きな違いがあったらしい。

週に二回休みを貰ってもまだ辛いというのが本音である。そもそも一回の密度が高過ぎるのだ。

でも、ヴォルク様のあの蕩《とろ》けるような顔を見てしまうと、「減らしてもらってもまだキツイです。っていうかヴォルク様も寝よう？」とは言えなくなってしまう。

あああ、だけど、このままでは本当に、というか確実に私が倒れる。

今日も昼間に睡魔でティーカップへ鼻を突っ込みそうになったたし。エレニーはお昼寝していいですよと言ってくれるけど、皆働いてる中で寝てなんていられない。

と、寝室で悶々《もんもん》と悩んでいたら、いつの間にやら夜になっていた。

うおうマズイ。もう少ししたらヴォルク様が帰ってくる時間である。今日も迫られたらどうしよう。ええっと今日は何日だっけ。昨日と一昨日《おととい》はあったから、今日は一体どうなるのだろう。

どう回避すればいいのか悩む。非常に悩む。

求められるのは嬉しいけれど、体力がちょっと限界だし、いくら体力があるといってもヴォルク様の身体も心配だし、もう素直に言うしかないか。

腹をくくったところで扉が開き、綺麗な銀色の髪の旦那様が顔を出した。

「レオノーラ……ただいま」

あああああお願い、そんな嬉しそうな顔しないで下さい。私の方が顔面崩壊いたします。

って、ヴォルク様どうしてそんな流れるような仕草で私を寝台に誘導しているのでしょうか。隙がなさすぎて恐いんですが。疲れてないんですか、疲れてるはずですよね？　もうがっつり日付変わってますし、夜明けまで片手くらいしか時間がございませんが。

駄目だ、いかん。相手は騎士隊長であるヴォルク様なのだ。戦略的には一方的にこちらが劣る。

「あ、あのヴォルク様……っ。疲れていらっしゃるのでは……っ」

咄嗟《とっさ》に、「気遣いしている妻」の体《てい》で、既に色気を漂《ただよ》わせているヴォルク様へ声をかける。しかし返ってきたのは、まさかの否定の言葉だった。

「いや、疲れていたはずなんだが、君の顔を見た途端嘘のように消え去った。今はもう朝よりも元気な気がしているくらいだ」

いや、それ絶対に錯覚ですって。感覚が麻痺《まひ》しているんですってば。疲れすぎて頭沸いてるのかもしれませんよ。あまり失礼なことは言いたくないですが！

でも、優しい手つきで有無を言わさず寝台に座らされてしまい、どう断ればいいのかと途方に暮れた。

そんな私を怪訝《けげん》に思ったのか、ヴォルク様が指先をゆっくり頬へ滑《すべ》らせる。

同時に、二日と開けず抱かれている身体に湧き上がってきた熱を感じて、びくりと身体が反応した。

もう何度も慣らされた身体は、少し触れられただけでも甘い熱を身体の奥底から引き上げてしまう。

最初の頃の痛みも忘れるほどの快楽を経験した今となっては、この後、碌《ろく》な抵抗もせずに抱かれる自分が容易に想像出来てしまった。

——っ駄目、だ……っ。

それではいけないと、なけなしの理性をどうにか押し出して、込み上げてくる熱を抑えようとする。けれど触れてくる指先に、苦しいほどのもどかしさが募《つの》る。昂《たか》ぶっていく身体をどうにか止めたくて、考える間もなく身体を動かした途端、ぱしん、と酷く渇いた音が木霊《こだま》した。

しまった——と気付いた時には、後の祭り。

やってしまった――

払いのけられた手を中空で停止させたままのヴォルク様が、驚いた顔で私を見ている。

私はと言えば、叩いてしまった事実にパニックを起こしていた。

た、叩きのけてしまった……ヴォルク様の手を。

自分が起こした行動にショックを受けつつ、慌てて誤魔化す言葉を探した。

「す、すみません……っ！　ですが、あの、今日はもう遅いですし、その……ね、寝ましょう……？」

ぎこちないにもほどがあることしか言えなくて、ほとほと自分に呆れ返る。その上、驚いて目を瞠《みは》るヴォルク様を前にどうにも居た堪れない気持ちになった。恐る恐る彼の顔を窺《うかが》うと、傷ついたような色を浮かべたヴォルク様にさっと目を逸《そ》らされ、ちくりと胸に痛みが走る。

――あ。

それで、気付いた。彼が時折する顔を背《そむ》ける行為は、照れや私に対しての想い故《ゆえ》だったということを。

だけど、今のは違う。

今のは確実に、私が彼を傷つけてしまったせいだ。

「……わかった」

それだけ言ったヴォルク様は、寝台の――端の方に身体を寄せ、かつてと同様に私へ背中を向けた。離れた距離が心の距離を表しているようで不安になったけれど、拒《こば》んだのは自分だし、今夜は彼を休ませてあげられるという考えもあって、仕方なくそのまま私も寝台の端で眠ることにした。

また、余裕が出来たら。

その時は思い切り甘やかしてあげようと、自分勝手な思いを抱いて。

第三章

「今日もとてもいいお天気ですねっ。レオノーラ様っ」

「ええ、そうねセリア」

くるくると、表情も身体もよく動いている少女に返事を返すと、彼女は照れながらとても可愛らしく微笑んでくれた。

あー……セリア可愛い。癒《いや》される。

昼のぽかぽかとした暖かな日差しが差し込む中、私は自室を整えてくれている若いメイドを前に、ここ最近の暗鬱《あんうつ》とした気持ちを和《やわ》らげている。

なんというか、癒《いや》しが欲しい。切実に。

しかし今抱えている問題を表情に出すのはちょっと憚《はばか》られるので、私はセリアにばれないよう、笑顔で彼女のことを眺めていた。

まあ、セリアを見てたら自然とそうなっちゃうのもあるんだけど。

それでは失礼いたしますっ、と元気よく去っていく彼女に礼を述べ送り出してから、ふうと小さく溜息を吐く。

――『あの夜』から幾週かが過ぎた。

今、私は究極の難題と対峙している。

……旦那様が。

……ヴォルク様が。

全く、まさしく全く！

手を出してこない!!

いやもう、何言ってんだって冷めた目で見られそうな話だけれど、私にとっては一大事である。

あんなに毎日、どれだけ体力あるんだと言いたくなるくらい手を出しまくってくれていたヴォルク様が、今や一切私の肌に触れることなく、むしろ「俺達そんなことしてたっけ？」な感じにクリーンな生活を送っている。

なぜだ。ヴォルク様の性欲一体どこ行った。

あれか。もしかして一度食っちゃったら後はもう……とかいう、巷《ちまた》で噂《うわさ》の「釣った魚に餌《えさ》はやらん」な奴ですか。

それとも、いつもされるがまま、ほぼマグロ状態の私が面白くなくて、とうとう飽きてしまわれたのか。

だって仕方ないじゃないか。毎回毎回ヴォルク様が格好いいやら色っぽいやらで、頭沸いてる内に翻弄《ほんろう》されて、気が付いたら「おはようございます」という感じだったんだから。でも、それが駄目だった可能性は否《いな》めない。

うわ。そんなの流石《さすが》に悲しすぎるんですが。

好きになった途端に失恋とか、どうなの。悲恋過ぎるでしょう。しかも相手は旦那様。恐らく生涯を共にする相手だというのに。

うあわあああああ、なんとかしないと。なんとかせねばっ。

と言っても何をすればいいのやら。離れそうな殿方の心を引き留める術《すべ》など、私は知らない。それ系の指南書でも借りてくれれば少しは役に立つのだろうか？　いやしかし、王都の図書館まで行くのも手間だし、それ以前に借りてるところを誰かに見られたりしたら羞恥《しゅうち》で爆発しかねない。

……仕方がないので、とりあえず私は身近にいる「同性」へ相談することにした。

エレニーがそういう話にどう答えてくれるかは本当に未知数ではあるけれど、私とヴォルク様が上手くいったのも彼女のおかげと言えばおかげだし、何らかのアドバイスは貰えるんではなかろうか。

……不安はかなりあるものの、まあ女は度胸とも言うし！　当たって砕けろとも言うし！　あ、砕けちゃまずいのか。

ひよる心を叱咤《しった》して、私は今日も凛《りん》と佇《たたず》む美麗なメイドに話を振った。

「エレニー、ちょっと相談があるんだけど」

「なんでしょうか奥様」

「あー……その……えっと」

かーなーり言い辛い。というか、顔からだらっと何かが出そうな勢いである。うん、エレニーさん、そのじーっと無言で見つめてくるのなんとかなりませんか。ほんの少しだけ裏の顔を知ってしまった今となっては、恐い以外の何ものでもないんですが。

「旦那様のことですか？」

「あ……はい。まあ、そうです」

にやり、と悪人か魔女にしか見えない笑みを向けられて、ひきつり気味に肯定《こうてい》した。なんだろう。この「私にはわかってますよ」と言わんばかりの迫力は。

「まあ一言で申せば――愚か者につける薬はないので、放っておくのが最良でしょう」

「え」

予想していたのとは違う答えに、半《なか》ば放心状態でエレニーを見る。あれ、ニヤニヤ笑いで揶揄《からか》われながらも冷やかし交じりのアドバイスでも貰えるかと思っていたのに、予想外にさっぱりとしていてなんだか少し落胆したような……

「ティーカップへお顔を突っ込みそうになるほどでは、こちらとしても仕事に支障が出ますので、しばらくはこの状態でもよいかと思います」

「さ、さいですか……」

続けて言われたクレーム交じりの意見は、私を納得させるに十分な威力があった。

うん。まあそうですよね……あの頃の私、終始ぼうっとしていましたし。そう言われても仕方がありませんよね……

そう思う私だが、正直ヴォルク様が手を出してくれなくなった原因は自分でもはっきりとわかっていた。

わかっているからこそ、自分の中で茶化して忘れてしまいたかったのかもしれない。

あの時、彼の手を払いのけた翌日から、ヴォルク様は夜に肌を合わせることをやめた。

しかも今朝なんて、いつもと同じくお見送りをするも、ヴォルク様は終始俯《うつむ》いたままで、まともに視線を合わせてさえくれなかった。

蒼《あお》い綺麗な瞳を見せてもらえないのが寂しくて、あのことを謝ろうとしたけれど、丁度やってきたハージェス様の方に足早に歩いて行ってしまったせいでタイミングを逃したのだ。

ハージェス様は私達の違和感に気付いているのか、不思議そうな顔で私を窺《うかが》って、その後なぜかヴォルク様に耳を引っ張られて無理矢理違う方向を向かされていた。

私から見えるのは、ヴォルク様の蒼《あお》い騎士隊服の背中だけ。

明らかに、というか、わかりやすく避《さ》けられている。

今までが今までだっただけに、これは結構応《こた》えた。というか、中々に心が痛い。

普段甘々な人がそっぽを向くと、ダメージが物凄く増幅されるらしい。

たぶん少し前の私だったなら、ヴォルク様に避《さ》けられたところで「あー……別れたいって言われるのかな」ってなっていたくらいだったろう。

でも……今は。

いってらっしゃいませとヴォルク様の背中に声をかけながら、私は、途方に暮れていた――

嫌われて、しまったのだろうか。

ヴォルク様の手を、拒《こば》んだりしたから。

求めてくれることは、妻としてとても幸福なことだったのに。

私が覚えていないぐらい前から、彼は私を欲しがってくれていたのに。

私は、自惚《うぬぼ》れていたのだろうか。


「脱獄犯に狙われるかもしれないエリシエル様の警護任務……ですか？」

今日も遅い帰りのヴォルク様を寝室で待っていたら、帰宅して早々意外なことを知らされ、私は目を瞬《しばたた》かせた。

「ああ。幼馴染《おさななじ》みというのもあって、ほぼ無理矢理俺の隊に命が下った。アイツなら、自力でどうにかしそうなもんだがな」

いやいやヴォルク様、いくらなんでも無理ってもんじゃないでしょうか。だってエリシエル様、ご令嬢ですよ？　それも金髪巨乳美女。脱獄犯どころか、邪《よこしま》な思いを抱く男性からも守るべきタイプの女性かと。

ヴォルク様とは、夜は相変わらず寝台の端と端で眠る生活を続けてはいるが、前ほど避《さ》けられている様子はなくなり、今は普通に会話が出来るようになっていた。むしろ会話が出来る分、夜に触れ合えない寂しさが浮き彫りになっている気がして、落ち込み度は以前より増している。

ヴォルク様は時々、私に手を伸ばそうとするけれど、触れる寸前に引っ込めるのでもどかしい。かと言ってどう切り出せばいいかわからない、というのが本音だ。

「エリシエル様は普通に……というか、とても魅力的なご令嬢だと思うのですが……？」

彼女とは、あれからもたまに手紙のやり取りをしたり、お茶会に招待したりの交流をしていた。エリシエル様の要望で、会うのはもっぱらレグナガルドのお屋敷でだったけれど。そういえば、ここ最近は連絡が取れていなかったな。

「ああそうか。君はアイツの凶暴性を知らないいんだったな。いや、知らない方がいいか。影響を受けてもらいたくない」

何の影響なんですか、それは。っていうかエリシエル様が凶暴って、一体あのお方はヴォルク様の中でどういう女性になっているんでしょうか。幼馴染《おさななじ》みとしての長い付き合いの中で色々とあったんだろうけど、ちょっとしたジェラシーが湧き上がりそうなので、深く突っ込むのはやめにした。

「あ、警護ってもしかして時間問わずですか？」

「そうだ。だから向こうに連日泊まり込みになる。逃亡したデミカスはかつてプロシュベール公から粛清《しゅくせい》を受けた者だからな。……まあ、実際に奴を捕らえたのは俺だが、房の警備をしていた者の話では、日毎呪詛《じゅそ》のように公への恨みつらみを唱えていたらしい」

デミカスを捕らえたのがヴォルク様だと聞いて驚いたし、それならヴォルク様も危ないいんじゃあ、と一瞬焦ったけれど、どうやらそうではない様子。人の恨みの行き先は、その人物によって異なるのだろう。

デミカスは最上位である公爵に次ぐ高位貴族であったため、粛清《しゅくせい》の判断を下したプロシュベール公に対しての憤《いきどお》りは忘れえぬものだったのかもしれない。

逆恨みにもほどがあるとは思うけど。

そういえば、以前マリーとロッカの姉弟の乗車を拒否した貸し馬車も、デミカスが運営していた商会のものだったと思い出す。

そう考えると粛清《しゅくせい》も自業自得なのかもしれない。マリー達の父親が足を失う事故に遭ったのも、どこかの貸し馬車が原因だったと聞いたし……もしかするとそれも、元を辿れば同じ商会に行きつくのかも。

そこまで思考を巡らせたところで、あれ？　と大事なことに気が付いた。

連日泊まり込みということはもしかして、明日からずっとヴォルク様と一緒に寝られないってことだろうか？

えええ。ただでさえこの前拒否っちゃったのに？　私は一体いつ挽回《ばんかい》すればいいんだろう。

しかも、挽回《ばんかい》出来るかどうかさえわからないというのに。

話すだけ話した後、またこちらに背中を向けて寝台の端で眠るヴォルク様の背中に、焦燥《しょうそう》のような思いを抱いて、その夜の私は眠れない時を過ごしたのだった。

薫《かお》り高い紅《あか》い液体が、ティーカップの円の中で揺れている。

鼻孔を抜ける芳醇《ほうじゅん》な香りは、淹《い》れた人の技術の高さを思わせた。

……うん。今日も滅茶苦茶美味《おい》しい。美味《おい》しいんだけど。

「あの、エレニーさん……？」

私は、本日も普段と変わらず傍に控えてくれている美麗なメイドへ恐る恐る声をかけた。

「なんでしょうか」

「いえ、えーと、何か話があるのかな、と思いまして……」

ええ、そうです。

昼下がりの麗《うら》らかな午後、ティータイムを楽しんでいる中、紅茶の水面越しに映った美麗なメイドが、明らかに何か企《たくら》んでいる恐ろしい笑顔でこちらを見つめていたのです……っ。

恐いよ！　切実に！　何かあるなら言って下さいよっ。

ヴォルク様がエリシエル様の警護任務についてから二日。

その間、夫が帰って来ない夜を過ごした私は、空《あ》いた寝台を見て寂しさに苛《さいな》まれていた。

たとえ端と端に眠るのでも、いてくれるだけでよかったのだと、後から気付いた私は馬鹿だ。

そんな自分を誤魔化したくて、無理矢理苦手な刺繍《ししゅう》をしてみたり、編み物をしてみたりしたけれど、どうしようもない身勝手な想いが募《つの》るばかり。

そんな私を見かねたのか、エレニーからお茶にしましょうと促《うなが》された。脱力しつつも従ったら、紅茶の水面に以前も見た不気味な笑顔が映っていたのだ。

ちょっとしたホラーだと思うのは、私だけなんでしょうか……

「レオノーラ様。お寂しいなら、そう伝えればいいのです。想いは言葉にしなければ伝わりません。以前の坊ちゃまがそうだったように」

日頃は冷たくさえ見えるキツめの瞳が、包み込むような優しさに彩《いろど》られる。まるで母みたいに微笑んだ彼女は、私にそう諭《さと》した。

騒動の渦中《かちゅう》にあると言っても、プロシュベール公爵邸には許可さえ取れれば訪問出来る。元々貴族を纏《まと》める立場にある一族だから、来訪者は絶えずいるのだ。エリシエル様も、お会いする時はこちらの屋敷まで足を伸ばしてくれていたけれど、「一度くらいはアタシの家を見に来てよー。派手すぎて引くから」と言ってくれていた。

このまま事態が終息するのを待っていても、いつまでかかるかわからない。それに、これ以上ヴォルク様と心がすれ違ったまま過ごすのも嫌だった。

だから私は、エレニーの綺麗な微笑みを前に、ちょっとした勝負に出ることを決めた。

よし、と心に決めた途端に元気が湧いてきたので、エレニーにお礼を言ってから自室へと向かう。

遥《はる》か昔に手に入れた初心者向けのお菓子作りの本を、実家から持ってきていたはずだ。料理など、何年ぶりだろう。お父様が引き籠《こも》る以前の話だから、かなり前なのは確かだ。

浮き立つような気持ちを抱えつつ、廊下を歩いていた、その時。

――あれ？

赤い髪をした蒼穹《そうきゅう》の騎士が大股で歩いてくるのが見えた。

焦《こ》げ茶色の瞳が私を捉えて見開かれたと思った次の瞬間、彼の顔に笑みが浮かぶ。

「レオノーラ殿！」

「……ハージェス様？」

疑問形で返しながら、ハージェス様へ近付く。彼の傍にも後ろにも、ヴォルク様の姿はない。屋敷の主がいないのにハージェス様がいる不思議さに、首を傾げつつ彼に視線を向けると、少し申し訳なさそうな顔をされた。

「すみません、ヴォルクじゃなくて。アイツは現場から離れられないので、俺が代わりに、奴の忘れ物を取りに来たんですよ」

中庭から吹く風で赤い髪を揺らした彼が、気まずそうに指で頬を掻きながら説明してくれた。

ほんの一瞬だけ、もしかしたらヴォルク様は私と会いたくなかったんだろうかという考えが浮かんだのを、慌てて打ち消す。

ヴォルク様は騎士隊長だし、現場の責任者でもあるのだから、離れられなくても仕方ないだろう。そう思い直しつつ、ハージェス様へ無理やり微笑んでみせた。

「いいえ、お気遣いなさらず。お仕事お疲れ様です。ヴォルク様の忘れ物でしたら、私がお持ちしましょうか？」

忙しい二人の手伝いがしたくてそう提案してみたけれど、ハージェス様は申し訳なさそうに緩《ゆる》く頭《かぶり》を振った。

「ありがとうございます。でも結構重いので、俺が持っていきますよ。麗《うるわ》しい女性に力仕事などさせたら罰《ばち》が当たります。それに――ヴォルクにも切られかねません」

少し間を空けてから言われた軽口に、笑みが零《こぼ》れる。ハージェス様のこういったところは、今の私にはありがたかった。

私とヴォルク様の間に流れている微妙な空気にたぶん気付いているのに、そこを突っ込まないのは彼の優しさ故《ゆえ》なんだろう。ヴォルク様も優しい人だから、類は友を呼ぶということかなと思った。

「私、弟のオルファの剣術の練習相手だったので、これでも結構力がある方なんですよ？　あ、でもヴォルク様の剣は両手で持っても重くて……確かにあれを振り回す騎士様なら、私の力なんて子供みたいなものですよね」

「ヴォルクは貴女《あなた》に自分の剣を持たせたんですか？」

毎朝の支度の手伝いを思い出しながら話していると、ハージェス様が驚いた様子で声を上げる。

唐突な質問に目を丸くしつつもそうだと答えると、彼は「なんだそうだったのか」と嬉しそうに、そして、どこか羨《うらや》ましそうにがしがしと頭を掻いた。言葉の意味がわからなくて、頭に疑問符を浮かべていると、ハージェス様が意味深に微笑む。

「……女性に剣を持たせる意味を、貴女《あなた》はご存知《ぞんじ》なかったんですね。まあそれも無理はないか。アイツはそういうこと、素直に言わないでしょうし」

楽しくて仕方ない、と言わんばかりにハージェス様が話すから、余計に混乱してしまう。与えられた朝の役割に何の疑問も持っていなかったけれど、騎士の剣を持つことは、ハージェス様の口振りでは何か意味があるようだ。

「ヴォルクには、俺がばらしたって黙ってて下さいね。たぶん、殴られるんで」

そう茶目っ気たっぷりに言ったハージェス様は、内緒話を打ち明けるみたいに、私の耳元で話をしてくれた。

――イゼルマールの騎士が女性に自分の剣を持たせる行為、それは『貴女《あなた》にならばこの身を滅ぼされても構わない』という意思の表明であるのだと。

しかし、何よりも国に忠心を尽くすべしという騎士の規律には反するため、騎士様のみにひっそりと伝えられている、妻や恋人に捧げる想いの表現方法らしい。

「よかったですね」と耳元で言われて、私は驚くと同時に、ヴォルク様の想いの深さに胸を抉《えぐ》られた気がした。

……本当にあの人は、色々なところがわかりにくい。

だけど、とても愛おしい。

「レオノーラ殿は、騎士という職がどんな役割を主としているのか、ご存知《ぞんじ》ですか？」

おもむろに、ハージェス様が謎かけめいた問いかけを投げてよこした。いつもと同じ爽《さわ》やかな笑顔の中に、どこか試すような光が見えて、思わず背筋を伸ばしつつ考える。

騎士の仕事。その役割と、意味。

それは――

口にしてもいいものかどうか迷って、彼の焦《こ》げ茶色の瞳を窺《うかが》うと、正解だと言わんばかりに目が細められた。

「……レオノーラ殿が考えていらっしゃるだろう通りです。我々騎士の役割は、国を守るなどという理想的なものではない。攻め入ってきた敵方を切り、その命を断つこと。……武勇を誇る騎士とは、手練《しゅれん》の人殺しでもあるのです。もちろん、戦略に長《た》けた騎士は讃《たた》えられますが、本来の騎士の姿というのは、もっと殺伐《さつばつ》としたものですよ」

苦笑しながらそう告げるハージェス様の表情には、どこか疲れた気配が漂《ただよ》っていた。彼らの仕事が持つ意味の重さを私が理解したのは最近だけど、実際にその職についているハージェス様とヴォルク様は、恐らくこれまで色々なものを目にしてきたんだろう。

「この剣で人を殺し、この声でそのための指示を出す。俺達の役割の本当の意味を知らない女性方はもてはやしてくれますが、俺が騎士になりたての頃は、実際の職務との温度差に内心戸惑うばかりでした」

昔を懐かしんでいるのか、彼の瞳の奥には遠くを見るような光が見えた。

「相手方の騎士達とて、別に俺達の誰かが憎いわけでもない。王命であるから、国の意思だから殺し合っているだけです。生きるか死ぬか、殺すか殺されるかの中で、ヴォルクは功を成《な》せと重い圧をかけられていました。生き残り、そして多くを殺せと。そんな奴の心を癒《いや》したのが……貴女《あなた》なんです。レオノーラ殿」

ヴォルク様と長い付き合いであるハージェス様が語る話の中に、自分の名が出てきて驚く。

「私が……？　ヴォルク様を、癒《いや》した？」

「そうです。レグナガルド家は、初代が南国ドルテアからの侵略戦争で武勲《ぶくん》を立て、男爵位を賜《たまわ》ったことを始まりに、その後代々長子を騎士とするのが習わしですからね。先代もそうですが、騎士将軍の位を戴《いただ》くことさえ、当たり前と見なされてきた。むしろその位に就《つ》けなければ、元は平民であるレグナガルドの家は存在価値すらないなどとまで言われていました。ヴォルクへの周囲の評価は気の毒なほど厳しいものだったんですよ。何しろ全て出来て当たり前だと言われるんですから。父親であるヴァルフェン殿が放浪の旅に出てからというもの、それはより一層キツイものとなりました。父親は役目を放棄したのだと揶揄《やゆ》されたりもして、俺は隣にいながら、アイツが背負うものの重さが、ずっと……」

そこまで言ったところで、ハージェス様の茶の瞳から一瞬ふっと光が消えた。首を傾げながら見つめると、彼ははっと正気に返ったように、目に光を取り戻した。

……どうしたのだろう？

「いえ、アイツの背負うものがどれほど重く辛いものなのか、俺は傍で見てきたので……ずっと願っていたんです。アイツに、支えとなる人が現れてくれることを」

そう言って、ハージェス様が私の姿を茶の瞳に映して微笑む。そのどこか嬉しげな表情に、彼がどれだけヴォルク様のことを大事に思っているかが垣間《かいま》見《み》えて、胸が温かくなった。

「だから……安心したんです。三年前、アイツが女神に出会ったと、惚《ほう》けた顔をしているのを見た時には。……まあ、突然結婚するなんて言われた時には、流石《さすが》に驚きましたが――あれは、貴女《あなた》のことだったんだと、今になってわかりました」

続けて、そんな真実をハージェス様から聞かされて、ぶわっと羞恥《しゅうち》に襲われた。

そうだ。ヴォルク様はそんなに前から、待ってくれていたのだから。

「私、ヴォルク様がどれだけのものを背負っているのか、本当のところはわかっていませんでした。だけど、ハージェス様のお話のおかげで、その欠片《かけら》でも心に留めることが出来たと思います。……

お話しして下さって、ありがとうございました」

そう感謝の言葉を述べると、ハージェス様は照れたような顔をして、「俺が言ったって内緒ですよ？」と頭を掻きながら言った。

「ヴォルクは……アイツは本当にいい奴ですよ。この赤い髪で庶子の生まれである俺を、唯一気にしなかったのがアイツです。あの『暁《あかつき》の炎《ほのお》』以降、赤い髪をした人間は疎《うと》まれる傾向にありましたからね。アイツ自身、生粋《きっすい》の騎士の家系で背負う期待が重い分、他人の苦しみへの理解があったんだろうと思いますが。何よりヴォルク自身の精神が綺麗なのでしょう。アイツは、他人を穿《うが》った目で見ない」

唐突に打ち明けられた話に驚いていると、彼は少しばつが悪そうに「急に俺の話なんかして、すみません」と頭を下げた。それに対し、私は慌てて両手を振って顔を上げて下さいとお願いをする。そして、確かに彼ほど鮮《あざ》やかな赤髪の人を見たのは初めてだったと思い返す。

私のお母様も命を落とした『暁《あかつき》の炎《ほのお》』は、噂《うわさ》では東の王国エルファトラムに生き残っていた魔女がもたらしたものだとされている。また、その魔女の髪が、燃えるような赤い色だったという話が流れたことで、赤い髪を持つ人間への差別的な扱いが始まったのだ。恐らく誰かを憎まなければ、悲しみのやり場がなかったのだろう。けれど誰もが心の底では理解していたと思う。同じ髪色をした人を憎んだところで、亡くなった者が戻るわけではないのだと。

「私の母も、あの病《やまい》で亡くなりましたが……」

「……え？」

打ち明けてくれた気持ちに応《こた》えたくてお母様の話を切り出すと、言葉の途中でハージェス様が驚いた声を上げ、続きを口にすることが憚《はばか》られた。じっと私を見つめている彼の瞳を見つめ返したところ、彼は驚いた風に目を瞠《みは》っている。

――ハージェス様？

「そういえば貴女《あなた》も……俺の髪について、何も触れなかったな」

呆然とした様子で一歩足を踏み出し、私の顔を覗き込みながらそう言う彼に、だって貴方《あなた》が悪いわけじゃないでしょう？　と返そうとした時、視線を感じた。それに、口を噤《つぐ》んで振り向く。

ハージェス様も気付いたのか、私と同じ方向へ顔を向けている。

そこにはヴォルク様が立っていた。

「――何をしている」

いないはずの人を見て一瞬頭が混乱したけれど、ヴォルク様に会えたことが嬉しくて、ほっと息を吐いた。

けれど、こちらに向かって歩いてくる彼が纏《まと》う空気の違和感に、眉を顰《ひそ》める。

あれ……？　なんだかヴォルク様、機嫌悪い？　というか、お、怒ってる……？

そう思った瞬間、なぜか、私の身体が異変を訴えた。

なん、か、息が、しづらい――？

急速に広がる圧迫感に、息苦しさで胸がドクンと大きく脈打った。喘《あえ》ぎのような吐息が零《こぼ》れ、呼吸が上手く出来ない。指先も、足先も痺《しび》れ、細かい震えが走っている。

なん、だろう、これ……？

すると、傍にいたハージェス様が焦りを滲《にじ》ませた声で叫んだ。

「っ、ヴォルク！　やめろっ!!」

切羽《せっぱ》詰まった制止と同時に、私の身体の強張りがすうっと抜けていく。胸の圧迫感もなくなり、新鮮な空気が一気に肺へと入り込んで少々咳き込む。

……あら？　息、戻ってる。

数回深呼吸した後、ハージェス様から大丈夫ですかと聞かれたので頷いてみせると、ほっと安堵の顔をされた。

……今の呼吸困難みたいなのは一体なんだったんだろう。

ひとまず息を整えてからヴォルク様の方へ再び目を向けると、彼はまるでその場に凍り付いたみたいに佇《たたず》んでいる。

なんでヴォルク様固まってるの。というか目、大丈夫ですか。ちょっと放心してる様子に見えるんですが。

心配になったのでヴォルク様のもとへ行って一声かけてみようとした——が、手が届く寸前のところで、ざざっと後ろに引かれてしまった。

ええ、どうしてそんなびくついてんですか、ヴォルク様。私、別に何もしていませんが。それになんでそんな辛そうなお顔をされているんでしょう。

「……ヴォルク様？」

そっと肩に手を伸ばそうとしたところ、ばっと避《さ》けられて、私の手は空《むな》しくも中空で行き場をなくす。

あ、避《さ》けられた。ってか、逃げられた？　……なんで？

「わ、悪かったっ」

突然の拒否に目を丸くしていると、焦ったようにそう言ったヴォルク様がくるりと踵《きびす》を返して、瞬《また》く間に走り去っていってしまった。

ええー……どうして？

取り残された私の隣で、ハージェス様がなぜかうわあ、とかいう声を上げていた。


「え、殺気？」

ヴォルク様が走り去ってしまった後、ハージェス様にもう少しお話ししてもいいですかと言われてOKしたところ、先ほどの不可解な現象についての説明が始まった。

なんでも、私を襲ったあの急な体調変化は、ヴォルク様の発した『殺気』によるものだったらしい。

殺気ってあれですか。殺す気ですよって相手に向ける気迫というか。

私は殺《や》られるところだったんでしょうか。しかも自分の旦那様に。

恐いとか以前に、そんなに怒らせることをしたんだろうか、とショックを受けていたら、ハージェス様がにこにこしながら、違いますよとぱたぱた片手を振って否定した。

「アイツが放った殺気は俺に対してのもので、貴女《あなた》に向けたものではないですよ。多分俺がレオノーラ殿に近付き過ぎたのが原因でしょう。顔に似合わず、ヴォルクは独占欲が強いみたいだ」

――は？

ハージェス様が言った意味を呑み込めず、思考がピタリと停止した。

……独占欲？　ヴォルク様が？　しかも理由がハージェス様が私と近かったからって？

いやいや、まさか。そんなはずはないでしょう。だって、いくらなんでもそんな些細《ささい》なことで。相手はあのヴォルク様ですよ？　銀蒼《ぎんそう》の貴公子の名を冠《かん》する美形騎士様ですよ？　そこまで余裕ないようには見えないんですが。

最近なんて、避《さ》けられちゃってるくらいですよ？　確かにさっきの剣についてのお話は、とても嬉しかったですけども。

そこまで嫉妬《しっと》深い人には見えないんですが……

腑《ふ》に落ちぬ、と考えている私の内心を知ってか知らずか、ハージェス様はふっと瞳を和《やわ》らげる。

「本当に、羨《うらや》ましい。ヴォルクも貴女《あなた》も、互いを必要としている様子に見える。貴女《あなた》方は、俺のように代わりのいる人間ではない」

そして、嬉しそうながら、少し寂しそうにそう言った。

明るい彼に似合わない台詞《せりふ》を不思議に感じたものの、そういう人ほど抱えている闇は深いものかもしれないと、かつてのお父様の姿を思い出す。

お父様も、お母様が亡くなるまでは底抜けの明るさを持っていた。

けれど伴侶を失った途端、あの明るさはどこへやら、廃人同然となったのである。

もしかしたら、ハージェス様にもそういった何かがあるのかもしれない。

彼の家であるトレント家には、私も耳にしたことのある噂《うわさ》がいくつかあるし。

それはさておき。

人間そうそう、代わりなんて存在しない。それは絶対に断言出来る。

私のお父様オズワルド＝ローゼルが、お母様を亡くした時なんていい例だ。

人は代わりがいないからこそ、ただ一人を好きになり、愛し、慈《いつく》しむのだろう。

失くせば——失意でおかしくなってしまうほど。

「……ハージェス様の代わりなんていませんよ」

銀色の不器用な可愛い人も、私のような変な貴族令嬢も、赤い髪をした少々チャラいけれど友人思いな人だって、きっとどこにも代わりはいない。そう思いながら微笑むと、ハージェス様は戸惑った素振りを見せた。

「……けれど俺は」

「いませんよ。こんなに綺麗な赤い髪をした、こんなに友人思いの騎士様なんて、ハージェス様以外に存在しません」

ヴォルク様が剣に込めた想いを、彼は私に教えてくれた。それはきっと、友人の幸せを思う故《ゆえ》だったのだろう。

ヴォルク様の右腕としても友人としても、私生活《プライベート》で彼が妻と仲睦《むつ》まじくいられるように。

そこまでしてくれる人は、他にいない。

彼の言葉を遮《さえぎ》って断言したら、なぜかハージェス様は衝撃を受けたみたいに茶の瞳を見開いていた。

驚いているのか、喜んでいるのか、複雑に感情が交じった深い色の瞳はやがて、どこか遠くを見るような目に変わる。

「貴女《あなた》は……本当に、心根まで美しい人なんだな」

静止したままのハージェス様がそう零《こぼ》す。

彼の赤い髪が風に揺れて、ふわりと軽《かろ》やかに舞っていた。

相変わらずの社交辞令にそんなことはないですよ、と謙遜《けんそん》すると、先ほどのヴォルク様と同様に、ハージェス様もその場に縫い付けられたみたいに動きを止める。

あら、大丈夫でしょうか。先ほどのヴォルク様と似た感じになってらっしゃいますが。

ちょっと焦っていたら、彼は茶色の瞳に輝きを取り戻し、私の正面に一歩進んで向き直った。

「……ヴォルクがどうして貴女《あなた》に惹《ひ》かれたのか、今わかった気がします」

ハージェス様は目を細めてそう言った後、すっと私の手を取り、いつぞやはヴォルク様にはたき落とされた手の甲への口付けをしてくれた。

それに少し照れつつも、まあハージェス様のことだから他のご令嬢にもいっぱいしてるんだろうなーと考えて彼の赤い頭を眺める。思い出すのは、先ほどのヴォルク様が見せた表情だった。ハージェス様が言ったように独占欲だとか……そういうものからきたのかどうかはわからなかったけれど、今日聞くことが出来た剣の話は、正直、やっぱり嬉しかった。だからこそ、今も続いている気まずい空気をどうにかして、元の状態に戻りたい。

彼がそこまで心を砕いてくれていたのだと知った今だから、尚更。

ヴォルク様の想いがわかったので、私は思い付いていた案を実行に移すことを改めて決意した。

——やるとするなら、さっそく明日だ。うん。そうしよう。

そう決めたところで、いつまで経っても終わらない手の甲への口付けに、あれ？　と疑問に思う。

そして、下を向いて表情の見えない彼の頭に問いかけた。

「あ、あの……ハージェス様……？」

私がぼやっと考えごとをしていた間も、ハージェス様の唇は私の手の甲に押し付けられたまま。

引っ込めるのも失礼なので、じっと待っていたら、ようやくそれが離される。

なんだか今の、結構長かったような気がするのは……気のせい？　気のせいよね。

ついつい緊張しちゃったわ。

内心ほっと胸を撫《な》で下ろしていると、ハージェス様は明るい笑みを浮かべた。

「……ヴォルクも頭が冷えたら戻るでしょう。俺は奴に見つかると刺されかねないので、早々に退散することにします」

不穏な情報を爽《さわ》やかな笑顔で告げてから、彼はそのまま玄関扉へと歩いていった。

しかしハージェス様の予言は、悲しいことに当たらず、その日ヴォルク様が屋敷に戻ることはなかった。

「こ、これでどうっ？」

翌日。

私はオーブンから取り出したばかりの『ソレ』を前に、料理人コラッドにひとまずの感想を聞いていた。

今の私は、レグナガルド家の厨房《ちゅうぼう》で、とある作業に取り組んでいる。当家料理人コラッドによる、最終確認という名の料理の試験だ。

調理台の上には、私特製の焼き立てスコーンが、ホカホカで鎮座《ちんざ》している。八回目にして何とか形になったそれは、まさしく私の汗と涙の結晶だった。

……今度こそ上手くいきますよーに!!

祈るような気持ちで、審判コラッドの言葉を待った。

「うーん……まあ、見た目はアレですが、いいでしょう」

「本当っ？　やった！」

コラッドが白髪《しらが》交じりの眉を顰《ひそ》めつつ、渋々ながらもＯＫを出してくれる。

にしても、見た目がアレってなんだ。いや自分でもアレな仕上がりだとは思うものの、そこはもう少しオブラートに包んでほしかった。まあこういうのはお世辞を求めない方が自分のためだと知ってはいるけど。

十二個焼いたうちの一つをコラッドが食べ、もう一つをデュバルとロットが味見してくれた。

ってデュバル、毒見って言うな。ロット、小妖精《ピクシー》の顔を踏んづけたみたいとか半泣きで言うな。ただでさえない自信がこれ以上こそげ落ちたらどうしてくれる。

確かに見た目は……アクセントにしたチョコチップが、目玉が飛び出しているみたいに見えないこともないけれど……

あ、味はコラッドのお墨付きだしっ。大丈夫でしょっ。たぶんっ。

何しろ料理なんて本当に久しぶりだ。それに領地管理や書類の作成は得意になったけど、こういったことはからきし。

元々貴族の令嬢で厨房《ちゅうぼう》に立つ人自体あまりいないが、そこはそれ、手作りの食べ物を好いた人に贈りたいと思うのは、乙女の常識というやつだ。

私は「見た目ヤベエ」とかのたまっているデュバルとロットを後目《しりめ》に、根性で作り上げたスコーンを籐《とう》のバスケットに詰め込んで、いそいそと外出する支度を整えた。

向かうは敵地、プロシュベール邸！

……じゃなくて、エリシエル様に以前お誘いいただいていたし、ご訪問のついでにヴォルク様へ差し入れも渡しちゃおう作戦、を実行することにした。

うーん、我ながらネーミングセンスが欠片《かけら》もないが仕方ない。

ちょっと色々諦めて、私はエレニーに言づけてから、レグナガルド邸を後にした。

はー……

ほぉー……

すごー……

っと、いかんいかん顔が。顔が完全に惚《ほう》けてた。

しかし、それもそのはず。只今私がいるのは、これでもかー！　まだ満足せんかー！　と叫びたくなるような豪華な装飾が施《ほどこ》された客間だった。

目玉飛び出しスコーン……じゃなく、ヴォルク様への差し入れを持参し、いざやって来たは公爵家プロシュベール邸。その門を叩いたのがつい先ほどのことである。

以前エリシエル様から「一回おいでよ♪」と若干アレな笑顔でお誘いを受けていたので、社交辞令とかは考えずにのこのこやって来てみました、すみません。でもちゃんと、訪問しますよって連絡は入れてます。

……ヴォルク様には言ってないだけで。

まあ状況が状況だから、出入りする人間の裏を二重三重に取っているらしく、二人のもとに行く前にここに連れてこられたという状況です。身体検査とかもされるのかなと思ったけど、流石《さすが》にそこまではないっぽいので安心しました。

しかし、本当に公爵家ってすごいんですよ。お屋敷からして私の実家の何倍あるんだろう。もちろん中もすっごい。柱どころか扉の取っ手一つをとっても熟練の職人の装飾が施《ほどこ》されているのがよくわかる。ちなみに、うちの実家はごくごく普通の取っ手でしたよ。今いるここだって、客間？　舞踏会場の間違いじゃない？　と問いたくなるほどで。

プロシュベール邸の絢爛豪華《けんらんごうか》さに再び惚《ほう》けていたところで、部屋の扉が叩かれた。はいと返事をすると、一拍後に重厚な扉がゆっくり開く。

「レオノーラ殿」

そこには、ヴォルク様の同僚兼親友の、ハージェス様が立っていた。

「今日はどうされたんですか?」

明るい笑みを浮かべるハージェス様に、私はほっと安堵の息を吐いて彼のもとに歩み寄った。

プロシュベール邸へ着くなり何人もの騎士様に囲まれて、眼福《がんぷく》とは思いつつも少し圧倒されていたので、見知った顔を目にして安心したのかもしれない。

「ハージェス様。任務ご苦労様です。以前エリシエル様にお誘いいただいていたのと、その……ヴォルク様に、差し入れに」

そう言いつつ籐《とう》のバスケットを掲《かか》げて見せると、彼は焦《こ》げ茶色の目を細めて、くすくすと笑い声を零《こぼ》した。

「ヴォルクは幸せ者ですね。……本当に、羨《うらや》ましい」

——あれ?

斜め上から降ってきたその声に、常にない違和感を覚えて、彼の顔を見上げた。

すると、焦《こ》げ茶の瞳と視線がぶつかり、顔を見つめられていたのだと気付く。

まだ外は明るい時間だというのに、ハージェス様の赤い髪が、いつもより色濃くなっているように思えた。

「あ、あの……？」

「エリシエル嬢とヴォルクは中庭にいますよ。お連れしましょう」

違和感の理由が知りたくて声を出したけれど、半《なか》ば強引に言葉を重ねられて口を噤《つぐ》む。

なんというか今日のハージェス様は普段とちょっと違う気がするんだけど……気のせい？

いや、でもやっぱり何か違う気が。

そう思いつつも、籐《とう》の籠の中身を早く渡したくなってしまい、追及するのはやめて彼の後に大人しくついて行った。


ややあって目にした光景に、私はぴたりと足の動きを止める。

しばらく歩いた先にあった美しい庭園で、ハージェス様に指差された方向に目をやれば、そこには彼らがいた。

……いたのである。

美しい金髪を陽光できらっきらに輝かせ、綺麗な笑みを浮かべるエリシエル様と、同じく銀色の髪をきらっきらに輝かせ、照れたような表情のヴォルク様のお二人が。その様子はさながら「金髪の美しいご令嬢と、彼女を守る銀の騎士」である。ってあれ、文字通りか。

……それより何より、どうなんでしょう。あの雰囲気は。

まるで絵物語から抜け出てきたかのようです。我ながら陳腐《ちんぷ》な表現だとは思うけど。

っていうか、なんか近くないですかっ？　しかもいい感じなのですがっ。美男美女で目が焼ける！　萌える！　ではなくて……っ。

目にした光景に、萌えるやら戸惑うやらで思考が少々おかしくなった。また、胸に妙な感覚が湧き上がり、それに、はてと小首を傾げる。

なんだろう……この話しかけられない感じの雰囲気は。二人の世界的な……アレは。

よくわからない焦りが心を覆《おお》って、ヴォルク様の名を呼ぼうにもなぜか口が開かなかった。

ショックを受けるってこういうことなんだなと、妙な納得をする。

……エリシエル様とヴォルク様って幼馴染《おさななじ》みだし、過去に何かあっても不思議じゃない――よね？

だってお互いに美男美女だし、お似合い過ぎるくらいだし。

そもそもエレニーの当て馬サプライズの時だって、エリシエル様の演技が洒落《しゃれ》にならないほど上手かったから私も騙《だま》されたわけですし。真に迫ってたものね、あれ。

でも、それってもしかして……？　エリシエル様は本当に、ヴォルク様が好きなんじゃ……？

そう考えたところで、中庭の二人が突然こっちを振り向いたものだからぎょっとして固まってしまった。

私は阿呆《あほ》だ。さっさと帰るか隠れるか逃げるかすればよかったのに、馬鹿正直にも突っ立ったままでいたんだから。

差し入れを届けに来たのに、さっきの光景を見てしまった後では渡しにくかった。

あら偶然♪　とか出来るはずもない。だってちゃんと連絡してから来たし。にしてもどうしよう、これ。

「レオノーラ……？　どうして君がここに……？」

怪訝《けげん》な顔をしたヴォルク様が、私の方へと歩き出す。エリシエル様は水色の目を大きくしたまま
こちらを見ていて、それを認めた私はなぜか逃げ出したい気分になった。

まあ……無理なんだけど。

「あ、あのっ。お仕事中に申し訳ありません……っ。以前エリシエル様からお誘いいただいたのと、
あと、ヴォルク様にお届けしたいものもありまして……！」

「届けたいもの？」

エリシエル様をダシにしてしまった感は否《いな》めないが、とりあえず、話に食い付いてくれたことに
安心して、籐《とう》の籠から目当てのものを取り出した。

「あ、はい。これです。あんまり上手ではないんですが……」

「これは、もしかして君が？」

「つ、作りました……っ！　すみません見た目はアレですが、味はコラッドに見てもらって合格を
貰ったので！」

そう捲《まく》し立てると、まじまじと『ソレ』を見ていたヴォルク様が、少しだけ空気を冷たくしてぽ
つりと呟く。

「コラッドが味見……」

私の耳に届くか届かないかの微妙な大きさで呟かれた言葉は、なんとか聞きとれたものの、その

理由に関してはわからなかった。

だって、味見してもらわないとヴォルク様に出せるわけないいんだもの……っ。

見た目からしてコレだしっ、コレだしっ。

もっと上手く作れればよかったのに、と今更ながらの後悔に苛《さいな》まれていると、いつの間にやってきたのか、エリシエル様がヴォルク様の隣に立って、彼の背中をばしばし叩いた。

「ちょっとヴォルクー？　心狭いこと言ってないで、もっと別の言い方があるでしょー？　ごめんなさいねレオノーラ。貴女《あなた》が来ること、アタシもコイツに内緒にしてたもんだから、吃驚《びっくり》してんのよ」

まるで姉みたいに言うエリシエル様は、幼馴染《おさななじ》みらしくとても親しげだ。その美貌もあってかヴォルク様の隣に立っても全く違和感がなかった。まさしく、絵物語の二人のように。

少しだけ胸に痛みを感じていると、私から視線を逸《そ》らしたヴォルク様が、俯《うつむ》き気味に口を開く。

「あ、ああ……ありがとうレオノーラ。だが……」

「は、はいっ」

礼の言葉を貰えたことが嬉しくて、若干裏返った返事をすると、次の瞬間、上がった心をどん底まで落とされた。

「ここは危ないから、早く帰りなさい」

今度は私と目線を合わせて、真剣な表情でヴォルク様が言う。

その咎《とが》めるような声に、私はびくりと肩を跳ねさせて後退《あとずさ》る。

やはり邪魔だったんだろうなと、心のどこかで諦めの声が上がった。

「はいっ、すみませんお邪魔して！　本当にすみませんでした……っ！」

浮かれていた自分が恥ずかしくて、それだけ言った私はその場を走り去った。

思い切りぐりんと踵《きびす》を返したものだから、足首がちょっと痛かったけど、そんなことを気にする余裕は全くない。

「レオノーラっ？」

ヴォルク様の焦った声が後ろから響いた気がしたけれど、なんだかもう申し訳ないやら恥ずかしいやら、胸が痛いやらで一杯だった私に、立ち止まる気力はなかった。

「あーあ、ヴォルクの大馬鹿。愚か者。アンタ顔恐いし態度悪いのよ。可哀想なレオノーラ」

私が走り去った後に交わされた二人の会話には、もちろん気が付かなかった――


はあ、やっちゃった……

溜息を吐きながら、長い廊下をとぼとぼ歩く。

流石《さすが》プロシュベール邸と言うべきか、廊下一つとってもちょっとした散歩になるくらいの距離がある。

が、そんなことよりも、私の頭は先ほどのヴォルク様のことで一杯だった。

仕事の邪魔をして、嫌そうな顔をされてしまった。って、私が悪いんだけど。自業自得なんだけど。

それでも、結構応《こた》えるものがある。ヴォルク様が美形なせいかダメージ倍増だし。

はあ～～～っともう何度目かわからない溜息を吐いていると、前方に赤い色を見かけた。

正面からこちらに向かって足早に歩いて来る人物は、赤い髪に蒼穹《そうきゅう》の騎士隊服を着た、ハージェス様だった。

そういえばさっきは案内してもらったのに、お礼も言わずに走り去ってしまった。ヴォルク様の反応を見るのに精一杯で、正直彼のことは頭から抜けてしまっていたものだから申し訳ない。思えば、なんと失礼だったのか。

「レオノーラ殿、大丈夫ですか？」

ハージェス様は、少しだけ息を切らしていた。もしかしたら、あの後すぐに私を探してくれたのかもしれない。たぶん今のプロシュベール邸では、一人も騎士をつけずに歩き回るのはよくないのだろう。

「す、すみません……飛び出してしまって」

貴方《あなた》のこと、さっぱり忘れててごめんなさい、の意味も込めて、慌てて頭を下げて謝罪する。今日の自分の駄目っぷりが居た堪れなくて、ちょっと消えてしまいたい気分だ。消沈している顔を晒《さら》すのは気が引けて、頭を上げるように促《うなが》された後も俯《うつむ》いたまま視線を落とす。

「いいえ。それよりも、ヴォルクが貴女《あなた》にキツく当たるのを見ていたので心配だったんです。……大丈夫ですか？」

「はい、それは……というか、お仕事の邪魔をしてしまったのは私なので、あの場合は仕方ないです」

普通に考えれば、警護任務中の夫に差し入れって邪魔以外の何物でもないだろう、と自分の冷めた部分に突っ込みを入れられ、ぐうの音も出なかった。エリシエル様にプロシュベール邸においでと言われたのだって、今考えれば社交辞令だったのだとわかる。なのにそれを真に受けた私は阿呆《あほ》というより愚か者だ。

どうしようもない自己嫌悪の沼にずぶずぶ浸かっていると、ハージェス様から低い声が漏《も》れた。

「……貴女《あなた》に冷たくするなんて……ヴォルクも馬鹿な奴だ」

ハージェス様が普段とは違う空気を纏《まと》っているのを感じて、肌が一瞬ぞくりと総毛立ち、小さな警鐘が頭の中に鳴る。

一体どうして、と彼の顔を見上げると、思いのほか近い距離に顔があって驚いた。いつの間に覗き込まれていたのだろう、長身を少しこちらに傾けて、濃い茶色の瞳で私の吃驚《びっくり》した顔を捉えている。

え、ええ？　あれっ？

なんか距離が近いんですけどハージェス様……っ？

「何よりも、優先すべきは貴女《あなた》でしょうに……」

いや、そこは絶対職務だと思いますよっ？

これまでと違う距離と、騎士らしからぬ彼の台詞《せりふ》に固まっている私をよそに、ハージェス様は片手で私の髪を一束掴み、毛先へと恭《うやうや》しく口付け、そのまま大きく息を吸い込んだ。

……え!?

人は驚き過ぎると、声が出なくなるものなんだろう。

いつかヴォルク様の前でも出たのと同じ症状を感じながら、私は赤い髪の隙間から見える二つの瞳を、夫の時とは違う思いで見つめていた。

今の、は……？

された行為の意味を聞いてはいけない気がして、驚きと疑問を抱いたまま固まっていた。

先日も少しだけ気になる感じはあったけれど、今のは流石《さすが》に駄目な気がする。いくら日頃のハージェス様がチャラいといっても、今醸《かも》し出している雰囲気は常とまるで違う。

普段がからりと晴れた太陽の空気だとしたら、今のはじとりとした水溜まりのようだ。

「あ、の……」

掴まれたままの髪を引っ張られているわけでもないのに、拘束《こうそく》されているみたいな気分になる。背筋に感じている恐怖は、決して気のせいなどではないだろう。けれど理由も、この状況から脱する方法も、焦った思考では浮かんでこなかった。

ハージェス様は、未《いま》だ私の髪の先に唇を押し当てたまま、笑みを深め目を細めている。

こんなところを、もし誰かに――ヴォルク様に、見られたら……っ！

つい先ほどのヴォルク様の顔を思い出し、恐怖で身体が竦《すく》み上がった。ただでさえ仕事の邪魔をしてしまったというのに、友人とこんな場面になっていると知られたら、私達は修復不可能になってしまうんじゃないかと。

い、やだ――


折角、想ってくれていたことがわかって、自分も同じ想いがあると気付けたのに。

それが壊れてしまうかもしれないと思うと、恐ろしさと悲しさで涙が滲《にじ》んだ。

とにかく、逃げよう！　なんかよくわかんないけど！　ここは一旦――！

驚愕《きょうがく》と恐怖からやっとのことで抜け出て、行動に移そうとしたその瞬間、籐《とう》の籠を手にしていた方の肩にがっと衝撃が走る。

「……っ！」

弾みで息が漏《も》れた。強い力のせいで身体が動かない。

「逃げないで下さい。俺は、貴女《あなた》を悲しませることはしたくない」

捕まれた肩の小さな痛みに顔を顰《しか》める。ぐっと身体を強張らせると、私の髪を離して頭を上げていたハージェス様が、上から刺し貫《つらぬ》くように私を見つめていた。

その強すぎる視線に逆らえず、口を開けたまま微動だに出来ずにいると、不意に背後から静かな声が響いた。

「――ハージェス殿ではないですか。……そちらの方は？」

人が現れたことで、ハージェス様がすっと私から離れ、同時に視線も外される。

グッジョブ、突然現れた人……！

声の主に盛大な感謝を捧げつつ来訪者に視線を向けた私は、その人物の容姿を見て思わずあんぐりと口を開く。ハージェス様が醸《かも》し出していた危険な空気すら、一瞬で吹き飛んでいた。

な、なんだこの青年天使様は――っ!?

そこにいたのは、世に名だたる絵画も吃驚《びっくり》の、白金《しろかね》の天使様だった。髪は白に近い白金《しろかね》で、瞳は冬の晴れた空のようなアイスブルー。肌は白く、顎《あご》はしゅっと尖っていて、細身の身体によく似合う白地の貴族装束が目に眩しい。

どこだここは。天上か？　なぜに青年天使様がここにいる。

どストライクはマッチョ様という私だけど、綺麗なものは大好きだ。それが人の性《さが》ってもの。物だろうが人だろうが綺麗であれば心を癒《いや》す。さっきの緊迫した空気などどこへやら、私は目の前の青年天使様に目を奪われた。

けれどそれも束《つか》の間《ま》、青年天使様はまるでハージェス様と私の間に割り入るみたいに歩いてきて、さっと私の片手を取った。

「申し遅れました。僕の名はユリウス＝レンティエルと申します」

「は、初めましてっ。レオノーラ＝レグナガルドとももも申しますっ」

突然の名乗りにこちらも遅れないようどもりながらも返すと、金色の天使様の氷水色《こおりみずいろ》の双眸《そうぼう》が、ふっと思案するように細まった。

「ああ。貴女《あなた》があのヴォルクの奥方の……」

「ヴォルク様をご存知《ぞんじ》なのですか？」

呟かれた言葉に、問いかけを投げる。

「ええ。僕もエリシエル同様、彼の幼馴染《おさななじ》みですからね」

そ、そうなんですかっ。

初耳過ぎますよヴォルク様！　ご友人にこんな青年天使様がいるなんてっ。

というか、美形には美形の友人が集まるものなのか。

美形ホイホイ。羨《うらや》ましい。

「……レンティエル伯の懐刀《ふところがたな》殿がいるなら、俺は必要ありませんね。この場は譲《ゆず》ることにいたしましょう」

私と青年天使様のやり取りを眺めていたハージェス様が、おもむろにそう言って踵《きびす》を返す。

どこか皮肉めいたその態度に違和感を覚えながらも、先ほど彼が発していた空気が霧散《むさん》していることにほっと安堵した。すると、そんな私を見た青年天使様が、少し気まずげな、かつ悩ましげな顔をしてその白金《しろかね》の流れる頭を下げた。

「余計なことをしたのでしたら申し訳ありません。貴女《あなた》がお困りのようだったので」

「い、いいえ、とても助かりましたっ。ありがとうございますっ」

慌てて頭を上げてもらうよう促《うなが》して、私は彼に礼を言う。

先ほどのハージェス様は絶対におかしかった。助けてもらって感謝こそすれ、謝られるいわれはない。

「それを聞いて安心しました。ハージェス殿とはどういったお話を……？」

助けていただいた恩もあるし、直感的に悪い人ではないと思えたので、私は簡単に先ほどの説明をした。

エリシエル様と会うのと一緒に、ヴォルク様に差し入れを持参したこと。だけど仕事の邪魔をしてしまって、ついつい逃げるように走ってきてしまったこと。落ち込んでいたところにハージェス様と出会って、彼の様子が普段と違っていたことなど。

一通り話を聞いた青年天使……じゃないユリウス様は、考える仕草をした後、ハージェス様のご実家であるトレント家には複雑な事情があるのだと口にした。

彼曰《いわ》く、人々の噂《うわさ》に上がる以上の深い事柄が、彼の家には隠されているらしい。そして、たとえ普段はいい人間だと思う人でも、取り巻かれる状況によって、その心によどみが生まれるのだと、どこか悲しさを滲《にじ》ませた瞳で語ってくれた。

「貴女《あなた》も耳にしたことがあるかもしれませんが……トレント家の現当主はかなり好色な人物で、正式な奥方以外にも多くの愛人を抱えているそうです。それ自体はよくある話と言えばそうなのですが……あの一族が特殊なのは、たとえ母親が妾《めかけ》であれ、トレント当主の血を引いた子であれば全ての子供を引き取り、教育し、最終的には当主候補として二桁以上の異母兄弟達の中から『選抜』を行うという異常な形態を取っているからですよ」

「選抜……？」

違和感のある言葉に首を傾げながら、ユリウス様へ視線で問い返すと、彼も深くは知らないけれど、と言葉を濁《にご》しつつ綺麗な氷色の瞳を伏せた。

ハージェス様のご実家トレント家の噂《うわさ》は、私もお父様の名代《みょうだい》をしていた頃に確かに聞いたことがある。以前彼が「自分には代わりがいる」と言っていたのも、それに由来するのだろうことは気付いていた。けれど、あの時のハージェス様の言葉には、私が思っていたよりもずっと、昏《くら》く重たいものが含まれていたのかもしれない。

普段のハージェス様は、微笑ましいくらいにヴォルク様と仲が良く、とてもいい方だ。出来ることなら、彼が抱えている闇が晴れてくれるようにと願っている。けれど、それは難しいことなのではないだろうかと、さっきも見た焦《こ》げ茶色の瞳を思い出してそう考えた。ヴォルク様のことだから、恐らくハージェス様の事情は関係なく、友としての関係を築いているのだろう。そんな二人が解決出来ていない問題であるのならば、その根の深さも想像するに難《かた》くない。

「ハージェス様は、いい方です。これからもそうであってほしいと、願います……」

彼のためにも、ヴォルク様のためにも。祈りを込めて呟くと、隣に並んでいるユリウス様が綺麗な顔に物憂《ものう》げな表情を載せ、尖った顎《あご》に手の甲を当てて考えるような仕草をする。

「……そうですね。ですが最近の彼には少々不穏な噂《うわさ》もある様子です。人の心は複雑ですから、光に傾くこともあれば闇に傾くこともあるでしょう。時が経てば解決することもありますから、貴女《あなた》はしばらく彼とは顔を合わさない方がいいかもしれません」

「と、言うと？」

「僕もヴォルクの幼馴染《おさななじ》みですので……ハージェス殿については、知らないわけではないのですよ。彼に変化があったのも、ここ最近の話です。恐らく、彼の根底に影響する何かがあったのでしょう。先ほどの様子を見た限りでは、僕はそれは貴女《あなた》に関係するものだと思いました」

「私、ですか？」

予想もしなかったことを言われて、思わず目が点になる。ハージェス様に何かした覚えはないのに、なぜそうなるのだろうかと、混乱と驚きが頭の中を支配した。

「仮定の話ですから、あまり気にしないで下さい……ですが、男が愛する女性のせいでおかしくなる、というのは、珍しくもない話ですよね」

「……へ？」

はっきりした声音で言われて、今度は目が点どころか開いた口が塞《ふさ》がらなかった。

いやいや、ちょっと待って下さい青年天使様……じゃなくてユリウス様。今誰が、誰を愛……とかなんとか仰《おっしゃ》いました？

「……仮定の話ですよ」

ピキ、と音が出そうなほど凍り付いている私の前で、美青年様はその氷水色の目を緩《ゆる》やかな笑みの形に変えていた。

そうして、ユリウス様はとにかく今は彼と距離を置くようにと、話を締める。

「……そういえばユリウス様は、どうしてこちらに？」

玄関ホールまで送ってくれるというユリウス様の言葉に促《うなが》され、私はプロシュベール邸の外廊下を、彼と二人で歩いていた。

助けてもらったりハージェス様について聞かせてもらったり、初対面の割に結構な迷惑をかけている気がする。だけど、今更ながらなぜユリウス様がプロシュベール邸にいるのかを聞いていなかったことに気付いた。

しかも、ユリウス様が来た途端、ハージェス様は間髪容《かんはつい》れずにこの場を後にしたのだ。その意味するところが知りたくて、白金《しろかね》の天使様に疑問をぶつけた。

「僕はエリシエルの婚約者なんですよ」

並んで歩きながら、ユリウス様が長い睫毛《まつげ》を伏せ、答える。

美少年、というか美青年？　の憂《うれ》い顔と、言われた台詞《せりふ》にダブルで衝撃を受けた。

「そ、そうなんですかっ？」

「ええ。まあ親の決めた……政略によるものですが」

そういえば、あのエレニーによる当て馬事件の時、ヴォルク様が男性の名前を口にしていたのを思い出す。あれは、こちらの青年天使ユリウス様のことだったのだ。

なるほどと合点《がてん》がいくと同時に、黄金色した美女を思い浮かべて……美男美女にもほどがあるっ、と意味のわからないツッコミを脳内で繰り出した。

と――そこに。

「ユリウスっ！　何しに来たのっ！」

前方から、聞き覚えのある怒鳴り声が響いてびくりと肩を揺らす。
エ、エリシエル様……？
そこには、先ほど会ったエリシエル様と、怪訝《けげん》な顔で眉を顰《ひそ》めた……ヴォルク様が立っていた。

「……婚約者の心配をして悪いのかい？」

突然怒鳴られたことなど気にも留めていないように、ユリウス様が肩を竦《すく》めて彼女に答える。

天使像が如《ごと》き秀麗な顔には、どこか皮肉めいた笑みが広がっていた。

あれ、天使様がちょっと堕天使風になっている？

ユリウス様と、エリシエル様を見比べていると、エリシエル様がまさしく、くわっという勢いで美人なお顔に怒りを露《あら》わにした。正直言って結構怖い。

そしてカツカツと赤いヒールを廊下に打ち付けるように歩み、彼の目の前で立ち止まると、仁王《におう》立《だ》ちになって大きな瞳で睨《にら》みつける。

「白々《しらじら》しいにもほどがあるわっ！　そんなこと全く思っていない癖にっ！　さっさと帰ってっ！」

「……随分な言い草だね」

二人の間には剣呑な空気が流れていた。

なぜにこんなに空気が重いのでしょうか、お二人は。確か幼馴染《おさななじ》みじゃなかったですっけ。どうしてそんな火花が散りそうな視線で睨《にら》み合ってるんでしょう。

固唾《かたず》を呑んで見守っていると、おどけたように再び首を竦《すく》めたユリウス様が、突然私の腰に手を回し、ダンスをリードするみたいに二人の横を通り抜けた。

……はい？

「……ヴォルク、僕の大事な婚約者をくれぐれも頼むよ。君の奥方は、僕が丁重に送り届けるから」

いやちょっと待ってユリウス様。私そんな話、一言も聞いてない……と弁明する間もなく、連れ去られるも同然に歩かされる。

……嘘。なんで逆らえないの。ユリウス様、力入れてなさそうなのに。流石《さすが》にさっきのハージェス様よりはマシだけど、それでも夫の前で他の男性とこれはない、と力を込めたのに、身体を離すことが出来なかった。

これはもしかして、体術か何かの一種だろうか。

混乱しつつされるがままになっていると、私の腰に回ったユリウス様の手を、ヴォルク様が素早い動きでがしりと掴んだ。

「気やすく触れるなユリウス！　レオノーラ！　君も早く帰れと言ったはずだ！」

私も再び怒られた。って、まあ当たり前か。邪魔した上に、夫の前で他の男性に腰を抱かれてされるがままになってんですもん。でも不可抗力なんですよ。

弁解したかったけれど気力が湧かないし、なんだかもう私いいとこなしだと気付いて自分で自分が嫌になった。

駄目だ。今日の私ほんとに駄目だ。

「も、申し訳ありません……」

ヴォルク様からのお叱り二回目の威力は半端《はんぱ》なく、流石《さすが》にちょっと涙腺《るいせん》が緩《ゆる》んでしまった。が、泣くのは卑怯だしみっともないので、ぐっと堪《こら》える。ここで泣くのは、自分に責があるのに泣いてどうにかしようとしてるみたいで嫌だった。

ユリウス様の手は既に私から離れていて、私は彼らの前でただ俯《うつむ》く。そんな私の背にそっと触れてくれた手を見ると、それはエリシエル様だった。ああ、うん。美女ってやっぱりいいですね。

「ヴォルク、今のはいくらなんでもアンタ言い過ぎよ」

「いえ。エリシエル様。私が悪いので。……失礼します」

しかもフォローまで入れてくれるいい女ぶりと来たらもう、私などでは敵《かな》うはずもありません。

ヴォルク様だって今は私がいいと思ってくれてても、すぐに身近な素敵な人に気付くだろう。

そこまで考えたところで三人にぱっと背を向け……私は走る。

「っレオノーラ！」

後ろからヴォルク様に呼ばれたけれど、振り向かずに脱兎《だっと》の如《ごと》くその場を後にした。

本日二回目の脱走である。すいません私逃げます。逃走します。

ヴォルク様は現場の責任者だから追ってこないだろうし、エリシエル様も令嬢だから追いつかないはずとタカを括《くく》っていた——のが間違いだった。

プロシュベール邸の門を飛び出した直後、私はなぜか、悪魔の微笑みを湛《たた》えた青年天使様に捕まった。

あれ、表現が矛盾してます。でも間違いじゃないので訂正しません。

そうして乗せられたレンティエル家の紋章のついた白い馬車の中、私は目の前の人に開き直って質問を投げた。

「どうして追いかけてきたんですか」

「それはまあ、ヴォルクの悔しそうな顔を見たかったからかな」

青年天使様が、これまでとは打って変わって極悪非道な微笑を浮かべる。なぜだろう。エリシエル様と会ってから、ユリウス様は優しさをどこかに落っことしてきたらしい。よければ私、拾ってきましょうか。なんか口調も変わってますし。

そんなことを考えながら、彼のアイスブルーの瞳を見ると、ちょっとだけ申し訳なさそうに肩を竦《すく》められた。なんだか憎めないその仕草に、内心で小さく溜息を漏《も》らす。

本当なら、人妻が男性の馬車に乗るなんて駄目なんだろうけど……相手はこのユリウス様だし、ヴォルク様ともエリシエル様とも、一応幼馴染《おさななじ》みみたいだし……何よりあっけらかんとした空気もあって、私はただの友人と過ごすのと同じような感覚を抱いていた。

「ヴォルク様のことが嫌いなんですか？」

率直に聞いた方が早いと判断した私は、オブラートに包まない質問を彼にぶつけた。

すると、ユリウス様は組んでいた足を左右組み換え、「うん、嫌いだよ」と見惚《みと》れそうな微笑で言い放った。

……めちゃめちゃハッキリ綺麗に、「嫌い」って仰《おっしゃ》いましたね貴方《あなた》。仮にも私の大事な旦那様なのに。

「どうしてですか。ヴォルク様は素敵な方ですよ。優しいし格好いいし、何より可愛いし」

ジト目でそう言い返すと、私の最後の文句が気になったのか、ユリウス様が綺麗な眉間に皺《しわ》を寄せ「可愛いは、ない」と言った。いや、可愛いですよヴォルク様。それを知ってるのが私だけだったらいいな、なんて思うほど。

口を尖らせていると、腹部で腕を組んだユリウス様が疲れたような溜息を吐き出した。

「……ヴォルクは何かとエリィの傍にいるんだ。そりゃ嫌にもなるよ」

語尾に苛立ちを滲《にじ》ませたユリウス様の顔は、少しだけ寂しそうだった。エリィというのは、恐らくエリシエル様の愛称だろう。先ほどプロシュベール邸で見せたエリシエル様とのやり取りでは、かなり剣呑な雰囲気が漂《ただよ》っていたけれど、今の言葉に含まれていた感情は正反対のものに思える。

うーん……これは聞いてもいいものか。

思いついた質問が、もしかすると彼の機嫌をこの上なく損ねるかもしれないと考えて、口にするのを躊躇《ためら》った。

まあ、馬車に乗り込む時、屋敷にはちゃんと送り届けてくれると言ってくれたし、このまま黙っていてもプロシュベール邸からだと結構距離もあるため、結局聞きたくなるだろう。

なのでもうぶっちゃけて、ユリウス様に質問を投げてみる。

「婚約者なのに、どうしてユリウス様とエリシエル様はそのー……？」

「仲が悪いのかって？」

「う、あ、はい、すみません……」

「君は素直な人だね。ちょっと危《あや》ういけど。まあ、いいよ。むしろ悪かったね。変なところを見せてしまって」

私の質問にも、ユリウス様は嫌がらずに答えてくれた。綺麗な顔に、優しげな笑顔が戻っている。

「い、いえそんな！　でも、エリシエル様はとてもいい方ですし、ユリウス様もその、先ほど私を助けて下さったりとか、お二人ともお優しい方なのに、どうしてあのような態度を取られているのかと、不思議になりまして」

だっておかしいよ。いくら政略といっても、幼馴染《おさななじ》みでもあるのなら、あそこまで拗《こじ》れているのは勿体《もったい》ない気がした。

興味半分、心配半分でユリウス様に問うと、彼はアイスブルーの瞳に少しの痛みを乗せて、訥々《とつとつ》と話し出した。

「――アイツの妻である君には悪いけど、エリシエルは……彼女はずっとヴォルクのことを想い続けているんだよ。それこそ幼い頃から、ずっと」

言われた内容に、やっぱりねー、といつか思ったのと同じ感想を抱く。

だよね。ですよね。だってさっきの光景めちゃめちゃ絵になってましたもん。

ショックで脱力する私に、ユリウス様は一言「君の夫が憎らしいよ」と呟いた。

その目には、先ほど「嫌い」と告げた時とは違う本当の苦しみが窺《うかが》えて、私は何もかける言葉が見つからず押し黙ってしまう。

けれどそんな私に、ユリウス様は「まあでも、彼女と僕の仲が悪いのは、ヴォルクには関係ないんだ。全部僕の責任だからね」と零《こぼ》した。

理由を聞きたかったけれど、それを尋ねる前に彼が泣いているような笑みを浮かべて、私の言葉を封じる。

「大切過ぎて……告げられないこともあるんだ」

そう言ったユリウス様の瞳は、寂しさと悲しさに満ちていた。

『エリシエルは……彼女はずっとヴォルクのことを想い続けているんだよ。それこそ幼い頃から、ずっと』

ユリウス様の言葉が、夜になっても頭から離れなかった。

寝台で横になっている間も、ずっとそれだけがぐるぐると、私の思考を占めている。

泊まり込みの警備なので、ヴォルク様は今日も帰ってこないだろう。だからこうやって、寝台の真ん中に寝そべって、暗鬱《あんうつ》とした思いを抱いていられる。

出来ることなら、ヴォルク様の顔を見て今日の件を謝りたかった。非は自分にあるのだし、ちゃんと謝罪して、出来るならば前みたいな関係に戻りたい。

たとえいつか終わりが来るかもしれなくても、再びあの銀色の可愛い人と、甘い時を過ごせるのなら他に何もいらないのにな、と天井を眺めつつ考えた。

この元凶となった脱獄貴族のデミカスなんてさっさと捕まってくれたらいいのに、と頭の中で罵《ば》詈雑言《りぞうごん》を想像上のデミカスにぶつけてみる。

そもそも彼が逃げなければ、私とヴォルク様がこんなややこしいことになることもなかったのにと、思い切り責任転嫁もしてみた。

真実夫婦として人生を歩んでいくのなら、抱えている問題は自分で解決すべきだということはわかっていつつも、とにかく今の状況をどうにかしてほしくて、頭を振って思考を追い出す。

そこで気付いたのは、今日は存外疲れていたのだということだった。思えば人様のお屋敷で全力疾走を二回ほど。疲れるわけである。

私は、もやもやした思考がゆっくりと眠りの淵《ふち》へと落ちていくのを感じていた。

けれど、部屋に響いた音によって思考が一瞬で浮上し、身体が硬直する。

寝室の扉が開かれたそこに、蒼穹《そうきゅう》の騎士隊服姿のヴォルク様が立っていた。

「あ……ヴォルク、様……？」

現場責任者のはずなのに。騎士隊長のはずなのに、ヴォルク様が部屋にいる。

しかも、離れていてもわかるほどの怒気が、彼の全身から迸《ほとばし》っていた。

ヴォルク様の帰宅を恐いと思ったのは、今日が初めてだ。そのくらい、彼の纏《まと》う空気は暗い。

「なぜ、あの時ユリウスと一緒に……？」

そう静かに問われて、ハージェス様のことを言ってもいいものか束《つか》の間《ま》迷う。ヴォルク様にとって、ハージェス様は大事な友人であり部下だ。そんな人の様子がおかしかったと妻に指摘されて、嫌な思いをしない人はいないだろう。

妙な雰囲気ではあったけれど、別に何があったというわけでもないし、もしかしたら私の勘違いかもしれないし。

それに、私が困っていたのに気付いて助けてくれたユリウス様も、時間が経てば戻るかもしれないと言っていたし。

「えー……と、た、たまたまっ！　偶然お会いしましてっ！」

「……」

無言が恐い。無言が恐過ぎますヴォルク様。

無理矢理誤魔化したことを感づかれたのだろうかと焦りつつ、何か話題を、と慌てて探す。

そして、機を見て今日の件を謝りたかった。

「……門警備の騎士から聞いた。君がユリウスの、レンティエル家の馬車に乗って帰ったと。奴と、二人で……」

「え、ええっと、エリシエル様と！　ヴォルク様のお話をお伺いしましてっ。三人とも幼馴染《おさななじ》みなんですよねっ。吃驚《びっくり》しましたっ。ユリウス様みたいな美青年初めて見ましたしっ」

慌てすぎたせいで、自分が話題を間違えていたことと、地雷を見事踏み抜いたことに、私はまだ気付いていなかった。

ヴォルク様から、見覚えのある『あの顔』を向けられるまでは。

「ユリウスが、気になるのか……？」

腰元の帯剣を鳴らしながら、歩いてきたヴォルク様が寝台の上に片膝をつく。

未《いま》だ騎士隊服のままなせいか、彼の気配に圧迫感さえ覚えた。

あれ、なんだかこの真っ黒さには覚えが。

そう思ったところで、乱暴に腰元の剣を外して上衣を脱ぎ捨てたヴォルク様に、私はやや乱暴に寝台の上に押し倒されていた。剣の扱いとか、この際突っ込んでいられない。

「ちょ、まっ……」

「俺がどれだけ我慢していたと思っているんだ君はっ……！　三年越しの想いがやっと叶って、夜毎抱き潰したいくらいなのに……っ！　俺の体力では君の身体を壊してしまうと思って、全力で抱かずに我慢していたのに、それを……っ！」

　唐突とも言える独白に、呆然と固まっていると、ヴォルク様が私の寝衣を引っ掴み、引き千切る勢いで剥《は》ぎ取っていった。薄い布地の裂ける甲高い音が、室内に響いて消える。

「……っ」

　そして一瞬で裸にされた私の胸を、熱く大きな掌《てのひら》が痛いくらいの強さで揉《も》みしだいた。柔らかい肉がその動きに合わせて形を変える。強すぎる刺激は甘さを含まず、荒々しさだけを私に感じさせた。

　この激しさには覚えがあった。私が、かつて彼に別れを提案した時にぶつけられた時のものに、よく似ている。

「んっ……やあっ……ああっ！」

　掴んだ胸の頂《いただき》を噛《か》み付く勢いで口に含まれて、走った痺《しび》れに声を漏《も》らすと、指先で空《あ》いている方の蕾《つぼみ》をぴんと軽く弾かれ、仰《の》け反《ぞ》った。それに合わせて一際甲高い声を上げてしまって、恥ずかしさと焦りが身体の奥底に火を灯す。

　顔を離したヴォルク様が、荒い息を繰り返しながら私を見下ろしているのがわかった。それを涙が滲《にじ》んだ瞳で見つめると、彼は痛くて堪らないと言わんばかりの視線で私を貫《つらぬ》く。

「ずっと待っていた俺の前で……っ！　会ったばかりの男に腰を抱かれて……っ！　そんな君を見て、俺がどう思ったか……君にわかるか！」

「ふっ、……ンぅ……っ！」

激情のままに言葉を吐き出したヴォルク様が、深い口付けを落とす。重なってきた唇が、再び与えられた胸の刺激に合わせて、開いた口の中へ熱いぬるつきを押し込む。搾《しぼ》り取るみたいに舌を吸い上げられ、ぴちゃぴちゃと音を立てて深く何度も口付けを繰り返された。

性急過ぎる行為に制止の声を上げかけたけれど、聞きたくないとばかりに唇を押し当てられ、防がれてしまう。

「はぁ、んっ、ンぁっ……っ」

「君に触れていいのは俺だけだ……っ……頼むから、そう、言ってくれ……っ！」

懇願《こんがん》するように叫ばれて、再び唇から身体全身へとくまなく愛撫が降ってきた。

そして私の身体の熱が上がり切った頃、潤《うる》んだ部分へと手を伸ばされ指先で掻き回される。久しぶりに感じる強い刺激に、背中を弓なりに仰《の》け反《ぞ》らせて震えた。

荒々しい動作に少しだけ恐怖も感じている。けれど、全身を駆け巡る甘い痺《しび》れに、何度も彼に抱かれた記憶が確かに蘇《よみがえ》っていた。

「まっ……ってぇっ……だ、めぇっ！」

「嫌だ……っ好きなんだっ……君が、……君が好きで、好きで、どうしようもない……っ」

ぐちゃぐちゃという音が自分の耳にも大きく響き、羞恥《しゅうち》と快感で思考が蕩《とろ》ける。

濡《ぬ》れそぼった場所に指を一本二本と差し込まれ、三本目が入った時には、私のそこは太腿をぐしゃぐしゃにしてしまうくらい蜜を溢れさせていた。

「ひっ、あ、あぅ……っやぁ、あっ……っ」

何度目になるのか、軽く達した私の、身体の中心が戦慄《わなな》いた。

そんな私の上に、騎士服の下衣を寛《くつろ》げたヴォルク様が覆《おお》いかぶさって、中心に彼自身を押し込んでいく。

「ひぁあ、っ……！」

間が開《あ》いていたからか、いくら慣らされたといっても中は狭くきつかった。それはヴォルク様も同じだったのか、彼も「くっ」と小さな呻《うめ》き声を上げる。

半《なか》ば強引に身体を繋《つな》げられたというのに、今の私の心にあるのは、戸惑いではなく嬉しさだった。

ヴォルク様が零《こぼ》してくれた嫉妬《しっと》めいた思いも、不安だった心に安心を与えてくれて、快楽が増していく。

そんな自分をどうしようもないなと思いながら、熱く打ちつけられる彼の想いを受け止めていると、甘く淫《みだ》らな痺《しび》れと快感が、身体の奥底から少しずつ駆け上ってくるのがわかる。

「レオノーラっ！　……君はっ……君は俺だけの……っ！」

欲望と渇望《かつぼう》と、執着に満ちた声を落とされて、私の心は浅ましくも歓喜に震えていた。

激しい彼の衝動を何度も身に穿《うが》たれながら、最後に放たれた熱い激情に、これ以上ない幸福を感じて、ただ愛しい『夫』の背中へと、縋《すが》るみたいに手を伸ばす。すると、その背がびくりと怯《おび》えたように反応した。

暴走が終わったヴォルク様は、しょんぼりした顔で、先ほどの激情はどこへやら、ひたすら「悪かった」と私に謝り優しく身体を抱き締めてくれた。

「すまなかった……」

事の後か最中に謝るのは、彼の癖なのだろうかと悪戯《いたずら》っぽくそう思う。

別に謝る必要はないし、むしろそれは私の台詞《せりふ》だ。なのに先に謝られてしまって、なかなかこちらから言うことが出来ずに困る。

「君の差し入れは嬉しかったんだが……危ないからというのもあって」

そう言ったヴォルク様は、寝台の上でぎゅっと私を抱き締めて「あの後食べた。美味《うま》かった」ととても嬉しい感想を述べてくれた。見た目はアレだったけれど、味は気に入ってもらえたようでほっとした。

ヴォルク様が、ありがとうと言いながら、私の頭を優しく撫《な》でてくれる。彼からは見えていないけど、私の瞳には、涙の雫《しずく》が浮かんでいた。

人を好きだと思ったのも、嫌われたくないと思ったのも、ヴォルク様が初めてだと今更気付いたからだ。

「いえ……先日の夜のことも、ヴォルク様の手を払いのけてしまって、本当に申し訳ありませんでした……っ。求めてもらえるだけで十分幸せだったのに、自分から壊す真似《まね》をしてしまいました」

正直な気持ちを話すと、彼はわたわたと慌てふためき、潤《うる》んだ私の瞳を覗き込み気まずそうに眉尻を下げた。

「いっ、いやあれは！　あれは俺がやり過ぎたというか……っ！　す、すまん……」

やり過ぎたの意味がわからなくて首を傾げていると、ヴォルク様は恥ずかしそうに、今日中庭でエリシエル様と話していた内容を教えてくれた。

なんでも、私に拒《こば》まれたことで多大なショックを受けたヴォルク様は、警護対象であるエリシエル様に「うざい。じめじめする。鬱陶《うっとう》しい」との理由で、このままの状態が続くなら警護を外れてくれと言われたらしい。

その上で、ヴォルク様はエリシエル様に「アンタ自分の体力考えなさいよ馬鹿じゃないの」と怒られていたそうだ。それが今日、（呆れて）笑っているエリシエル様と（羞恥《しゅうち》で）照れていたヴォルク様の真相だったのだとか。

ついでに、私がユリウス様と一緒にいた時に言われた言葉も、彼に腰を抱かれている私を見て我を忘れてしまった結果とのことだった。

えー……と。じゃあヴォルク様ってもしかして……

先日のハージェス様との殺気事件然《しか》り、今日のユリウス様の件然《しか》り。

結構焼きもちやきさんですか……？

普段は寡黙《かもく》でクールビューティーなヴォルク様が。

嫉妬《しっと》。焼きもち。

ええええ何それ、旦那様ってば超可愛い。愛しい。尊《とうと》い。ヤバイ。

とか思って溶けていると、「真面目に聞くように」とジト目で睨《にら》まれてしまった。それすら可愛いとかどうしろと。

そんなこんなで、不安に苛《さいな》まれていた日々は終わりを告げて、私とヴォルク様は再び甘々な状態へと無事に戻ったのだった。


そして、その数日後。

普段と同じく昼食後のティータイムを過ごしていた私に、エレニーが静かに声をかけてきた。

「レオノーラ様。お手紙が届いております」

彼女が持ってきてくれた封筒を見て、おや？　と首を傾げる。

元々私に手紙が来ること自体珍しいし、きたとしても大抵お父様かオルファ、もしくはマリー達からなんだけれど、その封筒にはある紋章が入っていた。

双頭の一角獣にそれを取り囲む波の文様――プロシュベール家の紋章が。

「エリシエル様から？　……なんだろう」

そう思いつつも便箋《びんせん》を広げてみると、いつか見たエレニーの手紙と同様の簡潔な文字があった。

――『女子会しようず！』と。

いくらなんでも公爵令嬢がこの書き方はなかろう、とは思ったけれど、先日のことを怒っているわけじゃなさそうだとほっと胸を撫《な》で下ろす。まあ、あの直後もヴォルク様伝いに『今度ちゃんと誘うから！』と予告めいた言葉もいただいていた。思ったよりも早かったのは予想外だったけど。

しかし、お誘いを受けたいのはやまやまだが、この前ヴォルク様に怒られてしまった手前、どうするべきかと思い悩む。けれどエリシエル様と話したいこともかなりあるし、ユリウス様のことも話してみたいというのが本音だ。

申し訳ないけれどヴォルク様が帰ったらお願いしてみようと心に決めて、私は便箋《びんせん》を封筒の中に戻した。


仲直りをしたあの日から、ヴォルク様は何とか時間を作って、屋敷へ帰ってきてくれるようになっていた。おかげで今は、ちゃんと二人の時間を持てている。

というのも、蒼《あお》の士隊の騎士隊長が新妻《にいづま》と会えない日々を送っていると聞いた他の士隊の隊長さんが、ありがたいことに交代で現場を取り仕切るようにしてくれたらしい。ヴォルク様ってば愛されてるなぁ。

それに今回初めて知ったけど、騎士隊長クラスの方には愛妻家が多いそうだ。なんでも遠征などが度々あるので、その間じっと待ってくれる奥様を皆殊更《ことさら》大事にするのだとか。

で、今日も交代制度のおかげで帰宅出来たヴォルク様を前に、私は恐る恐るエリシエル様の話題を切り出すことにした。

さて何て言われるでしょうか。私の予想的に九割五分の確率で否と言われる気がしてますが。断られたらもちろんきっぱりさっぱり諦めますよ。だってこの間、迷惑かけたばっかりですし。一応聞いてみるだけです。念のため。

「あの、ヴォルク様……？」

「どうしたレオノーラ」

「お願いが、あるのですが」

「お願い……？」

いや、なぜお願いと口にした途端にそんなきらきらした笑顔をなさるんでしょうか。なんでも言ってみろ的なお顔をされてしまうと、微妙に罪悪感が湧いてしまうのですが。

ヴォルク様の反応に罪の意識を少々感じつつ、私は白い封筒を彼の前に差し出した。

「エリシエル様からその、お手紙をいただきまして」

「アイツから？　……狙われてる癖に、何をやってるんだあの馬鹿は」

プロシュベール家の紋章が刻まれた封筒を手に、ヴォルク様が不満げな声を漏《も》らす。

そして少々乱暴に便箋《びんせん》を取り出すと、広げて一瞬で眉間に三本ほど皺《しわ》を刻み、無言になった。

……うん。やっぱり駄目かなこれは。

半《なか》ば諦めていると、は〜〜〜っと大きな溜息が響き、それに続いて「危ないから行かせたくないのに……」という呟きが聞こえた。

あら、これはもしかして。

「行ってもいいんですか？」

期待を込めて上目遣いで見上げると、ヴォルク様は困ったような照れたような顔をして、「渋々ではあるがな」と返してくれた。

またヴォルク様の仕事姿が見られるーっと浮かれていたら、少し怒られてしまったけれど、その分……げほごほがふん。

あー……この夜はちょっと頑張りました。私。

……でも、もう二度目はいいかな。


そしてエリシエル様からお誘いいただいた当日。

支度を手伝ってくれていたエレニーに不意に声をかけられ、目の前に綺麗な腕輪が差し出された。

「レオノーラ様。今日はこちらをお着けになって下さい」

笑顔でそう言いながら、エレニーは私の返事を待つことなくその腕輪を私の左手に装着する。

かちりとはめ込まれたそれは、見た目ほど重くもなく着け心地もとてもよく、安くない品だとすぐにわかった。

「これは？」

「私の家に伝わるお守りです」

彼女の態度を若干不思議に思ったけれど、それはとても美しい月光石のついた腕輪で、装飾品にこだわりのない私でも上品な輝きについ見入ってしまう。まるで月の光をそのまま形にしたような乳白色の石に、百合《ゆり》らしき花の文様が彫り込まれていて、これ一つだけで高貴な淑女にでもなった気分だ。

「すごく綺麗……いいの？　エレニーの大事なものなんじゃないの？」

「よいのです。いつか貴女《あなた》に差し上げたいと、思っておりましたので」

そう言ったエレニーは、私を見つつもどこか遠い目をして微笑んでいた。口元は笑んでいるのに、そこにはなぜか悲しさや切ないものが漂《ただよ》っていて、この腕輪に纏《まつ》わる何かがあるのだろうと連想させた。

「嬉しいけど……本当にいいの？」

瞬間、垣間見《かいまみ》えたものに同じ問いかけを投げたけれど、ふわりとした慈愛に満ちた笑みで返される。

「はい。お嫌でなければ、どうぞ貰ってやって下さい。お願いいたします」

頭を下げてお願いされてしまえば、流石《さすが》に断れない。お守りということは心配をしてくれているのだろうなと思って、ここは素直に頂戴しておくことにした。

「いやあ、ごめんねー。こんな最中に呼びつけちゃったりなんかして。アタシはさあ、この通り監禁状態で出られないもんだから」

そう言って、エリシエル様は今日もまた、けったけったと酒場のねーちゃんよろしく朗《ほが》らかかつ軽《かろ》やかに笑い声を響かせた。色とりどりの花で囲まれたプロシュベール邸の美しい中庭にて、陽光に照らされた彼女の髪が眩《まばゆ》い光を放っている。一見すれば、美しい令嬢が午後のお茶を楽しんでいる場面だろう。

うん……エリシエル様。警護中の騎士様達が残念そうなお顔をしていらっしゃるので、もうちょっと控えたほうがいいかなと思うんですが。見た目はすっごい美女なのに、あからさまなほど残念臭が漂《ただよ》ってます。

ちなみに現在ヴォルク様が警護任務の真っ最中で、私とエリシエル様がテーブルを挟んでいるのから数歩離れた場所で、こちらを見ていた。お顔が苦い感じなのは、恐らく心配してくれているためなんだろう。

安心して下さいヴォルク様。襲撃とかは別にして、私は貴方《あなた》の部下の方々の前ではちゃんと奥様っぽくしますからっ。

「いえ、私は大丈夫ですが、なんだか大変そうですね。ずっとこの状態なんですか？」

庭園をぐるりと取り囲む蒼と白の騎士隊服を目に入れつつ、私はエリシエル様に問いかけた。

「そうっ！　そうなのよっ！　もーほんとに鬱陶《うっとう》しくてっ！　何度屋敷を抜け出そうとしたかわかんないくらい、どこにだっているのよアイツらは！」

エリシエル様、かなりストレス溜まってますね。

アイツら、と呼ばれた人達の中には、もちろんヴォルク様も入っているのだが、今のエリシエル様にはそんなこと考える余裕もないらしい。

いや、まあ多分それが本人の素なだけなんだろうけど。

確かに、ここに来る前に見た感じでは、プロシュベール公爵邸の至るところに、警護任務に就《つ》く騎士様方の姿が見られたし、屋敷の中も一室一室、ほとんど全ての場所に彼らは配置されている様子だった。

ずっと監視下に置かれているようなものなので、息が詰まるのも無理はない。

私としては、目の保養的な意味でちょーっと羨《うらや》ましいなーっと思ったりするのだが、もちろんそれを口にはしなかった。

にしても、こぶし握り締めて憤怒に燃えるご令嬢というのは……いささか普段のエリシエル様とはギャップがあり過ぎやしませんか。

私やヴォルク様の前では素の状態でいてくれる彼女だが、よそでは高位貴族であるプロシュベール公爵令嬢として、節度を持った振る舞いをされているらしい。そのため以前聞いたプロシュベール令嬢についての噂《うわさ》は、絶世の美姫だとか、金色《こんじき》の淑女《しゅくじょ》だとか、そういったものばかりだった。……擬態、上手いですねお嬢様。

そんな彼女がここまで精神に乱れを来《きた》しているのだから、恐らく想像以上に窮屈《きゅうくつ》な思いをしているのだろう。

エリシエル様には『当て馬』事件の時にお世話になったし、何か出来ることがあるならしたいけど……と思ったところで、なぜか本人からびしりと人差し指を向けられた。

こらこら指差し駄目ですよー。って、なんでしょうかその恐い顔。

「と、まあ、アタシの状況はいいのよ。しょうがないし。そんなことより、貴女《あなた》とヴォルクのことよ、レオノーラ。貴女《あなた》このアタシがよりにもよって、ヴォルクなんかに惚れてるって盛大な勘違いをしてくれていたのよね？」

口は笑っているのに目は全然笑っていないという恐怖の表情で、エリシエル様が切り出した。

うん、恐い。恐いですよ美女が凄《すご》むと。なんかすっごい怒ってます？　怒ってますよね、そのお顔っ。

どこから漏《も》れた。もしかしてヴォルク様？　と焦りと同時に疑問が顔に浮かんでいたのか、エリシエル様から「エレニーに決まってんでしょ」と怒りの返事をいただいた。そうですよねやっぱり。

「あああ、すいませんつい……なんというか、その……昨日見たお二人が、とても仲がよろしいように見えてしまって」

恐縮しつつそう答えると、エリシエル様は綺麗な水色の目をふっと和《やわ》らげ微笑んだ。

美女の微笑み至福です。太陽以上に貴女《あなた》が眩しい。

「まあ一応幼馴染《おさななじ》みだしね。そりゃある程度の付き合いはあったわけだから。っていうか、それ以外にも何か理由があるんじゃないの？」

微笑む金髪巨乳美女を満喫していると、エリシエル様に探るような瞳を向けられた。探るを通り越して視線で尋問《じんもん》されている気さえする。うん、これは多分気のせいではないですねー。

視線、めちゃめちゃ刺さってますよ。そりゃもうぐさっと。

「あー……一応……？」

「さっさと吐きなさい」

なんとか誤魔化せないかと明後日《あさって》の方向に視線を向けてみたけれど、怒気の籠《こも》った声で促《うなが》された。はい、すみません。

仕方がないので、私はネタばらしをすることにした。ごめんなさいユリウス様。貴方《あなた》の犠牲《ぎせい》は忘れない。

本人の知らぬところで話をするのは若干気まずいが、言わないのもこれまた気まずいどころか、逃げられない。

自分の目が泳いでいるのを感じつつ、私は白状する。

「そのー……ユリウス様が、その」

私が名前を出した途端、エリシエル様の顔が険《けわ》しくなった。ああ美女の憤怒顔は色んな意味で悲しいです。眉間の皺《しわ》がヴォルク様並みに増えていますよ。名前だけでそんなになるって、お二人の間に一体何が。

「ユリウス？　アイツが何か言ったの？」

「はい……あの、ユリウス様が、エリシエル様はずっとヴォルク様に片想いをしていると、仰《おっしゃ》られて……」

って、おおう。なんですかエリシエル様そのお顔。美人が台無しどころか大崩壊です。こめかみに血管浮き出てますよ。

血管令嬢とか誰得かわからないので、抑えて抑えてー。

私の至極簡潔な説明を聞いたエリシエル様は、テーブルにだん！　と拳を叩き付け、その後、頭を抱えてうんうん唸《うな》った。

ティーセットが一瞬浮きました。零《こぼ》れなくてよかったです。

少し離れたところにいるヴォルク様も、吃驚《びっくり》したらしくちょっとだけ目を見開いています。無表情なのに、目だけはやたらとわかりやすいんですよね、うん可愛い。

「アイツ……っ！　まだそんなこと言ってるのっ⁉」

私のヴォルク様萌えな気持ちを蹴《け》り出すように叫び、エリシエル様がうがぁと頭を掻き毟《むし》る。

綺麗な金髪がぐしゃぐしゃで、あーあ美女が勿体《もったい》ない、と残念な気持ちが余計に増した。怒りで身《み》悶《もだ》えているエリシエル様が落ち着くのを待ちながら、ああ今日は天気がいいなぁと現実逃避する。

やがて、なんとか平静を取り戻したエリシエル様が、疲れたように息を吐き出した。

「……ユリウスがなんでそんな勘違いしてるんだか知らないけど、別にアイツはアタシが誰を好きだろうが気にしないはずよ。むしろ好かれた相手が可哀想だとでも思ってるんじゃない？　アイツ、アタシのこと嫌ってるしっ」

「へ……？」

エリシエル様が不貞腐《ふてくさ》れたみたいに口にした言葉に盛大な違和感を覚えて、私は首を傾げた。

ん？　なんかおかしい。考えていたのと違う。

や、あれは嫌っているというよりはむしろ……

「貴女《あなた》も、ヴォルクとの結婚を最初は政略だと思ってたんでしょう？　まあ、貴女《あなた》がそんな勘違いをしたのは全部あの馬鹿自身が悪いんだけど。……でも、ユリウスとアタシに関しては話は別よ。完全に、正真正銘、政略だもの」

そう告げるエリシエル様の表情は、どこか寂しそうに見えた。

……あれ、やっぱりなんかおかしい。

ユリウス様が見せた昨日の顔と、エリシエル様の今の寂しげなお顔が重なって、私の中に仮定がぽこんと飛び出した。

あれー……？　もしかして、お二人ってー……？

「貴女《あなた》達が羨《うらや》ましいわ。本当に互いに想い合っての結婚なんて、アタシ達には到底無理だもの」

私の中での答えとは正反対に、エリシエル様は悲しみさえ湛《たた》えた瞳で呟いた。

うん。美女の憂《うれ》い顔ほど美味《おい》しいものはないけれど、出来ればエリシエル様には笑っていてほしい。当て馬事件でお世話になった件もさることながら、これまでの彼女の言動から、私はエリシエル様のことをとても好ましく思っていた。

しっかし、このどうして絡まってんのかわからない誤解、何から解決したものか。

「――お話し中のところ失礼いたします」

そうやって内心考え込んでいた私と、溜息を吐くエリシエル様に声がかけられ、空気に一瞬緊張が走った。私とエリシエル様が会話をやめて声の主へと目を向けると、視界に、ふわりと揺れる赤い髪が映り込んだ。

「あら。ハージェスじゃないの」

エリシエル様が突如現れた彼へ声をかけると同時に、普段と変わらぬハージェス様が彼女の手を取り、その甲へキスを落とした。

よかった。今日のハージェス様は以前の彼に見える。

「エリシエル様、お話し中に大変申し訳ありません。少々予定の変更がございまして……ヴォルク、プロシュベール公からの呼び出しだ。エリシエル様の警護は俺が交代する」

「プロシュベール公から……？　……そうか、わかった」

ハージェス様の言葉に、ヴォルク様が逡巡《しゅんじゅん》するそぶりを見せた。それを不思議に思っていると、ヴォルク様と視線が重なる。

ん？　なんでかヴォルク様が心配そう？

って、いやまあ、確かにエリシエル様は狙われているかもしれないけど。これだけ騎士様達に囲まれてたら、手を出そうにも無理な話だと思うんですが。そう考えつつ首を傾げていると、ヴォルルク様がやや緊張した面持《おもも》ちでハージェス様に指示を出した。

「……念のためにクライスもこちらの警護に回そう。なるべく早く戻る」

そう言って、ヴォルク様が場から離れようとしたその瞬間。

「おいおい。俺じゃ信用ならないって言うのか？」

軽い冗談を言うように、ハージェス様がおどけてみせた。

――あれ？

普段と変わらない調子のはずなのに、微妙に違和感がある。エリシエル様もそれに気付いたのか、綺麗な眉を片方くっと上げていた。やっぱり私の気のせいではないらしい。

ここ最近、ハージェス様の雰囲気に違和感を覚えていたけれど、今のは正直言って……これまでも特に、妙だと思う。

なんだろう。このざわざわくる感じ。

距離は少し離れているものの、中庭にいる騎士様はヴォルク様だけではない。ここから見えるだけでも数人の蒼《あお》い騎士服の人がいるというのに、ヴォルク様がこの場から離れるというだけで、一気に心もとなくなるのはどうしてなのか。

「……いや、念のためだ。ここには彼女もいるからな」

そんな不安を察してくれているのか、ヴォルク様が私の方に視線を向けて、ふっと瞳を和《やわ》らげた。

大丈夫、と囁《ささや》かれた気がして嬉しくなる。そして再びハージェス様へ視線を戻したヴォルク様は、どこか力が籠《こも》った瞳で彼を見つめた。束《つか》の間《ま》、二人の視線が合わさる。

「――わかってるよ。最愛の親友殿の、最愛の奥方だからな」

ハージェス様の返事に、ヴォルク様は頼むと一言告げて、この場を後にした。

向かいに座っていたエリシエル様が「警護対象そっちのけで嫁優先とか、アイツらしいわ」と呆れながら笑顔で言って、私は赤面する顔を両手で押さえつつ、「すみません……」と呟いた。


ヴォルク様が場を離れてしばらくの時が経ち。

エリシエル様とのお話も、喉が渇いて二人で苦笑いするくらいに盛り上がり、今は互いに静かにティーカップに口を付けていた。流石《さすが》プロシュベール家の料理人、添えられたお菓子は、正直持って帰りたいと思うくらいに美味《おい》しかった。

そんな緩《ゆる》やかな時が流れていた中――

「今日はとてもお元気そうですね」

そう言いながら、いつの間に近くに来ていたのかハージェス様がすっと私の顔を覗き込んだ。って、近っ！

「え？　あ、はい」

無遠慮なほどの距離に、若干仰《の》け反《ぞ》って戸惑う。

なんか近い。すごく近い。ついでに言えばガン見されてる？　なぜだろう。先日に引き続いての
ちょっとありえない距離間に焦っていると、向かい側からカチャンッと少々大きな音がした。

エリシエル様が、ティーカップを置いた音である。

「ちょっとハージェス。アンタ任務中でしょ。横槍入れないでよ」

「これは失礼いたしました。レオノーラ殿があまりにも美しいもので、つい」

エリシエル様からの釘差しに、ハージェス様は笑みを深めて答えた。どうしてなのか、彼の言葉に含まれた賛辞がどこかうすら寒く思えて、愛想笑いがぎこちないものになってしまう。

「……それには同意するけど、友人の妻にかける言葉と態度ではないわね。弁《わきま》えなさい」

「肝に銘じます」

それから少しだけ私から離れてくれたハージェス様だったけれど、気付けばまたすぐ後ろに立たれ、そのたびにエリシエル様が注意して遠ざけてくれる、という不可解なことを何度か繰り返した。

警護中だとはいえ、一応こちらは淑女のお茶会中なのだ。近くにいるからといって男性が交じっていいものではない。しかもハージェス様は現在職務中で、他の騎士様から咎《とが》められても文句は言えないはず。現に、ヴォルク様からの指示でこちらに配置されたクライス様が、少し離れた場所から怪訝《けげん》そうにこちらの様子を窺《うかが》っている。だというのに、ハージェス様にそれを気にするそぶりは微塵《みじん》もなかった。

漂《ただよ》い出した異常な空気に嫌な予感がして、エリシエル様に目で訴えると、彼女も同様に感じていたのかティーカップに口を付けるふりをしながらほんの僅《わず》かに頷く。

ヴォルク様に早く帰ってきてほしいと願いつつ、背後から突き刺さっているハージェス様の視線をどうにか逸《そ》らせないかと背中を丸め、両手をぐっと握りしめた。

するとまた、ハージェス様が私のすぐ後ろまでやってきて、しかも耳元で「手を握りしめて、どうしたんですか？」と囁《ささや》く。

今度こそ、明らかな恐怖が私を総毛立たせた。今日のハージェス様はやはり違う。そう確信していると、堪忍袋の緒が切れたのか、エリシエル様がだんっと強くテーブルを叩いて立ち上がった。

「さっきから何なの？　アンタ。友人の妻にベタベタと。それに胡散臭いのよ、その笑顔《カオ》が！」

エリシエル様の言葉に、ハージェス様がなぜか愉快そうに顔を歪《ゆが》め、くつくつと笑い声を響かせる。

え——？

「……くくっ。流石《さすが》プロシュベール公の愛娘だ。その目は節穴ではないらしい」

慌てて振り向くと同時に、彼のその声を合図にしたように地面が大きく揺れた。

どおおおんっと、屋敷の西方より響いた爆音。

空気が、その場が、気配が動き、辺り一面に土煙と粉塵《ふんじん》が降った。

「何——っ⁉」

エリシエル様と私は同時に叫び、轟音《ごうおん》の方角へと視線を向ける。

すると、プロシュベール邸の西側三階の外壁が、ものの見事に吹っ飛んでいた。

「お、お父様っ⁉」

悲鳴にも似たエリシエル様の叫びを聞いて、私ははっと息を呑んだ。恐らくあの場所には、エリシエル様のお父上であるプロシュベール公爵がいたのだろう。書斎か何かであったのかもしれない。

しかも、さっき公から呼び出されたヴォルク様もいるはずだ。そこが吹っ飛んだということは——っ。

考えたくない想像が浮かび、悲鳴を上げそうになる。しかしそれをぐっと堪《こら》えて、大丈夫だと自分の心を落ち着けた。こんな馬鹿な想像は信じない。代わりに去り際に見せてくれたヴォルク様の優しい瞳を思い出し、強張りそうになる心を奮い立たせる。

「エリシエル様っ！」

硬直している彼女の手を引っ掴み、周囲にぐるりと視線を巡らす。驚き立ち止まっている時間はない。今私達がいるここは、見晴らしのいい中庭。形振《なりふ》り構わず襲ってくるのであれば、これほど的《まと》になりやすいところもないだろう。

プロシュベール公爵が狙われたのなら、その次は――嫌な予感が背筋を走る。

「エリシエル嬢っ！　レオノーラ殿もこちらへっ！」

少し離れた場所で見張りをしてくれていたクライス様が、いつの間にか近くまで来て私達を守るように剣を構えて避難を促《うなが》す。矢で射るには格好の場所である中庭よりも、他の騎士もいる屋内の方がまだ安全だと踏んだのだろう。

けれど、走り出そうとした私達の前に、赤い髪をした『彼』が行く手を阻《はば》むみたいに立ち塞《ふさ》がった。

「……行かせない」

炎のような赤い髪を粉塵《ふんじん》舞う空へ舞わせるその人は、いつもと変わらぬ笑みを浮かべ、銀色の剣を手に立っていた。

明らかに、見慣れたハージェス様の姿ではなかった。纏《まと》う空気は重たく暗く、こちらを圧倒している。

「ハージェス!?　貴様……っ！」

クライス様が、ハージェス様へ剣を向けて威嚇《いかく》する。恐らく、襲撃を受けた時の対処法が騎士様の間である程度決まっているのだろう。それとは違う動きをしたハージェス様を、瞬時に敵だと判断したのだと見て取れた。

ハージェス様が、どうして――？

驚愕《きょうがく》以上の疑問が、心を支配した。

ハージェス様はいい人だ。ヴォルク様を毎朝迎えに来て下さる、気のいい友人であることは、短い付き合いの私でさえ知っている。それにあの時の……彼が自分について語った時の表情には、どこにも嘘は含まれていなかったように思う。確かに最近は、恐いと思うくらい空気が違っていたけれど……

今のハージェス様は、私の知らない人だった。

私は握っていたエリシエル様の手を引き、クライス様の後ろに控えた。

「無駄ですよ。屋敷が崩壊するのと同時に、彼らはここに入ってきている」

そうハージェス様が口にしたのと同時に、私達の周囲に黒い装束を身に纏《まと》った者達が音もなく現れた。

「なっ――！」

エリシエル様の驚愕《きょうがく》の声が響き、そのすぐ後に、ざりっと大きく気配が動く。

すると――

「つがあ⁉」

ハージェス様が素早く放った一太刀が、クライス様の蒼穹《そうきゅう》の騎士服の肩へと食い込んだ。

「かつての仲間を手にかけたくはないんだよ。お前は寝てろ、クライス」

そう言って、ハージェス様はよろめくクライス様に向かって剣の柄《つか》を振り上げた。

クライス様の後ろ首に叩き込まれた鈍い音が私達の方まで響き、クライス様がその場に崩れ落ちる。

「さあ、俺と一緒に行きましょう。大人しくついてきてくれるなら、お二人に危害は加えない」

倒れ伏したかつての仲間の傍で、赤い髪をした騎士が、狂気に満ちた笑みを浮かべていた――

＊＊＊

重たく微睡《まどろ》んでいた意識が、ぼんやりと浮上していく。

しばらく前まで誰かの体温に包まれていた気がしたけれど、気のせいだったのだろうか。

抱き締めるように回されていた腕は、私が知る彼のものとは違っていた。

なら、誰が――？

私は闇に落ちる前に見たハージェス様の狂気に満ちた笑顔を思い出す。

大人しくついてきてくれるなら危害は加えないと、彼はそう言っていた。しかしその忠告を私とエリシエル様が聞くはずもなく、抵抗を試《こころ》みた結果、目に見えぬ速さで落とされた首への衝撃により、そのまま意識を失ったのだ。

そこまで思考したところで、かび臭いじっとりとした臭《にお》いに、思わず布地の下で顔を顰《しか》めた。

まるで放置された古い家の中にでもいるような——と眉根を寄せながら目を開けると、今何時？と聞きたくなるくらい真っ暗な部屋の中に私はいた。

というか、臭い。目覚める前から思ってたけど、夢じゃなかったらしい。滅茶苦茶カビ臭い。

どこだ。ここ。

「目が覚めた？」

暗闇の中響いた聞き覚えのある声——エリシエル様の声に、ちょっとだけ安堵した。

「エリシエル様。ここって一体……？」

「さあねー。私にもわからないわ。多分没落した貴族かなんかの屋敷だと思うけど……古くても造りはしっかりしてる、こんな地下牢、ある程度の身分を持った人間しか用意出来ないでしょうし」

って、ここは地下牢なのか。

目覚めたばかりなのと、暗かったのとで周りが確認出来ていなかったけれど、段々目が闇に慣れてきたらしく、薄ぼんやりとだが周囲の様子が見えてきた。

なんか痛いな、と思っていたお尻の下には冷たい石畳が敷かれており、壁も天井もむき出しの石造り。あるのは正面にあからさまな格子だけ。うん。どこからどう見ても牢である。

しかも、格子は安っぽい細いものではなく、しっかりした頑丈な造りだ。

「これからどうなるんでしょうか……」

答えのない問いを呟いてみると、エリシエル様は「まあ、生きてるってことはまだ殺す気はないんでしょうね。多分」と溜息交じりに吐き出した。

たとえ今殺されはしなくとも、状況はよろしくないと語っているも同然だ。

まあ、そうですよね……これって完全に幽閉っていうか監禁されてる状態ですもんね……

そして私は完全におまけ状態……だって狙われていたのはエリシエル様だったわけだし、私は多分ついでに連れて来られたようなもの。だとすれば、真っ先に不要とされるのは——

そこまで考えたところで、恐怖による冷たさを感じて無理矢理に意識を前に向かせた。

でも、思えば私は曲がりなりにもヴォルク様っていう騎士の妻なんだし。

こうなったからには、この身をかけてでもエリシエル様をお守りするのがお役目ってもんだよね。恐いけど。そりゃあもちろん恐いけど！　んなこと言ってる場合じゃないし。

……そうなのだ。さっぱり意識してなかったけれど私は蒼《あお》の士隊騎士隊長のヴォルク＝レグナガルドが妻なのだ。

一緒に攫《さら》われちゃったよどうしよう、ではなく、ヴォルク様のいない今、エリシエル様を守るのは私だ。

でなければ、プロシュベール邸への訪問を、渋々了承してくれたヴォルク様に申し訳が立たないっていうものだろう。

心配してくれていたのに、その甲斐《かい》もなくまんまと一緒くたに連れてかれるとか。

私は阿呆《あほ》かーーーーーっ！

ヴォルク様に！　呆れられたらどうしよう……っ！

ただでさえこの前仲直りしたばっかりなのに……っ！

自分の不甲斐なさにほんのちょっと絶望した。というか項垂《うなだ》れた。

すると、そんな私を哀れに思ったのか、エリシエル様が優しく背中を擦ってくれる。

ああすいません。ここは私が慰《なぐさ》めるべきシーンなのに。

「大丈夫よ。貴女《あなた》はきっと、ヴォルクが迎えに来てくれるから」

「え……？」

エリシエル様は、石の壁に背からもたれかかりながら、寂しそうにそう言った。

その瞳には、今の状況に対する恐怖や不安ではなく、違う思いが浮かんでいるように思える。

「だってユリウスは……アタシなんかきっと助けにこないもの……」

あ――

彼女が口にした本音に、私の予想は間違っていなかったのだと気付く。

エリシエル様、やっぱりユリウス様のことが好きなんだ。

……そして多分、ユリウス様も。

二人の想いが、どうしてすれ違ってしまったのかはわからない。けれどあの時エリシエル様について語ったユリウス様の瞳には、彼女への気持ちが確かに浮かんでいた。

あれだけの騒ぎになったのだ。プロシュベール邸に起きた件は、きっと瞬《また》く間に周囲に知らされたことだろう。

エリシエル様の婚約者であるユリウス様のもとにもきっと、その知らせは届いているはずだ。

それならば――

私は確信めいた思いを抱いて、エリシエル様の手をそっと握った。

「……来ますよ。きっと。ユリウス様は。エリシエル様のために」

私の言葉に、エリシエル様は大きな目をより大きく見開いて、わけがわからない、と言わんばかりの顔をした。

うん、かつての私もそうだったからわかる。だけどきっと彼は来る。

そして――ヴォルク様も、きっと。

「どういう、こと……？」

不安気に、けれど確かな期待を乗せて、エリシエル様の綺麗な湖色《みずうみいろ》の瞳が揺れていた。

いつも強気な彼女のそんな姿に、信じてほしいと思いを込めて微笑んだ。

「わかってしまえば、すごく簡単なことなんです。だけど、少しでもボタンをかけ違うと、全く別に見えてしまうんでしょうね」

ヴォルク様の想いを知らなかったあの頃。

私は愛されていないと思い込み、自分は必要とされていないのだと言い聞かせ、いらないのならば離れてしまおうと、酷い言葉をぶつけてしまった。

だけど、気付いてしまえば、わかってしまえば、答えはすぐに見つかった。

微笑みながら手を握り続ける私に、エリシエル様は少しだけ安堵の表情を浮かべ、「もし来なかったら貴女《あなた》に責任取ってもらうんだから」と口を尖らせて呟いた。

少々ツンデレ気味なその仕草が可愛くて、私は状況も忘れて笑ってしまう。

そしてつられたみたいにエリシエル様も笑った瞬間、響いた声に空気が凍った。

「――どうやらお二人とも、目覚めたようですね。気分は如何《いかが》ですか？」

ぱっと振り返ると、太い格子の向こう側、異様なほど明るい笑顔のハージェス様が佇《たたず》んでいた。

気配を殺していたのだろう。気付かぬうちに間近にいたことに、背筋に冷たいものが走る。

「私達をどうする気？」

全身に怒気を漲《みなぎ》らせたエリシエル様が問いかけた。

「俺はプロシュベールの娘になど用はないさ。俺が欲しいのは……レオノーラ。貴女《あなた》だ」

「え……？」

私――？

イマイチ意味がわからなかったが、冗談ではないことは、ハージェス様の目を見ればわかった。

だけどそれならまだ、どうにか出来るかもしれない。

私が目的だというのなら。

「ハージェス様！　ならばエリシエル様は解放して下さいっ。私に用があるのなら、私だけでいいでしょうっ！」

ほんの一筋見えた光明に縋《すが》ろうと、ハージェス様に向かって声を張り上げた。

しかし、彼は少し口の端を動かしただけで、ほぼ表情を変えずに目線だけで背後を示した。

「申し訳ないがレオノーラ。俺には用がないが、俺の協力者……彼には、大事な用があるんですよ」

そう言ったハージェス様の後ろから、ひょろりとした細身の男が現れた。暗緑色《あんりょくしょく》のうねった髪をした、落ちくぼんだ目の不気味な男だ。貴族なのか、身なりは庶民のそれではなく、落ち着いた色合いの上品な衣装を身に着けていた。

陰りを帯びた顔に似合わぬ美麗な衣装が、よりその歪《いびつ》さを際立たせている。

「お前は……っ！」

その男を目にして、エリシエル様がはっとして叫んだ。

知っている人物なのか、その声には怒りが満ちている。

「ひひっ……エリシエル嬢……ご無沙汰《ぶさた》しておりますなぁ……私の顔を覚えておいでとは、恐悦至極《きょうえつしごく》に存じます……」

「デミカス！」

エリシエル様が口にした名前に私も驚いた。脱獄した貴族の囚人とは彼のことらしい。

ずっとヴォルク様達を捕縛《ほばく》のために駆け回らせ、プロシュベール公の身をつけ狙ったという、今回の騒動の主犯である人物。

「この人が……」

私の呟きに、エリシエル様が小さく頷く。

「アイツの名はデミカス＝リヒテンバルド。半年前にお父様が粛清《しゅくせい》した、元侯爵だった男よ。南王国ドルテアに資金を流し、我がイゼルマールの情報を売った——大罪人よっ！」

吐き捨てるように言った後、エリシエル様はぎっと彼を睨《にら》みつけた。しかしそれを意に介さぬ様子でけらけらと嗤《わら》ったデミカスが、格子に手をかけ彼女に向かって落ちくぼんだ不気味な目を向ける。

「大罪人とはこれはまた……結構な言い草ですなぁ！　私は生きやすいように生きただけのこと！あのような辺境の地に追いやられ、生き延びようとしただけのことだ！　元はと言えば、貴女《あなた》のお父上が全ての元凶なのだ！　長く続いた高貴なるリヒテンバルド家を、あろうことかあんな地に領地替えさせたのだからな……っ！」

言葉を重ねるたび、デミカスの声音が薄暗さを増していく。嫌悪、憎悪、妄執《もうしゅう》の全てを込めた呪詛《じゅそ》の如《ごと》き言葉と念が、彼のぎょろりとした瞳の奥からエリシエル様へと注がれている。

しかし領地替えという台詞《せりふ》を聞いて合点《がてん》がいった。普通、侯爵という地位ともなれば、王都近辺の領地を任されているのだ。なのにかつてヴォルク様が南王国との小競《こぜ》り合いを収めるために行ったデミカス侯爵の領地は、イゼルマールの国境付近——本来ならば、子爵や男爵クラスが固めるはずの辺境地だった。

それも、元々持っていた領地を取り上げられてしまったせいだったのだ。

貴族領地の統括、管理を統《す》べる、プロシュベール公の手によって。

あ、なんだかまずい予感。

そう思って、止めようとした時には——遅かった。

「エリシエル様、まっ……」

「はっ！　笑わせてくれるわね！　かつて王より賜《たまわ》った己《おの》が領地を、食い潰して荒れ地同然にしたのはアンタ達でしょう！　自業自得の癖に、責任転嫁してんじゃないわよっ！」

あー……言っちゃった。

エリシエル様なら、そう返すだろうなと思ったけれど、予想通り過ぎて、ちょっとだけ頭を抱えたくなった。

先ほどの話を聞くに、デミカスについては簡単にしか知らなかったけれど、想像以上にどうしようもない人格をしているらしい。

しかも「達」と複数系にしているということは、そのどうしようもない人格をした人が一族に多数いたのだろう。

でもエリシエル様！　今売り言葉に買い言葉をやっちゃうと、ちょっと面倒な展開になると思うんですが！

焦る私の隣で、言い切ったエリシエル様はふんっと思い切り満足そうな顔をして、力強い目でワカメ男のデミカスを睨《にら》み返していた。

エリシエル様格好いい……っ！　格好いいけど、結構マズイ……っ！

ってああ、やっぱりデミカスがぷるぷる震えてる……っ！

「……っの、小娘があっ！」

がしゃんっと鉄格子を殴りつけたデミカスが、憎々し気に吐き出した。そして気持ちの悪い笑みを浮かべたかと思えば、ハージェス様に向かって片手を差し出し尊大に告げた。

「鍵を出せ！　この馬鹿な小娘に、身の程というものを教えてくれる！　なに、生きてさえいれば利用価値はあるっ。せいぜい手加減はしてやるさっ」

……うん。やはり屑《くず》は屑《くず》なのだ。

態度と言葉の端々《はしばし》から、何を考えているのかが筒抜けている。こうなることが予想出来たから、エリシエル様が言い返すのを止めようとしたのだけど、その通りになってしまって、自分の不甲斐なさに嫌気が差した。

かくなる上は、どうすれば彼女を出来るだけ長く守れるか。

デミカスがどうする気なのか、ハージェス様は気付いているだろうに、無言のままどこからか鍵を取り出し手渡した。

その光景を見るのが酷く辛くて、彼の顔を見つめたけれど、眉尻を少し下げただけで、デミカスから鍵を取り返しはしてくれなかった。

デミカスが、がちゃがちゃと格子戸に鍵を差し込みながら、下卑《げび》た声で呟く。

「くくっ……！　大事な一人娘が穢《けが》されたと知れば、あの厚顔無恥なプロシュベール公は一体どんな顔をしますかな!?　この私を侮《あなど》った報いだ！　たとえドルテアへ亡命するとしても、あやつにひと泡吹かせてからでなければ気が収まらぬわっ！」

淀み切った言葉が終わると同時に、格子戸が冷たい音を鳴らして開く。

ぬうっと入ってきたがりがりのヒョロ高い男は、全身に暗く濁《にご》ったオーラを纏《まと》っていた。

「来いっ！　貴様は私直々に、その身に思い知らせてくれるっ！」

「痛《いた》っ……！」

「エリシエル様っ！」

デミカスが、エリシエル様の腕を掴み引きずるように連れ出そうとするのを見て、咄嗟《とっさ》に身体が動いた。あんな狂気に満ちた男に、彼女を連れていかせるわけにはいかない。

「エリシエル様を離しなさいっ！」

声を張り上げたと同時に、デミカスの腕へと思い切り掴みかかり、エリシエル様から引き剥《は》がそうと引っ張った。

けれど、こんなのでも一応男なのだろう。全力で力を込めているのに、簡単には離れてくれない。

「……っこのっ！　邪魔をっ、するなっ！」

怒りを露《あら》わにしたデミカスが、拳を振り下ろしてくるのが見えた。反動で地面に尻もちをついていた私は、その場から逃れることが出来ず、辛うじて身を捩ってまともに当たるのを回避した。

「……っ」

左頬に、ぴりっとした痛みが走る。デミカスの拳が掠《かす》めたらしい。指輪か何か嵌《は》めていたのか、小さく肌が切れているのを感じた。

「レオノーラ！」

エリシエル様が、焦った声を出す。それに、大丈夫ですと頷いた。

このくらいはなんでもなかった。目の前でむざむざと彼女を連れていかれるくらいなら、少しくらい怪我をしても構わない。助けが来るまでは、何がなんでもやり過ごさなければ。

「騎士の女風情《ふぜい》がっ！」

デミカスが、私に向かって吐き捨てた。けれど次の瞬間、小さく高い声を上げ、ぎょろりとした目を見開く。

――彼の細い首元に、銀色の刃《やいば》が添えられていた。

ハージェス様……？

突然起こった状況に、頭がついていかず戸惑う。

けれど怒りに満ちたデミカスの声で、その場の空気が動き出した。

「なっ何をするハージェスっ!!　貴様血迷ったか!?　剣を収めろ！」

身動きが取れないのだろう、首元の剣に怯《おび》えながら、デミカスが裏返った声を出した。

そんな彼を、ハージェス様は後ろから冷たい瞳で見下ろしている。

「……黙れ。俺がお前に協力したのは彼女を手にするためだ。それが叶った今、もう用はない。殺されたくなければ、その女を連れてさっさと出ていけ」

鋭利な刃《やいば》を突き付けたまま、ハージェス様が厳しい声で言い放つ。そこには誰も異を唱えられぬほどの、激しい殺意が込められていた。

「……く、くそっ！」

ハージェス様に気圧《けお》されたのか、デミカスが悔しそうに吐き捨てて、再びエリシエル様を引きずるように連れ去っていく。

どうしよう。どうすればいい？　ヴォルク様なら、こんな時どうするの？

「っく……！」

「エ、エリシエル様っ！」

連れていかれようとする彼女へ手を伸ばそうと咄嗟《とっさ》に駆け出したけれど、私の身体はハージェス様によって抱きとめられ、エリシエル様に手が届くことはなかった。

「レオノーラっ！」

必死に叫ぶエリシエル様の声が、暗い石の地面へと吸い込まれていった。

「ハージェス様、どうして……」

なぜ、こんなことを。

夫の友人であるはずの人に、震える声で問いかけた。

なぜ、裏切ったのか。なぜ、ヴォルク様を裏切ったのか。あんなにも、微笑ましいほど仲がいい友人だったはずなのに。

どうして――

瞳にぐっと力を入れて、暗い中ひと際目立つ赤い髪のその人を見上げた。

焦《こ》げ茶色の瞳が、僅《わず》かな光を吸い込み輝いている。

「貴女《あなた》を……愛してしまったからですよ。レオノーラ」

ぎゅっと正面から抱き込まれ、私の首筋へ顔を埋めたハージェス様に耳元でそう囁《ささや》かれた。掠《かす》れた声の中には、いつもの軽い空気など、微塵《みじん》も含まれていない。

「え……」

「俺は、これまでずっと……代わりのいる存在として生かされてきました」

驚きで言葉に窮《きゅう》している私を抱いたまま、ハージェス様が耳孔《じこう》に吹き込む。いつかユリウス様から聞かされた彼の話を思い出しながら、その言葉の意味を考える。

ハージェス様は以前にも、自分には代わりがいるのだと言っていた。

私とヴォルク様のことを羨《うらや》ましいと言った、あの時も。

「……トレント家当主の話を、貴女《あなた》も耳にしたことがあるでしょう……？　奴には俺の他にも別腹で多くの子がいて、後継など掃いて捨てるほどいるんです。それこそ『選抜』と称した殺し合いで、最も優れた者を選ぶというとんでもない遊びを思いつくほどに」

ユリウス様から聞かされる前にも、トレント家についての話は耳にしたことがある。

けれどあの時ユリウス様が濁《にご》した『選抜』の真相を明かされて、驚愕《きょうがく》と嫌悪で指が震えた。

貴族階級の者が起こした不祥事に、血腥《ちなまぐさ》いものは多くある。けれど実際にその渦中《かちゅう》にいる人間がこんなに近くにいたとは、かつての私には想像も出来なかったことだろう。

「殺さなければ、殺される……その体験を、俺は六つの時に経験しました。逃げようとしたこともありましたが、あの頃は母親が捕らわれていたから、出来なかった。けれど俺はその歳で勝ち残ってしまって……そうして現在の、ハージェス＝トレントという人間になりました。トレント家はずっと欲していたんです。レグナガルド家の長子に匹敵する、士隊の上層部に食い込める力を持った人間を。だから俺が残りました。武芸だけは、他の誰よりも秀《ひい》でていたからです。母が死ぬまで、俺はトレント当主の言いなりの人形みたいな存在でした。人脈も、友も、奴の指示から繋《つな》げたものばかりで、話し方も顔の作り方も、何もかも自分自身のものではない。全ては命令によって与えられた、作られたものなんです」

私の身体を強く抱き締めたまま、ハージェス様の独白は静かに空間の中へ響いていく。

——身動きが、取れなかった。

「諦めてはいたんです。自分の人生など、こんなものだろうと。それでも、無理強《むりじ》いされた道の中でも、ヴォルクという気の良い友人に恵まれて、なんとか生きていこうと思っていました。アイツは俺の背景に気が付きながら、穿《うが》った目で見ず、ただ友として接してくれた。トレント家をどうにかしたいのなら、手を貸すとまで言ってくれました……だけど」

何かを振り切るような素振りの後、ハージェス様がぎゅっと腕に力を込めて、痛いほどの強さで私の身体を抱き込んだ。

「その前に俺は、貴女《あなた》に出会ってしまった」

首筋にまるで縋《すが》りつくように鼻先を付けられ、唇が這《は》わされた。正面から拘束《こうそく》されている状態では、ハージェス様の強い力に抗《あらが》えず、顔を背《そむ》けるのが精一杯だった。

だけどそんな私の抵抗を、彼は何とも思っていない様子で吐息と共に言葉を紡《つむ》ぐ。

「俺のこの髪を、綺麗だと言ってくれたのは、貴女《あなた》が初めてだったんです。……レオノーラ。代わりなどいないと言ってくれたのも」

「でもっ！　ヴォルク様だって……っ！」

「そうですね。アイツもそう思ってくれているんでしょう。だけど、俺とヴォルクとでは持っているものが違う。アイツは全て……ただ一人の後継者であるという事実も、俺が愛想笑いでしか得られない信頼も、アイツは何をするでもなく自然に、ありのままの自分で手に入れる」

私の言葉に、ハージェス様が自嘲《じちょう》気味に笑って答える。今の彼が本当の彼だと言うのなら、彼が愛想笑いと称する普段のあの明るさは、辛い境遇を隠すための仮面だったのかもしれない。

かつての私と、同様に。

「嫉妬《しっと》、なのかもしれません。全て持っているアイツに対しての。だけどレオノーラ。貴女《あなた》だけは違う。俺は生まれて初めて、諦めることの出来ない感情を貴女《あなた》に持ったんです」

「私は……っ！　私はヴォルク様の妻ですっ！」

「わかっています。そうでなければ俺は……これほど苦しいと思わなかった。貴女《あなた》がアイツの妻でさえなければ、俺は皆と同じように貴女《あなた》に求婚していたことでしょう……っ。たとえ断られていたとしても、ヴォルクの、アイツのものにさえならなければ、こうして貴女《あなた》に気付くこともなく、この渇望《かつぼう》を抱えることもなく、俺はアイツの友としての人生を歩めた……っ。なのにっ、なのに貴女《あなた》が気付かせたんだ！　自分を理解してくれるただ一人の女性を、俺がどんなに欲していたのかをっ！　俺は……っ知りたくなかったのに……っ！」

血を吐くような、責めるような、謝罪のような告白が、空間にばら撒《ま》かれるみたいに散らばっていく。

正面から抱き締められているので、私には彼の肩しか見えていない。けれど耳元で叫ばれた声音で、ハージェス様が泣いているのだと気が付いた。

「デミカスが脱獄した後、俺はトレント家がよく使う下町の情報屋のもとに向かいました。貴族の裏事業に精通している、汚い連中です。そこで俺は奴を見つけ出し、捕らえることなく今回の計画を提案した。奴の復讐心を利用して、貴女《あなた》を手にするために。最初は、デミカスにプロシュベールを狙わせ、その隙に屋敷から貴女《あなた》を奪う算段でした。そのまま南国ドルテアにでも亡命して、奴が追って来られない辺境の地まで貴女《あなた》を連れて逃げようと。しかし決行するはずの日、エリシエル嬢が貴女《あなた》を茶会に呼んだことで計画が狂ってしまった……デミカスの復讐も、プロシュベール公も、どうでもよかったのに。貴女《あなた》さえ手に入るのなら、俺は……っ！」

ハージェス様が、拘束《こうそく》していた腕を緩《ゆる》め私の顔を見下ろした。大きな手が抵抗する暇もない速さで私の両腕を掴み、真正面に向かい合う形で身体ごと固定する。彼の赤い毛先が私の視界に映り、歪《ゆが》んだ眉の下には、痛みと苦しみを湛《たた》えた焦《こ》げ茶の瞳が、歪《いびつ》な光を放っていた。

「レオノーラ……っ」

「……っ！」

さっと顎《あご》を掬《すく》い取られて、顔を引き寄せ口付けられた。

合わさったハージェス様の唇は震えていて、冷たさを帯びている。

知らない感触と温度と匂いに、この人ではないと本能が叫びを上げた。銀色の髪をした、優しく蒼《あお》い眼をした愛しい人から受けるものとはまるで違う口付けに、心の底から嫌だという思いが湧き上がる。

「嫌ぁっ……！」

敵《かな》わないとわかっていても、がむしゃらに暴れて、触れる唇を撥《は》ねのけた。しかしすぐに、私の身体は壁際へ押しやられ、押さえつけられる形で拘束《こうそく》される。向かい合っていることで、彼の顔がよく見えるようになり、その瞳の奥の光を目にして、逃げられないかもしれないと頭に浮かんだ。

かつてはあんなにも明るく輝いていた彼の瞳は、今は夜の闇ですら霞《かす》むほど、昏《くら》い色に染まっていた。

「や、やめて下さい……っ！　ハージェス様っ！　違いますっ！　私は……っ」

「違わない。俺が唯一欲しいと思ったのは、貴女《あなた》だ。惰性《だせい》で生き続けた俺に、欲する心を与えてくれたのは……貴女《あなた》なんだ。レオノーラ」

私の顔の横にある石壁にひたりと片手を付けて、息が触れる距離でハージェス様が告げる。

熱で浮かされたように揺れる瞳が、これ以上ないほど恐かった。

……違う。こんな求め方は、間違っている。

私は、恐怖と驚愕《きょうがく》に背筋を震わせながら、無我夢中で彼の腕から逃げ出そうともがいた。

「嫌っ！」

「……っ」

振り上げた指先がハージェス様の頬に当たったのか、彼から小さな声が漏《も》れ聞こえた。彼の腕が口元を押さえた瞬間、私はその隙間からすかさず抜け出し、ハージェス様と距離を取った。

「どうして……俺から逃げるんですか」

微かに血の匂いを纏《まと》ったハージェス様が、口元を乱暴に拭《ぬぐ》って言う。

弾みで皮膚が切れてしまったのだろう。

滴《したた》るような仄《ほの》暗さを含んだ声に指先が震えた。

「俺なら、貴女《あなた》を蔑《ないがし》ろにしたりしない。アイツ以上に幸せにすると約束する。貴女《あなた》が俺のことを見てくれるのなら……だから」

ハージェス様が、暗い水面のようにゆらりと動き、私の方へ近付く。

咄嗟《とっさ》に後退《あとずさ》るも、元々そんなに広い場所ではないせいか、すぐに壁に当たってしまった。

逃げ場がない。逃げられない。その事実が、心を蝕《むしば》んでいく。

「私が……っ私が好きなのはヴォルク様です！　それは誰にも変えられないっ！」

代わりがいないと言った私の言葉の意味を、彼が理解してくれているのなら、どうか伝わってほしい。

今の私には、ヴォルク様という想う人がいる。誰も代わりは出来ないし、したいとも思わない。

あの頃のお父様の気持ちが、ほんの少しだけわかるようになったのも、全てはこの想いを抱いたからだ。

「聞きたくない……っ！　貴女《あなた》の口から、アイツの名など！　どうして奴だけそんなにも多くのものを手に出来る！　俺と何が違うっ!?　生まれが違うだけなのに、どうして……っ」

うわ言を繰り返すように、焦点の定まらない目でハージェス様が叫ぶ。

これまでずっと抱いていたのだろう鬱屈《うっくつ》した思いが、その瞳の中で渦《うず》巻いている気がした。

「貴女《あなた》が欲しい……っ。レオノーラ！　アイツではなく、俺をっ！　俺を愛してほしいんだ……っ！」

伸びた手が、私の肩を掴んで引き寄せる。蒼穹《そうきゅう》の騎士隊服が間近に迫り、そのまま きつく抱き締められた。

強すぎる力に胸が圧迫されて、息苦しさに小さく喘《あえ》ぐ。

痛みすら感じる抱擁に、身体の骨が軋《きし》んだ気がした。

「っ……！」

ヴォルク様も大概……っ。力強いなって思ってたけど……っ。

たぶんあれって、やっぱり手加減してくれてたんだろうな……っ。

相手のことを考えていない苦しいだけのハージェス様の腕に、真綿を包むように優しく掻き抱いてくれた彼を想う。

「やめっ……って！」

激情だけの腕が痛くて、逃げ出そうとひたすら抗《あらが》った。けれど私の力など、ハージェス様にとっては何の妨《さまた》げにもならないのだろう。あっさり両腕を取られて押し倒される。

硬い地面にぶつかったせいで、背中が痛みを訴えた。

私を見下ろすハージェス様の瞳には、暗い衝動だけが映っている。そこには優しさの欠片《かけら》もなくて、その仄《ほの》暗い光に背筋にヒヤリとした恐怖が走った。

「ハージェス様っ……！　やめっ……」

叫んだ声を掌《てのひら》で止められて、私は赤い髪が迫る光景に目を見開く。

押し倒されているから逃げ場はない。下りてくるハージェス様の顔が、私の胸元へと近付いて、肌に直接唇が触れた。

びくり、と戦慄《せんりつ》にも似た震えが走る。

同じようなことを、ヴォルク様にもされたことがある。だけどこれは、全く似て非なるものだと、心の奥が叫びを上げた。

ハージェス様の想いは、あくまでも独りよがりで、私への想いなど欠片《かけら》も感じられなかった。

あるのは、執拗《しつよう》なほどの執着心と、愛してほしいという渇望《かつぼう》だけ。

「ヴォルクは……何度、貴女《あなた》を抱いた……？」

混乱する私を無視し、ハージェス様が耳元で湿った声を響かせた。その這《は》うような声が一層恐怖を駆り立てて、私は無我夢中で手足をバタつかせ抵抗をした。なのに、抵抗空《むな》しく押さえ込まれた腕はビクともせず、何もなかったかの如《ごと》く縫い止められる。

力の差！　あり過ぎ！　どうしろと……っ
「貴女《あなた》はか弱い……そして美しく、清らかだ。その容姿も、心も……」

ハージェス様の焦《こ》げ茶の瞳が、嫉妬《しっと》と狂気に染まっている。そしてそこに映る私の姿は、自分でも驚くほど恐怖に歪《ゆが》んだ顔をしていた。

「や、やめ……っ！」

私とヴォルク様は勘違いから始まった。けれど想いを告げられた時、溢れ出たのは愛しさだった。ヴォルク様を、これから愛していこうと、愛していけると信じられた。

ヴォルク様の性格的に、私が傷ものになったからといって見放されたりはしないだろう。しかも相手は彼の友人。見捨てられなくなると言ったほうが正しいかもしれない。そしてあの人は確実に、私よりも酷く深く傷つく。

私を守れなかったことを。そしてそれが、自分の友がした行いだということを悔やみ嘆いて。

可愛くて愛しいあの人に、そんな思いはさせたくない。

敵《かな》わないことは重々承知の上で、それでも私は抵抗をやめなかった。

とにかく暴れた。足も腕もがむしゃらに力を込めて、首ももげそうなくらいにぶんぶん振った。

そうやって拒絶を続ける私に焦れたのか、ハージェス様が怒りに満ちた声で叫んだ。

「どうして、俺じゃ駄目なんだ！　貴女《あなた》は初め、アイツを好きではなかったはずだ！　そうだろう⁉」

言われた内容に驚いて、抵抗も忘れて目を見張る。

「見ていたからわかる！　アイツを見送る時の貴女《あなた》の顔には、作られた表情しかなかった！　俺と同じように！　だけどある時を境《さかい》に、それが変わったことに気が付いて、俺は愕然《がくぜん》としたんだ！」

ピイイィッと、空気を切り裂く音がして、それが破かれたドレスの生地の悲鳴だと知ったその時には、肌が既に暴《あば》かれていた。

冷たい外気にぶるりと身体が震え、恐怖も相まりさらに焦る。

まずい！　本当に！　どうすれば……っ

なんとか切り抜けられないかと考えを巡らせてみるけれど、相手は鍛《きた》えられた騎士なのだ。私なんぞの抵抗など、敵《かな》うはずもない。

だとしても、諦めるわけにはいかなかった。

なぜか私を好きだと告げた時のヴォルク様の赤く染まった顔が思い浮かんで、私を勇気付けた。

「ハージェス様！　貴方《あなた》の境遇に、同情はします！　けれど共感は、しません！」

「レオノーラ……？」

「人の心を、意思を無視して、己《おの》が想いだけを貫《つらぬ》こうなど、それこそ貴方《あなた》が忌《い》み嫌うお父上そのものではないですかっ!!」

もしかしたらハージェス様は、私に自分と似た部分を見つけたのかもしれない。だから気になって、そしてあの言葉がきっかけで、ここまで暴走するに至った。もちろんそこには日頃から抱いていたヴォルク様への複雑な思いもあったのだろう。

だけど、今彼がやっている行為は、彼自身が忌《い》み嫌っているトレント家の当主そのものだと私は思う。

人は、誰しも望んだ境遇を手に生まれてくるわけではない。幸も不幸も、最初から差があるのが現実だ。

けれど状況は変化する。必ず。生きてさえいれば、いつかどこかで。

愛するただ一人の人を手にする人もいれば、その人を失い狂気へ落ちる人もいる。

不慮の事故で足を失う大人もいれば、高熱で道端に倒れる子供もいる。

それぞれ与えられた中で足掻《あが》きながら生きている。それを否定したところで、現状が変わるわけではない。

欲しいものがあるのなら、それだけ心をかけなければ、手に出来ない。

私の言葉に、一時動きを止めたハージェス様は苦しみに顔を歪《ゆが》め、子供がするように頭を振った。

「違うっ！　俺は父とは……あんな奴とはっ！」

「人には、たとえ理不尽でも最初から与えられたものがあります。その量が多ければ多いほど、重圧になるけれど、少なければ少ないほど、生きる枷《かせ》になることもある！　けれどそれは皆同じなんです！　与えられた境遇を生き抜くことしか出来ない。それは私も貴方《あなた》も同じです！　皆、与えられたものの中で一つ一つを、自分の力で心で補い生きている！　それは誰しも変わらないんです！」

ヴォルク様だって、苦悩している。

レグナガルド家のただ一人の嫡子であるという境遇に。先代のお父上が騎士将軍であった重圧に。代わりのいないただ一人であるということは、逃げ道がないということでもある。それを教えてくれたのは他ならないハージェス様ではないか。

確かに、彼の壮絶な半生を聞いた今では、彼を気の毒だと思う。言葉などではたとえようがない凄惨《せいさん》な経験をしてきたのだろうと、理解は出来る。

だけど、今彼がしているのは、人を傷つける行為に他ならない。自分が傷ついたからといって、酷い目に遭ったからといって、同じことを誰かにしていい理由にはならない。

それはただ『堕ちる』だけだ。

変えたいと望むなら、光ある場所で生きたいと願うなら、たとえ苦しみにまみれても乗り越えなければいけないものがあると思う。辿り着く先は、きっと悪いところではないはずだ。

ハージェス様とトレント家の今の状況が、どういうものなのかは正直私にはわからない。だけど彼はヴォルク様から「手を貸す」と言われたのだと零《こぼ》していた。選択が出来るはずだった。友人である人の手を取れば。

そうしなかったのは、彼自身だ。

「俺は……っ。俺はっ……違う、違うんだ……っ」

ハージェス様が我を忘れたかのように繰り返し叫んで、そのまま私のドレスを乱暴に捲《めく》り上げた。足を無理矢理開かされ、下腹部を覆《おお》う布地に手をかけられる。

この先の展開を予想して、胸が張り裂けそうな思いがした。

「いっ――」

嫌だ。ヴォルク様でなければ嫌だ。

無表情で不器用で、言葉少なで可愛らしい、そんなあの人でなければ嫌だ……！

――そう強く思った時、左腕のある部分が熱く熱を発した。

「つ――!?」

白い閃光《せんこう》が、空間の全てを覆《おお》い尽くしていく。

咄嗟《とっさ》に下ろした瞼《まぶた》越しさえ差し込む光が、ハージェス様の力を緩《ゆる》ませ、拘束《こうそく》されていた手首がふっと解放された。そして。

「つが!?」

気が付けば、今まで私の上に伸《の》しかかっていたハージェス様の身体が、壁際まで見事に吹っ飛ばされていた。

「レオノーラっ！」

心に描いていたその人の、愛しくて可愛い旦那様の声が、光の中で響き渡る。

「ヴォルク様！」

咄嗟《とっさ》に名を呼び確かめた。来てくれた、そう思うと安堵と嬉しさで心が跳ねた。

「ヴォルクっ!!」

ハージェス様が、怒号にも似た声でヴォルク様の名を呼んだ。そこにはいつかの朝聞いた優しい気配は欠片《かけら》もなくて、もう二人は戻れないのだと思い知らされた。

「ハージェス！　貴様っ!!」

ヴォルク様が手にしていた剣を構えて、素早くその場から飛びのく。

すると、彼が先ほどまでいた場所に一筋の銀光が走り、キインと固い音が響いた。

「ハージェス！　なぜだっ！」

ヴォルク様が、ハージェス様からの剣撃を受けながら彼に向かって問いかける。

ギィン、という刃《やいば》と刃《やいば》が擦《こす》れ合う音が何度も響き、暗い地下牢の中、小さな火花をまき散らす。

「――っお前に、何がわかるっ‼」

赤い髪をした騎士の悲鳴にも近い慟哭《どうこく》が、空気を震わせた。

「ただ一人の後継として育てられたお前に――っ。彼女を、レオノーラを得ているお前に――っ何がっ！」

「それでも俺は！　お前を友として……！」

「だろうなっ。俺がいるのに、彼女を置いていったお前だっ。俺がデミカスと手を組んでいたことをお前は知っていたはずだろう！」

繰り返される剣の応酬の中、ヴォルク様とハージェス様が互いに叫び合う。

切り合いはすんでのところで躱《かわ》されているけれど、どちらかがミスをすれば、致命傷になるだろうことは私にもわかった。

怒号に近い言い合いなのにどこか悲しさを含んでいるのは、互いに友として過ごした時間が長かったせいだろう。

「ああ、知ってた、知ってたさっ……だけどお前は、戻ると思っていたんだ、俺はっ！」

「はっ……お前は甘いんだよ――ヴォルクっ！」

「――ハージェスっ！」

刃《やいば》が互いの目の前で交差して、明るい火花が二人の横顔を照らした。

刃《やいば》と刃《やいば》が、銀と赤の中心で煌《きら》めいている。その状況で、ハージェス様がヴォルク様を見据えたまま、にやりと笑ったのが見えた。

「ああ……お前に教えてやるよ。ヴォルク。……彼女が俺の前でどんな乱れ方をしたのかを」

「な――」

「なぁ、彼女はお前の名前を呼んでいたぞ。俺に身を暴《あば》かれながらも、ずっと」

ヴォルク様の視線が、一瞬私の方へと向けられる。澄《す》んだ色の中に、引き裂かれたドレスの胸元が映った気がした。

……違う！　と、咄嗟《とっさ》に否定しようとしたその瞬間――

ギャインッッッ!!　と響き渡った一際大きな音が、ハージェス様の剣の刀身を、中心から横に真っ二つに『切って』いた。

激しい怒りに染められたヴォルク様の表情とは対照的に、騎士にとっては命ともたとえられる剣を切られたハージェス様の顔は……笑っていた。

「――お前でも、そんな顔をするんだな、ヴォルク」

「ハー……ジェス……？」

切られて半分になった剣を手に、ハージェス様が力なく笑顔を零《こぼ》す。かつて見た太陽のような明るさは、灯《ともしび》を消したみたいに掻き消えていた。

「憎悪に染まった、友の顔が見たいなど――」

諦めにも似た笑みを零《こぼ》すハージェス様の前で、ヴォルク様は蒼《あお》い瞳を驚愕《きょうがく》の形に見開いている。

その隙をついたハージェス様が、折れた剣の切っ先を、素早い動きで自《みずか》らの蒼《あお》い騎士隊服の胸元へと突き付けた。

「駄目ぇ——っ！」

私の叫んだ声が先だったのか、地下牢に他の騎士達が乗り込んでくるのが先だったのか、それはわからない。

ただ、かつて蒼《あお》の士隊で副隊長を務めていたハージェス＝トレントという赤い髪をした騎士が、両腕に鎖を巻かれ連れていかれるのを——私はヴォルク様に寄り添い見つめていた。

連行される寸前に、ハージェス様が零《こぼ》した言葉。

「……お前は清廉潔白《せいれんけっぱく》過ぎるんだよ、ヴォルク。だから余計、傍にいる者の穢《けが》れが浮き彫りになる。俺はそれが嫌で、そしてどうしようもなく……憧れていた」

晴れ晴れとした顔でそう告げたハージェス様は、かつて私達の前でよく見せてくれていたように笑っていた。

ヴォルク様は、銀色の髪を幾筋も額《ひたい》に垂らし、疲れた顔でその場に膝をつき項垂《うなだ》れていた。

片腕で、私の身を抱きながら。

——多くの騎士に取り囲まれる中、その二人を見つけた私は思わず感嘆の声を漏《も》らした。

白金《しろかね》の髪をした青年が、自分よりも濃い金髪の女性を横抱きに——お姫様抱っこの状態で、それはそれは大事そうに抱えている。

「エリシエル様！」

声をかけると、二人が弾かれたようにこちらを振り向いた。

よかった……っ！　エリシエル様笑ってる……っ！

無事だったことが嬉しくて、自然と私の顔も綻《ほころ》んでいく。

先ほどまでの悲しさがほんのちょっとだけ和《やわ》らいで、私は傍らのヴォルク様の騎士服を握りしめた。

彼もそれに応《こた》えてくれて、私を抱く片腕にぎゅっと力を込める。

「レオノーラ！　ヴォルク！」

エリシエル様が嬉しそうに声を上げ、彼女を抱えたユリウス様が、やや照れた様子でこちらへ歩いて来た。

ユリウス様の白い貴族服は、少し土に汚れている。

無事でよかったと互いに喜びながら、私はユリウス様に抱きかかえられたままのエリシエル様の耳元へと口を寄せた。

そして「私が言った通りだったでしょう？」と呟くと、エリシエル様はその美しい湖色《みずうみいろ》の瞳を輝かせながら「そうね」と綺麗に笑ってみせる。彼女を抱くユリウス様も、嬉しそうにはにかんでいた。

その後は諸々の事後処理を終えるため、私はヴォルク様と一旦離れることになった。

ヴォルク様は申し訳なさそうにしていたけど、私は大した怪我をしているわけでもなかったので、そこは笑顔で送り出した。あえて言うなら、今ついていてあげなければいけないのはヴォルク様の方な気がするのだけど、士隊の仕事の邪魔をするわけにもいかないので遠目で見守っている。

すると、いつの間にかお姫様抱っこから下りたエリシエル様が、私の傍にやって来ていた。

「ほんと、貴女《あなた》を置いていくことになった時には、どうしたもんかと思ったわ」

「いや、それは私の台詞《せりふ》ですよ？　だってエリシエル様の方が連れていかれたんですし……」

「あーそれなら大丈夫、アタシ、コレがあったから。デミカス程度のひょろいおっさんなら、一人で十分伸《の》せるわよ」

「の、のせ……？」

言われたことの不穏さに疑問符を抱いていると、エリシエル様がおもむろに、着ているドレスの腰リボンを引き抜き地面へ落とした。

「え？」

行動の意味がわからなくて驚く私に、なぜかにやりと笑ったエリシエル様が、ユリウス様から水を受け取りそれを私に手渡した。そして顎《あご》で地面に落ちたリボンを示す。

「水、かけてみて」

言われた通りにばしゃんと水をかけてみる。すると、みるみる内に、先ほどまで柔らかなドレスリボンにしか見えなかったそれが、ビシリと凍り付いていった。

「これは……？」

「暗殺短刀《アサシンナイフ》よ。かつて魔女がいた時代に作られた、我が家の家宝で護身刀」

にっこりと美しい微笑を浮かべた美女が、金の髪を揺らしながらそう言う。
エ、エリシエル様……っ。
エリシエル様曰《いわ》く、私と離された後の別室で、デミカスは「殺す前に、お前の女としての尊厳も殺してやろう」と、彼女の貞操を奪おうと企《くわだ》てたらしい。おのれ許すまじワカメ頭！

しかし、服を脱がされたエリシエル様は、奴に気付かれないようにドレスの腰リボンを抜き取って、部屋の隅《すみ》に溜まっていた濁《にご》った雨水をそれにぶっかけたそうな。

「あの部屋に水が一滴もなかったら、流石《さすが》にまずかったでしょうけどね」

でもその時は、このイヤリングが閃光《せんこう》弾になったから、とエリシエル様が美しい湖色《みずうみいろ》の目を細め、愉快そうに笑う。

「私なんて正真正銘、丸腰でしたよっ⁉」

意外過ぎる内容に、本気で驚いて突っ込むと、エリシエル様は再びニヤリと笑って頬に手を添え、さながらどこかの悪役令嬢が如《ごと》く「おーほっほっほ！」と高笑いを上げた。そして「貴女《あなた》も騎士の妻なんだから、このくらい持っとくべきよ♪」と言葉を続けた。

ラスボス、実はここにいたんじゃ……と少しの怯《おび》えを感じつつ、私は「か、考えておきます……」とか細く答えたのだった。

事情を聞かれたりなどの事後処理が終わり、ヴォルク様と一緒にようやくレグナガルド邸へと帰った頃には、夜もすっかり更けていた。

玄関前で待ち構えていてくれていたエレニー達使用人一同に出迎えられ、私はやっと我が家で息を吐いていた。

「本当に……っ！　レオノーラ様が攫《さら》われたと聞いて、もうどうしたものかと……っ！　旦那様がきっと助けて下さると、信じておりました……っ！」

そう言いながら、新人メイドのセリアが涙ながらに喜びを露《あら》わにしてくれる。

うん、心配させちゃって本当に悪いことした。ごめんね。セリアも、他のみんなも。

料理人のコラッドやデュバル、ロットも、アルフォンスも、皆が皆、よかったよかったと何度も繰り返し、私の無事の帰りを喜んでくれている。エレニーも、「ご無事でよかったです」と声をかけてくれた。

「でもどうして、ヴォルク様は私達の居場所がわかったんですか？」

皆に囲まれながら、すぐ傍に立つヴォルク様へと問いかけると、ふっと微笑んで視線をエレニー達へと向けた。

え、もしかして。

一瞬浮かんだ考えを、いやいや、まさか、と打ち消したけれど、ヴォルク様の表情と、周りの皆の表情とを見比べて……再び思い直した。

うん、エレニーだものね。

納得しつつ彼女のキツ目の目を見つめると、ヴォルク様と同じようにふっと柔らかく微笑まれた。

胸の中に、申し訳なさと、感謝の両方が広がる。

「……時には、私どものような者の方が早く、情報を手に入れることが出来るのですよ」

そう語った彼女の顔には、まるで母みたいに、優しく包み込む温かさがある気がした。

聞けば、エリシエル様と私が攫《さら》われたとの情報を聞いたエレニー達は、すぐさま街へと繰り出し情報収集を開始してくれたらしい。しかも、レグナガルド家の使用人全てを総動員して。

彼らは自分の行きつけの酒場や、付き合いのある商家などを当たり、浮き上がってきた情報を照らし合わせたそうだ。そしてその中で最も有力だったのが、料理人コラッドが耳にした噂《うわさ》話だったのだとか。

なんでも、料理人のコラッドの飲み友達の幼馴染《おさななじ》みの隣に住んでる奥さんの妹が、ワカメ頭のヒョロイおじさんが誰もいない屋敷に入って行くのを見たとの情報……よく正確に伝わったもんだが、それをヴォルク様に伝えてくれたと。

……うん。本当によくちゃんと伝わったたね。

人の噂《うわさ》とは恐いものだとしみじみ実感しつつ、今回に限っては話好きな人達に心底感謝の思いを抱いた。

何より、私をヴォルク様の妻として認め、労を厭《いと》わず助けようとしてくれた彼らに対して。

アルフォンスやセリア達に礼を述べてからエレニーと自室へ入った私は、ボロボロになっていたドレスを脱ぎ、湯浴みした後寝衣に着替えていた。そして忘れていた疑問を思い出し、エレニーへと振り向く。

聞いていいものか。いや、聞くべき？

どっちにしても気になって仕方ないので、ごちゃごちゃ考えるのはやめて、手っ取り早く口にする。

「あの、エレニー？」

「なんでしょう？」

「貴女《あなた》がくれたこの腕輪……その、私が危なかった時、突然光ってしかもハージェス様をすごい勢いで吹っ飛ばしたんだけど……」

未《いま》だ腕に着けたままの腕輪を差しつつそう問うと、エレニーは目をすうっと細めて綺麗な唇で弧を描いた。

「ああ。こちらの腕輪はですね。『守護《しゅご》の宝腕《ほうわん》』と申しまして、かつて東王国エルファトラムに存在した魔女の一族が作り出したものだと言われているんですよ」

「へ……？」

静かに語られた真実に、思わず目が点になる。

東王国の魔女の遺物と言えば、国同士が奪い合うほどの代物だ。最近のものでは、流行《はや》り病《やまい》だった『暁《あかつき》の炎《ほのお》』を起こしたとされる『暁《あかつき》の魔女』が身に着けていたという指輪がそうだろう。けれどそれは未《いま》だ発見されておらず、各王国で報奨金がかけられている。これもその部類になるのなら、確かに光って人を吹っ飛ばすくらいのことをしてもおかしくないかもしれない。

ついでに言えば、エリシエル様が見せてくれたドレスリボンの暗殺刀とイヤリングもそうだ。でもまあプロシュベール家ほどの大家なら、秘密裏に手にしていても不思議じゃないから驚かなかったのだけど。

そんな大層なものだとは露知《つゆし》らず、今まで身に着けていたのか私は。

驚愕《きょうがく》の事実に呆気に取られていると、極上の笑みを浮かべたエレニーが、まるで古《いにしえ》の魔女のように妖艶《ようえん》な仕草で頷いた。

「お役に立ててよかったですわ」

紫紺《しこん》の彼女の瞳に、一瞬明け方の空の色が覗いて、私はその美しさに束《つか》の間《ま》目を奪われる。

艶《あで》やかで美しい微笑みを前に、私は彼女がなぜこれを持っていたのか聞くのをやめた。

たとえどんな事情があっても、エレニーは、エレニーなんだろう。ハージェス様が、ハージェス様であったように。

そう、納得した。


ハージェス様の手によって裂かれたドレスは修復不可能だったため、勿体《もったい》ないと愚痴《ぐち》る私を無視したエレニーに処分されることになった。しかし、それでよかったのかもしれないと、目の前で痛ましげに歪《ゆが》む蒼《あお》い目を見て思う。

「――もう、痛みはないか」

寝室へ入った私に駆け寄ったヴォルク様は、まるで壊れ物を扱うかのように私の手を取り指先にそっと口付けた。

「大丈夫ですよ。元々結構丈夫なんです、私」

心配そうな視線をどうにか和《やわ》らげてあげたくて、努めて明るい声で告げると、ふっと彼の眉尻が下がり、蒼《あお》い目が細められる。固く引き結ばれた口の端が、少しだけ緩《ゆる》んだ気がした。

……自分の方が傷ついているはずなのに、私を心配してくれている。

それが嬉しくて、同時にとても切ない気持ちになった。

かけがえのない友を失った痛みは、私の頬の傷などとは比べ物にならないだろう。

ヴォルク様とハージェス様は傍《はた》から見ても仲の良い友人――親友とも言える間柄《あいだがら》だった。私と二人でいる時とは違う、彼の前でだけ見せる気安さからもそれが窺《うかが》えた。

唯一の存在であり背負うものが多過ぎたヴォルク様と、唯一であることを欲していたハージェス様。相反する二人だからこそ、心底では人としての根幹的な部分で、お互いを認め合っていたのだろう。

ヴォルク様がなくしたものの大きさに、かける言葉が見つからなくて逡巡《しゅんじゅん》していると、取られていた手が緩《ゆる》く引かれ寝台へと促《うなが》された。

そのまま端に並んで腰かけると、横からふわりと両腕が回され抱き締められる。

「君が攫《さら》われて……生きた心地がしなかった」

包むように回された腕に、くっと力が込められた。合わさった胸の鼓動が伝わるほど、ぴたりと身体を寄り添わせながら、この腕の中に帰ってこられたのだなと再び実感する。肩口にヴォルク様の息遣いを感じて、深く心配させてしまったことへの申し訳ない気持ちが湧き出した。

「アイツの異変に、気付いていたのに――疑い切れなくて、結局君を危険な目に遭わせた。もっと早く手を打っていたら、こんな事態にはならなかったはずなのに。俺は、君のことも、奴のことも、守れなかった――っ」

すまない、と掠《かす》れた細い声が鼓膜を震わせる。私の背を掴む指先が心なしか震えているように思えた。

……エリシエル様との茶会に行きたいと無理を言ったのは私なのに、それを指摘することもなく。もしあの時、激情に駆られたハージェス様にこの身を奪われていたら、ヴォルク様は友人と妻の両方を失っていた。硬質な外見とは裏腹に繊細な心を持つ彼がどれほど苦しんだかは、想像に難くない。

「いいえ。謝るのは私の方です……ごめんなさい。……心配をかけて、ごめんなさい……」

大きな身体を抱き締め返し、その心が少しでも穏やかになるようにと背を撫《な》でた。すると私に回された腕にぐっと力が込められて、温《ぬく》もりに身体も心も包まれる。

「無事でよかった」と吐き出しつつ頬を擦り寄せられて、申し訳なさと切なさと嬉しさで心が揺らぐ。

温《ぬく》もりを感じながら、ふと窓の方へ視線を向けると、深く暗い夜空に下弦《かげん》の月が仄《ほの》白く光を放っているのが見えた。その様《さま》がなんとも悲しげに思えて、ヴォルク様の背中に回した腕にきゅっと力を込めれば、返事をするみたいに同じくらいの力が返ってくる。

――今、ハージェス様もこの月を見ているんだろうか。捕らわれた、冷たい囚人房の中で。

血を吐くような叫びで己の過去を語った赤い髪の騎士を思うと、やるせなさに胸が締め付けられた。

『プロシュベール邸襲撃事件』とありきたりな名前が付けられたあの騒動から一週間の時が経ち。首謀者とされたデミカス＝リヒテンバルド元侯爵とハージェス様の二人は明日、イゼルマール王都にて裁判にかけられることとなった。

――けれど。

未《いま》だ屋敷へ戻ってこないヴォルク様から、早馬で伝言を受け取っていた私は、自室の窓際で『その時』が来るのをただひたすら待っていた。


『ハージェスが逃亡した』


そう簡潔に書かれた白い便箋《びんせん》を、窓際に備えられた小さなテーブルの上に置く。それがカサリと音を立てるのと同時に、空気が動いた。バルコニーへと続く扉が静かに開き、夜の風が部屋へ舞い込み頬を撫《な》でていく。

隠す気がない気配を感じながら視線を向けると、踊り場の中心に、静かに佇《たたず》む影がいた。

――ああ、やっぱり。

予想通りの人物に、私は悲鳴を上げもせず、相手の出方を待った。

……来ると思ってたんですよ。

だって、そういう人だもの。

ヴォルク様からの手紙を受け取った時、確信に似た感覚を胸に抱いていたのだ。連行されていく彼が見せた表情に、予告めいたものを感じていたのかもしれない。

「今宵は貴女《あなた》に、最後のお別れに参りました——」

煌々《こうこう》とした月が照らす夜の中で、ひと際目立つ赤を纏《まと》った彼が言う。

「ハージェス様……」

名を呼べば、彼が焦《こ》げ茶色の瞳でふわりとやさしく微笑んだ。

舞い込む夜の風に含まれた、この時間にしか咲かない花の甘い香り。それを物悲しく感じるのは、彼が経験してきた道の険《けわ》しさを、片鱗《へんりん》でも知ったからだろうか。

「レオノーラ……俺の、愛しい人」

——澄《す》んだ空気が、彼の声音で揺らめいた。

口にしているのは愛の言葉であるというのに、その音はどこか寂しく、切なさを伴《ともな》っている。

恐くはない。そういう空気を、ハージェス様は出していない。

そう装《よそお》っているとかそういうわけでもなく、恐らく今の彼には『その気』がない。

奪いに来たわけではないのだ。

恐らく宣言通り、別れを告げに来てくれたのだろう。

「国を、出ていかれるんですか」

焦《こ》げ茶の瞳から感じた決意を前に、私は問いかけを口にした。すると彼の瞳が弧を描き、ふっと軽い息を漏《も》らす。

「……そうですね。もうトレントの家にも、この国にも俺の居場所はありませんから……出来ることなら、貴女《あなた》を連れていきたかったが、ヴォルクの奴が地の果てまで追ってきそうですからね」

いつか見たように首を竦《すく》めて、少しおどけるハージェス様に、くすりと微笑が零《こぼ》れた。

仕方がないですよ、と言いながらも、彼はそれが嬉しいのか、茶の目は楽しげに緩《ゆる》められている。

ヴォルク様のことが、本当に好きだったんだろう。

そして多分、私のことも好きになってくれた。

抱えたものが重すぎて、複雑すぎて、糸は絡まってしまったけれど。

それは素直に、ありがたいと思う。

私達の前から彼が去ってしまうのだという事実は、とても寂しい。

——だけど。

いつか彼のもとにも、現れてくれるようにと願う。赤い髪をした優しい騎士を、それ以上に優しい心で包んでくれる人が。

「……貴女《あなた》を愛していました。傷つけようとしておきながら、何をとお思いでしょうが、本当に。俺は貴女《あなた》が、欲しかった。たとえ最愛の友をなくしても、貴女《あなた》のことが」

晴れ晴れとした笑顔で、ハージェス様が告げる。

「……ありがとうございます」

向けてくれた好意に対して素直に礼を述べながら、私は彼に微笑んだ。

ハージェス様も、あの懐かしい明るい笑顔で応《こた》えてくれる。それが、とても嬉しい。

「さよなら。愛しい親友の、愛しい――奥方殿」

丸く輝く白い月を背に、微笑を浮かべた赤い騎士が身を翻《ひるがえ》す。

その瞬間、部屋の扉が音を立てて開き、息を切らせたヴォルク様が現れた。

「ハージェスっ！」

ヴォルク様が、ぐっと拳を握り込みながら彼の名を叫ぶ。それに応《こた》えるみたいにハージェス様は肩越しに少しだけ振り向いて、薄い笑みを浮かべた。月の光を宿した瞳が、慈《いつく》しむような色を湛《たた》えている。

「……ヴォルク」

二人の間に重い沈黙が横たわる。そこには、これまでの思いや葛藤《かっとう》が含まれているのだろう。友を引き留めたいのだと、ヴォルク様の握りしめた拳が雄弁にそれを語っていて、心が酷く締め付けられる。

けれど、引き留めた後に待つものの意味を知っているから、彼の拳は固く握られたまま、ふるふると小刻みに悲しげに揺れるばかりだった。

「お前はっ……俺の友だ！　今までも……っ、これからもっ!!」

絞り出すように吐き出された言葉には、血の滲《にじ》むような思いが含まれている。騎士学校からの付き合いだという彼らの歴史を、私は知らない。だけど共に戦ってきたという事実が、繋《つな》がりの深さを感じさせた。

ヴォルク様の言葉に、ハージェス様が軽快な笑い声を上げる。

「やっぱり、お前はお綺麗過ぎるな……ヴォルク。レオノーラ殿を泣かすなよ。泣かせたら、俺が舞い戻って今度こそこの手に抱いていく」

「……肝に銘じよう」

「じゃあなヴォルク。お前と過ごした時間、俺は本当に――」

楽しかった――

そう言って、赤髪の騎士は姿を消した。

開け放たれたバルコニーの扉の近く、夜にだけ咲く甘い香りの花の花弁《かべん》が、零《こぼ》れ落ちた涙のように散っていた。


「おっ、おはようございますヴォルク隊長！　レオノーラ殿！」

朝の光を受け蒼《あお》い色を一層際立たせた騎士服を身に纏《まと》ったクライス様が、やや緊張した面持《おもも》ちで私達に挨拶《あいさつ》をしてくれる。あの人のような軽快さはないけれど、初々《ういうい》しさが滲《にじ》むそれは、ヴォルク様と私を微笑ませるには十分だった。

「おはようございますクライス様。お迎えありがとうございます」

「レオノーラ、こいつは女慣れしていないからな。もう少し離れて声をかけてやってくれ」

「あら、そうなんですか。ごめんなさいクライス様。今後は気を付けますね」

ヴォルク様からのアドバイスを受けて、二歩ほど下がってクライス様に改めて向き直ると、恐縮したように糸目を下げたクライス様が、とんでもない！　と両手を慌ててバタバタさせた。

その仕草に、より一層笑みが深まって、私はそのままの笑顔で、よろしくお願いしますと新しい副隊長様に頭を下げた。


――ハージェス様が姿を消した後、その詳細は伏せられ、表向きには獄中死したということとなった。

クライス様を始め、現場で彼が私とエリシエル様を攫《さら》う瞬間を目撃した騎士が多かったために罪は免《まぬが》れなかったが、彼の生い立ちにイゼルマール王が配慮してくれたのだ。また、今回の騒動の主要人物かつ被害者でもあるプロシュベール公とエリシエル様の双方が、今後彼がイゼルマールに現れることはないと進言してくれたからでもあった。本来であれば高位貴族略取と反逆者デミカスとの共同正犯について極刑とされ捕縛《ほばく》隊に追われるはずだったのを、表向き亡き者とすることで見逃してくれる運びになったのだった。

これにより、西の王国イゼルマールから、蒼《あお》の士隊副隊長ハージェス＝トレントという人物の存在は消失した。

彼の生家であるトレント家も、プロシュベール公爵からの圧力と、事件の一端に一族の者が関与したという事実を秘するために、現在は沈黙を保っている。そしてハージェス様の悲しい半生を生み出したトレント家の『選抜』については、王国士隊とプロシュベール公率《ひき》いる貴族位審判会の調査が入ることとなった。

国からも、彼自身が忌《い》まわしいと言っていたトレント家からも解放された今、あの赤い髪をした友人思いの騎士様は、どこで何をしているのか。

生きてさえいれば、いつか――

叶わない願いかもしれないけれど、願うのは、自由だ。

彼のその後の行方《ゆくえ》を知るものは誰一人としていなかったけれど、数か月が経った頃、辺境の地に、彼に似た人がいたとの噂《うわさ》を聞いた。

赤い髪をした元騎士だという青年が、その地で一人の少女と出会い、その後共に旅立ったらしい。

生きてさえいれば。その言葉を胸に、私とヴォルク様の二人は赤髪の友の記憶を仕舞い、今日という日を生きている。

「え、ええええエレニーさんっ」

上擦《うわず》ったような声を出すクライス様を前に、私は面食らってしまった。普段は糸にしか見えない彼の目は見開かれ、その目元はわかりやすすぎるほどの赤い色で染まっている。というより、ほぼ赤面していると言ってもいい。

わなわなと震える唇は「俺、慌てています！」と公言しているも同然に彼の心境を物語っているし、彼の身体はがちがちに固まっていた。玄関口で一人のメイドを前に硬直している騎士様の姿は、傍《はた》から見ても少々異様だった。

……うっそお。これって。もしかして。

「あの、ヴォルク様もしかして、クライス様って……」

導き出した答えを隣にいるヴォルク様に耳打ちすると、彼は、はあ～っと大きな溜息を吐き出した後、神妙な面持《おもも》ちで頷いた。

「……そうだ。気の毒なことにな」

本当に心底、という体《てい》で嘆く。

どうやら、先日デミカスが逃亡した際の知らせを持ってきた時、クライス様はその場に居合わせたエレニーに一目惚れをしたらしい。

あの時はそんな素振りは微塵《みじん》も感じなかったけれど、勤務中だったため抑えていたのだろう。けれど、今のクライス様はエレニーを前にしてぎこちない繰り人形のようになっていた。

「でも、エレニーの年齢のことは……？」

「もちろん知らん」

こそこそと内緒話をしている私達を、クライス様の対応をしていたエレニーが優しく微笑んだまま一瞥《いちべつ》する。その完全に笑っていない瞳の光に、思わずヴォルク様と一緒にびくついた。エレニーの年齢については、やっぱり禁句であるらしい。

しかし、クライス様……恐いもの知らずと言うか、哀れと言うか。

恋に年齢は関係ないと言うし、私自身もそう思うけれど、それにしたって選んだ相手が悪すぎる気がするのは――間違いではないかもしれないと、私はしみじみ思ったのだった。

クライス様が副隊長となってから、幾日かが過ぎ、日常は平穏を取り戻していた。

「行ってくる」

「いってらっしゃいませ」

いつか教えてもらった、大事な意味が込められた剣をヴォルク様へ手渡し、私は愛しい旦那様に微笑みかける。

白い朝の光に包まれた玄関ホールで、慣れ親しんだ普段通りの役割を務めつつ、今日やっと口に出来る言葉を胸に、私はその時が来るのを待っていた。

「ヴォルク様」

彼が帯剣するのを見計らって、名前を呼ぶ。すると、銀色の髪を陽光に反射させた美しい騎士様が、騎士服と同じ蒼《あお》い双眸《そうぼう》を私に優しく向けてくれた。

――初めて出会った時は、そっけなさに落胆した。

――結婚した後は、役割を求められないことに拗《す》ねていた。

――けれど彼は、待っていてくれた。長い間、ずっと。

――友を失った痛みより私を心配してくれる、綺麗で優しい、大好きな人。

愛しくて、可愛くて、この人でなければ触れられたくないと思うほど、私はこの人に、恋してしまった。

髪と同じ銀色の剣を手に、私の名を呼んでくれたあの時に、その気持ちは恋情から違うものへと変化して、きっと覆《くつがえ》ることはない。

ふ、と彼を見ながら微笑んで、私は『それ』を口にした。

「私——ヴォルク様のことが好きです……いえ……愛して、しまいました」

恥ずかしいなんて通り越しているけれど、それでも想いを伝えたくて。

彼の顔を見上げながら、その手を取りすっと自分の手と合わせる。すると、澄《す》んだ綺麗な蒼の目が、驚愕《きょうがく》に大きく開かれた。

——って。

……あらあら。まあまあ。

ふふふ。

……なんて顔してるんですか、ヴォルク様ったら。

見開いた目に、染まった頬。

キツめの顔立ちなのに、どこか優しい。

驚いた表情がとても可愛くて、嬉しくて。にこにこと眺めていたら、突然がばっと抱きしめられた。

「きゃっ」

上げた悲鳴は嬉しさの表れで。

抱き締められる腕の強さに、沸々《ふつふつ》と、幸福感がせり上がる。

「その言葉を、待っていた……っ！」

感極まったように私の首筋に顔を埋《うず》めながら叫ぶ旦那様に、私は嬉しさ余ってとどめの一言を差し上げた。

「この先もずっと先も、この命尽きるまで……よろしくお願いしますね。旦那様」


──勘違いをしていた。

自分は必要とされてないのだと。

求められないことに、落胆していた。

けれど──想いをぶつけられて、肌を合わせて、待っていてくれたことを知って。

心を通わせたその先に、誰よりも愛しいと思える人がいた。

恋情が愛に変わるまで、戸惑いも、悲しみもあったけれど。

それら全てを抱き締めて、彼と共に歩んでいきたい。


私は、この先もずっと、愛し愛され生きていく──

＊　＊　＊

頬を撫《な》でる風を感じて、その心地よさと幸福感に、ふっと瞼《まぶた》を上げた。

……あれからもうそんなに時間が経ったのかと思いつつ、眼前に広がる光景を眺める。

明るい昼の光に包まれた中庭で、足元にある青々とした芝生《しばふ》の感触を楽しみながら、愛しい人へ視線を向けると、弧を描いた蒼《あお》い瞳が、甘さを含んだ光を見せてくれた。

庭師のアルフォンスから白い薔薇《ばら》を受け取ったヴォルク様は、私の髪にそっとそれを差し込み、満足そうに頷いた。

いつか弟オルファへの手紙に添えたのと同じ白い薔薇《ばら》の香りが、耳元から優しく漂《ただよ》う。

指先で花弁《かべん》に触れ、ありがとうと微笑むと、隣で遊んでいた小さな少女が花を見て楽しげな笑い声を響かせていた。

「おはなーっ！」

そう嬉しそうに声を上げる二歳の娘に、ヴォルク様とよく似た面影《おもかげ》の、けれど私と同じ黒髪の少年が「そうだね」と同意して笑う。そんな二人を微笑ましく思いながら、私は隣に座ったヴォルク様へ微笑みかけた。

「……君はずっと綺麗なままだ」

蕩《とろ》けるような笑みを浮かべたヴォルク様が、そっと私の肩を抱き自分の方へと引き寄せ、そう言った。

この人はずっとこうだ。初めて結ばれたあの日から、毎日のように私に賛辞の言葉を贈ってくれる。

もうあれから何年も経っているというのに。

変わらず愛してくれる夫の笑顔が眩しくて、照れくさくて、私は顔が赤くなっているのを自覚した上で唇を尖らせた。

「もう二人も子供を産んでるんだし、そんなことないですよ」

そう、銀色の髪の美しい騎士様と、夫婦となって早数年。

私は愛する人の子を産み、今や二児の母となっていた。

長男のレヴォルトは、私に似て黒い髪をしている。瞳はヴォルク様の綺麗な蒼を受け継いで、騎士学校初等部内では「宵蒼《しょうせい》の王子」と呼ばれているらしい。親子そろって二つ名持ちとは、血は争えないものである。

一昨年《おととし》生まれた長女は、ヴォルク様譲《ゆず》りの銀色の髪と、なぜかエレニーと同じ美しい紫紺《しこん》の瞳を持ち、彼女もまた父親譲《ゆず》りの美貌から「朝露《あさつゆ》の姫」と呼ばれている。顔立ちは二人とも整っていて、そこは正直私に似なくてよかったと安堵した。

「そうやって、謙遜《けんそん》するところも愛しい」

「もうヴォルク様ったら」

照れ隠しに頬を膨らませると、膝に置いていた手を取られて指先に口付けられた。子供達の前でもおかまいなしなのも相変わらずだ。それがまた嬉しいと感じてしまうのだから、私も中々どうしようもない。

そんな風に呆れていると、さらに呆れた風の溜息が、愛息子《まなこ》から漏《も》れた。

「――お母さまってばわかってないなぁ。あーあ。見てよ。あのだらしない顔。ご大層な騎士将軍《ジェネラル》の名が泣くってもんだよ……僕らを産んだくらいでお父様の熱が冷めるわけないのに、お母様ってばほんと、勘違いするにもほどがあるよね」

「ねー！」

内緒話をするように妹へ囁《ささや》く彼を微笑ましく思いながら、私は素知らぬ振りで夫によく似た息子へと問いかけた。

「……あら、レヴォルトったら何か言った？」

「ううん。なんでもないよ。……まあ、お母様はそれでいいんだよね」

夫そっくりの蒼《あお》い目を細めて肩を竦《すく》める息子に、私はにっこり笑って応《こた》え、愛する人に寄り添いながら空を仰いだ。

愛し、愛されて——今日も日々は、続いていく。

新＊感＊覚ファンタジー！

レジーナブックス
Regina

レジーナブックス
Regina

無敵の転生少女が
華麗に世直し!?

女神なんてお断りですっ。1〜6

紫南《しなん》
イラスト：ocha

550年前、民を苦しめる王族を滅ぼしたサティア。人々から女神として崇められた結果、同じ世界に転生することに。けれど神様から、また世界を平和に導いてほしいと頼まれてしまう。「そんなの知るかっ！　今度こそ好きに生きる！」。そう決めた彼女は、精霊の加護や膨大な魔力、前世の知識をフル活用し、行く先々で大騒動を巻き起こす！　その行動は、やがて世界を変えていき——？

詳しくは公式サイトにてご確認ください。
http://www.regina-books.com/

携帯サイトはこちらから！

新＊感＊覚　ファンタジー！

レジーナブックス
Regina

レジーナブックス
Regina

もふもふ精霊と
エリートを目指せ!?

異世界で幼女化したので養女になったり書記官になったりします1〜4

瀬尾優梨《せおゆうり》
イラスト：黒野ユウ

大学へ行く途中、異世界トリップしてしまった水瀬玲奈《みなせれいな》。しかも、身体が小学生並みに縮んでいた！　途方に暮れていたところ、ひょんなことから子爵家に引き取られる。養女生活を満喫しつつ、この世界について学ぶうち、玲奈は国の機密情報を扱う重職、「書記官」の存在を知る。書記官になれば、地球に戻る方法が分かるかも――。そう考えた彼女は、超難関の試験に挑むが……!?

詳しくは公式サイトにてご確認ください。
http://www.regina-books.com/

携帯サイトはこちらから！

新＊感＊覚ファンタジー！

レジーナブックス
Regina

レジーナブックス
Regina

ひと口で
世界を変える!

スパイス料理を、
異世界バルで!!

遊《ゆ》森《もり》謡《うた》子《こ》
イラスト：紅茶珈琲

買い物途中に熱中症で倒れたコノミ。気づくと、見知らぬ森の中で、目の前にはしゃべる子山羊《こやぎ》!?　その子山羊に案内されるまま向かったのは、異世界の港町にあるバル『ガヤガヤ亭』。そこでいきなり、店長である青年に料理人になってと頼まれてしまう。多くの人に手料理を喜んでもらえば元の世界に帰れるらしいことを知ったコノミは、彼の頼みを引き受けることにしたけれど——？

詳しくは公式サイトにてご確認ください。
http://www.regina-books.com/
携帯サイトはこちらから！

新＊感＊覚ファンタジー！

レジーナブックス
Regina

レジーナブックス
Regina

平凡メイドが王家に嫁入り!?

王太子様の子を産むためには

秋風《あきかぜ》からこ
イラスト：三浦ひらく

王太子リオネルに憧れている、メイドのアレット。彼女はひょんなことから、リオネルの子を身ごもってしまった！　それを知ったリオネルは、子供の父親になりたいと言ってくる。身分差に悩んだ末、アレットは産むと決意したのだけれど、その日から突然、お妃様のように扱われ始めて——？　至れり尽くせりの生活に、平凡メイド大混乱!?　愛情あふれる、王宮ラブファンタジー！

詳しくは公式サイトにてご確認ください。
http://www.regina-books.com/

携帯サイトはこちらから！

新＊感＊覚　ファンタジー！

レジーナブックス
Regina

レジーナブックス Regina

前世のマメ知識で異世界を救う!?

えっ? 平凡ですよ?? 1〜9

月雪《つきゆき》はな
イラスト：かる

交通事故で命を落とし、異世界に伯爵令嬢として転生した女子高生・ゆかり。だけど、待っていたのは貧乏生活……。そこで彼女は、第二の人生をもっと豊かにすべく、前世の記憶を活用することに！　シュウマイやパスタで食文化を発展させて、エプロン、お姫様ドレスは若い女性に大人気！　その知識は、やがて世界を変えていき——？　幸せがたっぷりつまった、ほのぼのファンタジー！

詳しくは公式サイトにてご確認ください。
http://www.regina-books.com/

携帯サイトはこちらから！

新＊感＊覚 ファンタジー！

Regina レジーナブックス

異世界で必要なのは
ロイヤル級の演技力!?

黒鷹公の姉上 1〜2

青蔵《あおくら》千草《ちぐさ》
イラスト：漣ミサ

夢に出てきた謎の腕に捕まり、異世界トリップしてしまったあかり。戸惑う彼女を保護したのは、美形の王子様だった！　彼はあかりに、ある契約を持ちかける。それはなんと、彼の「姉」として振る舞うというもの。王族として彼を支える代わりに、日本に戻る方法を探してくれるらしい。条件を呑んだあかりは、彼のもとで王女教育を受けることに。二人は徐々に絆を深めていくが——

詳しくは公式サイトにてご確認ください。
http://www.regina-books.com/

携帯サイトはこちらから！

新＊感＊覚ファンタジー！

レジーナブックス
Regina

レジーナブックス Regina

一途な愛で
後宮改革!?

妃は陛下の幸せを望む1～2

池中織奈《いけなかおりな》
イラスト：ゆき哉

国王陛下にずっと片思いしている侯爵令嬢のレナ。彼女はこの度、妃の一人として後宮に入ることになった。大好きな陛下の幸せのため、自分にできることはなんでもしようと意気込んでいたのだけれど……後宮は陰謀渦巻く女の戦場だった！　どうやら正妃の座をめぐっていざこざが起き、陛下の悩みの種になっているらしい。そこでレナは、荒れた後宮を立て直すことにして――？

詳しくは公式サイトにてご確認ください。
http://www.regina-books.com/

携帯サイトはこちらから！

新 ＊ 感 ＊ 覚　ファンタジー！

レジーナブックス Regina

姫の代理で
王子とお見合い!?

男装騎士、ただいま王女も兼任中！

六《む》つ花《はな》えいこ
イラスト：縹ヨツバ

祖父ゆずりの脳筋で、男勝りなエレノア。王女ベアトリーチェの美しさに魅せられた彼女は、男のふりをして王女の近衛騎士となった。ところがある日、ひょんなことから王女と体が入れ替わり、彼女の代わりに他国の王子とお見合いすることに！　慣れない席で失敗ばかりするエレノアを、なぜか王子は気に入ったようで――？　偽者王女と曲者王子のドタバタ恋愛ファンタジー！

詳しくは公式サイトにてご確認ください。

http://www.regina-books.com/

携帯サイトはこちらから！

新＊感＊覚ファンタジー！

レジーナブックス
Regina

レジーナブックス Regina

わたくしが恋のライバルですわ!

本気の悪役令嬢！

きゃる
イラスト：あららぎ蒼史

前世の記憶がある侯爵令嬢のブランカは、ここが乙女ゲームの世界で、自分が悪役令嬢だと知っていた。前世でこのゲームが大好きだった彼女は考える。『これは、ヒロインと攻略対象達のいちゃらぶシーンを間近で目撃できるチャンス！』と。さらにブランカは、ラブシーンをより盛り上げるため、悪役令嬢らしく意地悪に振る舞おうと奔走するが——!?

詳しくは公式サイトにてご確認ください。
http://www.regina-books.com/

携帯サイトはこちらから！

待望のコミカライズ!

突然異世界トリップしたコスプレイヤーの梨世《りせ》。そこで出会った冴《さ》えないジャージ姿の残念な美青年は、なんと魔王様!? なんでこんなことに!? ていうか、魔王がダサいなんてありえないでしょ!! 怒りが爆発した梨世は、魔王の衣装を作ることに。だけどそのせいで、ダサい魔王軍の改革まで任されちゃって――!?

＊B6判 ＊定価：本体680円＋税 ＊ISBN978-4-434-23757-7

アルファポリス 漫画 検索

更紗（さらさ）

徳島県在住。2012年よりWebにて小説を発表。2017年「勘違い妻は騎士隊長に愛される。」で出版デビューに至る。インテリア雑誌を買い漁るのが趣味。しかし活用された事は無い。

イラスト：soutome

本書は、「小説家になろう」（http://syosetu.com）に掲載されていたものを、加筆・改稿のうえ書籍化したものです。

勘違《かんちが》い妻《づま》は騎士《きし》隊長《たいちょう》に愛《あい》される。

更紗（さらさ）

2017年 11月 2日初版発行

編集－反田理美・羽藤瞳
編集長－塙綾子
発行者－梶本雄介
発行所－株式会社アルファポリス
〒150-6005 東京都渋谷区恵比寿4-20-3 恵比寿ガーデンプレイスタワー5F
TEL 03-6277-1601（営業） 03-6277-1602（編集）
URL http://www.alphapolis.co.jp/
発売元－株式会社星雲社
〒112-0005東京都文京区水道1-3-30
TEL 03-3868-3275
装丁・本文イラスト－soutome
装丁デザイン－ansyyqdesign
印刷－図書印刷株式会社

価格はカバーに表示されてあります。
落丁乱丁の場合はアルファポリスまでご連絡ください。
送料は小社負担でお取り替えします。
©Sarasa 2017.Printed in Japan
ISBN978-4-434-23902-1 C0093